探偵小説は「セカイ」と遭遇した

笠井潔

南雲堂

探偵小説は「セカイ」と遭遇した

笠井 潔

目次

探偵小説は「セカイ」と遭遇した

はじめに 5

I 脱格系とセカイ系

本格ミステリに地殻変動は起きているか? 17
「近代文学の終り」とライトノベル 25
社会領域の消失と「セカイ」の構造 43
戦闘美少女とilya 59
大量死＝大量生と「終わりなき日常」の終わり 65
偽史の想像力と「リアル」の変容 90

Ⅱ『容疑者Xの献身』論争

『容疑者Xの献身』は難易度の低い「本格」である 133
勝者と敗者 140
環境管理社会の小説的模型 150
ベルトコンベアは停止した――コメンテイトとクリティックの差異 187

Ⅲ 探偵小説論の断章

監獄／収容所／探偵小説 201
探偵小説における幻想 224
探偵小説と二〇世紀の「悪魔」 231
異様なワトスン役 240
九二年危機と二人の新人――麻耶雄嵩と貫井徳郎 246
八〇年代ポストモダンと第三の波 256
安吾と探偵小説 268
私立探偵小説と本格探偵小説 276

あとがき 287

はじめに

本書の「Ⅰ」部と「Ⅱ」部には、二〇〇二年から〇六年にかけて執筆し、雑誌などに掲載した文章を収めている。最も早い時期に書いたのが「Ⅰ」の「本格ミステリに地殻変動は起きているか?」(〇二年九月)で、「Ⅱ」の「ベルトコンベアは停止した」(〇六年一二月)が最も近い時期ということになる。

探偵小説ジャンルにとって、この四年間が激動の時期だった事実は否定できない。一九八七年に開始された現代本格ムーヴメント(第三の波)は、筆者の判定するところでは二〇〇六年をもって終焉した。第三の波を時期区分すれば、一九八七年から九三年までが第一ステージ(形成期)、九四年から二〇〇二年までが第二ステージ(成熟期)、そして〇三年から〇六年までが第三ステージ(終末期)ということになる。「Ⅰ」および「Ⅱ」の文章は、第三の波の終末期にあたる四年間に書かれた。

第三の波の推移にかんしては、「ミステリマガジン」一九九八年四月号から二〇〇七年四月号まで九年間にわたって連載した「ミネルヴァの梟は黄昏に飛びたつか?」を参照していただきたい。この連載の第一回から第九〇回までは、『ミネルヴァの梟は黄昏に飛びたつか』(二〇〇一年)、『探偵小説と二〇世紀精神』(二〇〇五年)、『探偵小説と記号的人物《キャラ／キャラクター》』(二〇〇六年)として刊行されている。第九一回から第一二〇回までを収録する『探偵小説と叙述トリック』も、来年には本にできるだろう。「ミステリマガジン」連載では、進行中の現代本格ムーヴメントをめぐる定点観測を転回点ごとに試みている。すでに二〇〇五年の時点で、とりわけ脱格系（舞城王太郎、佐藤友哉、西尾維新などの「メフィスト賞」作家）への否定的対応を焦点として、第三の波が危機的な状況に向かいつつあることは予見されていた。たとえば「ミネルヴァの梟は黄昏に飛びたつか？」第九二回（「ミステリマガジン」二〇〇五年一二月号）では、「二〇〇三年を起点とする第三ステージは、第三の波の正念場となるだろう」と警告している。少し長い引用になるが、この時点での状況認識を再確認しておきたい。

脱格系の二十代作家が「脱格」という規定からも離れ、探偵小説ジャンル以外の方向に活動の場を移していく可能性はある。そうなった場合、半分は作家本人の資質によるとしても、もう半分はジャンル側の責任といわざるをえない。脱格系作家にしても、それぞれ探偵小説の遺伝子を多かれ少なかれ引き継いでいる。だから西尾維新は、たとえば『きみとぼくの壊れた世界』を書いた。トリックと謎解きをめぐるテクニカルな批評は散見されたにしても、この作品をジャンル側は基本的に黙殺した。

千街晶之は「残照のアルカディア」で、「本格はもう前に進まなくていい。変な方向に進むくらいなら過去に戻るべきだ」（「鳩よ！」一九九九年一二月号）という、九〇年代後半の「構築なき脱構築」派や清涼院流水に向けられた「本格愛好家」の声を紹介していた。脱格系の潮流形成以降、同じように無反省な異物排除の論理に作家や評論家の大半が呑みこまれている。

しばしば「本格愛好家」は、自分たちのような本格ミステリの熱意ある読者は、どんな時代でも少数派にすぎないという。その口調には、探偵小説史的教養を欠いた新参読者への侮蔑が込められてもいる。しかし探偵小説が自立したジャンルを形成し、創造的な新作が続々と書かれたのは、形式が時代精神と真正面から嚙みあい、両者が共鳴現象を起こした時期である。第二の波の場合は、第二次大戦の大量死という国民的体験を、第三の波ではバブル的繁栄がもたらした大量生の病理を的確に捉え、論理パズル小説のマニア的読者といえない層までを数多く獲得した結果として、探偵小説はジャンル的に活性化しえた。

歴史性を還元しても、むろん「本格愛好家」が偏愛する探偵小説形式の形式性は残るだろう。しかし、時代性と無関係に存在する論理パズル小説のマニア的読者は、おそらく一万人に満たない。一九六〇年代から八〇年代まで、「冬の時代」に本格ミステリのみを持続して書き続けえた作家は、鮎川哲也ただ一人である。コアな数千人の読者では、多数の作家が競合するジャンルを、豊かな多様性として全体的に維持することはできない。

また千街は、「コアな本格ファンは清涼院を見捨てたつもりで、実は清涼院の側から見捨てられていたのかもしれない（別にどちらでも同じことだ、という声が聞こえてきそうだが）」とも書いていた。「清涼院」を「脱格系」に置き換えても、同じことがいえそうだ。しかし今回の場合、「どちらでも同じ」ではないのである。西尾維新は講談社ノベルスを代表するベストセラー作家の地位を築いたし、舞城王太郎はジャンルを超えて高い評価を獲得した。脱格系作家が探偵小説ジャンルを「見捨て」ても、いまや作家的な将来は洋々としている。他方、脱格系を「見捨て」て清々した気分の探偵小説ジャンルは、二〇〇〇年代の時代的リアリティから遊離し、形式の形式性に自閉するしかない。結果はジャンルの急速な弱体化、そして崩壊だろう。

歴史的使命を終えて第三の波が消滅するのなら、それはそれで仕方ないことだ。いかなるムーヴメントも永続するわけがないのだから。しかし生活習慣病を放置し続け、動脈硬化でジャンルが突然死するという最悪の結果は阻止されなければならない。

（略）

探偵小説界が舞城王太郎や西尾維新の作品を拒否し、ジャンル外に悪魔祓いしてしまうことは可能だろう。実際のところ、事態はそのように進行してきた。としても、ジャンルXのセカイ系や脱格系の作家と作品に体現されている、二〇〇〇年代の時代的リアリティを無視することは許されない。舞城や西尾を否定する本格作家は、舞城や西尾とは違う仕方で二一世紀のリアルを探偵小説形式と突きあわせ、かつて前例のない本格作品を創造しなければならない。

日本の戦後探偵小説（第二の波）の急激な失墜には、おのれから招いたとしかいえない面がある。一九五六年の経済白書が「もはや戦後ではない」と宣言し、六〇年には池田内閣が所得倍増計画を打ちだす。第二次大戦の大量死の記憶は到来した高度成長社会の波間に呑まれ、急速にリアリティを失いはじめた。このとき、もしも大量死の探偵小説から大量生の探偵小説への路線転換が試みられたなら、ジャンルの壊滅という最悪の事態は回避されえたかもしれない。変貌する時代の輪郭を捉えようと、六〇年前後に論壇では大衆社会論が、文壇では純文学変質論が盛んに論じられた。これに見合う議論が、探偵小説界でなされた形跡はない。このような無自覚が、第二の波をみずから衰亡させたのである。

本格の場合は、梶山季之や邦光史郎の産業スパイ小説のように、新しい社会現象を主題的に取りこむことに本質的な意味はない。歴史性は「謎－論理的解明」の探偵小説形式に内在的なものとして摑まれ、表現されなければならないからだ。高度経済成長がもたらした完全雇用と大量生の新時代は、その裏側に生の意味への飢餓感を大衆的な規模で育んだ。六〇年代後半に「新青年」の異端作家ブームが、七〇年代中頃に横溝正史ブームが起きたことからもわかるように、大量生の精神的飢餓という新しいリアルに応える探偵小説は若い世代から求められ続けた。しかしジャンルが、この時代的要求に応えることができたのは『十角館の殺人』（一九八七年）以降のことである。

世界戦争の二〇世紀前半から「ゆたかな社会」の世紀後半に歴史が変動したとき、両者の裂け目に戦後探偵小説は呑みこまれた。しかし、いずれにしても二〇世紀は二〇世紀である。世紀の前半と後半の場合でも、完全雇用を掛金とした総動員体制の競合という点は変わらない。前半はアメリカニズムとファシズムの、後半はファシズムに勝利したアメリカニズムとボリシェヴィズムの体制間競争の時代だった。

われわれの眼前に開けているのは、二〇世紀前半と後半の裂け目とは比較にならない、世紀を隔てた巨大な深淵である。探偵小説ジャンルに限ったことではないが、決死の飛躍なくして、この深淵を越えることは不可能だろう。少なくともセカイ系や脱格系の若い作家たちによる試みは、深淵の向こう岸を漠然とながらも指し示している。繰り返すが、不純な侵入者を厄介払すれば、今後もジャンルが安泰というわけにはいかないのだ。

「本格ミステリに地殻変動は起きているか?」で脱格系の台頭に注目した直後から、筆者は二一世紀的な表現文化としてのジャンルX(マンガ、アニメ、ゲームなどオタク系カルチャー)が探偵小説にたいしてもつ意義を、集中的に検討しはじめた。「もしも大量死の探偵小説から大量生の探偵小説への路線転換が試みられたなら、ジャンルの壊滅という最悪の事態は回避されえた」という、第二の波をめぐる歴史的反省からである。本書の「I」に収めた文章や『探偵小説と記号的人物《キャラ/キャラクター》』で検証したように、清涼院流水を先行者とする脱格系とは、いわば探偵小説ジャンルに侵入してきたオタク系カルチャーの尖兵だった。ようするに探偵小説は、脱格系という形で「萌え」や「キャラ」や「セカイ」と遭遇したのである。脱格系が登場した必然性を捉えることなく、それを保身的に無視し排除し続けるなら、第三の波に未来はないという先の引用にあるような危機感も、ジャンル的な惰性に阻まれ、大勢としては無視されたといわざるをえない。

東野圭吾『容疑者Xの献身』が刊行されたのは、「不純な侵入者を厄介払いすれば、今後もジャンルは安泰というわけにはいかない」と警告した、ちょうどその頃のことである。この作品をめぐる論争の経緯を知るには、「ミステリマガジン」に二〇〇六年三月号から一二月号まで連載された「誌上討論　現代本格の行方」が有益だろう。もしも探偵小説ジャンルが『容疑者Xの献身』を年度の最高傑作に祭りあげ、現代本格のあるべき公準として賞揚するようなら、それは第三の波の自滅に通じるという危機意識から、「誌上討論　現代本格の行方」に寄せた二篇を含めて「II」の論争的な文章は執筆されている。

脱格系という形で、第三の波は二一世紀的な表現文化と遭遇した。続いて『容疑者Xの献身』という裏返された形で、探偵小説はいわば二一世紀の新たな社会状況に直面したのだ。「われわれの眼前に開けているのは、二〇世紀前半と後半の裂け目とは比較にならない、世紀を隔てた巨大な深淵である」という認識は、いうまでもなく英米の大戦間探偵小説や日本の戦後探偵小説が、二〇世紀前半（世界戦争の時代）と世紀後半（「ゆたかな社会」の時代）を隔てる歴史的な谷間に転落し衰亡した事実を背景としている。前半と後半を貫いて二〇世紀は、完全雇用社会の実現をめぐる時代だったが、グローバリズムの二一世紀は「ゆたかな社会」の崩壊と、新しい貧困化や階級化の時代になるだろう。

「Ⅱ」の文章で指摘したように、『容疑者Xの献身』の探偵小説的な難易度は高くない。倒叙ものと見せて叙述ものというアイディアに多少の目新しさはあったものの、本格作品としては初心者向けの水準である。しかし評論家や作家やマニア的読者の多くが、この作品の結末に高度の「意外性」を認めて絶賛した。「勝者と敗者」で詳論したように、そうした過大評価は「ホームレスが見えていない」ことの必然的な結果である。社会の土台を洗いはじめた新しい貧困化と階級化の大波に、この作品を最大限に評価した論者は興味も関心もなかったのだろう。時代感性の驚くべき鈍磨というしかない。

脱格系問題によって、本格ジャンルは二一世紀的な表現文化への無関心をみずから表明し、そして『容疑者Xの献身』問題は、ポスト「ゆたかな社会」にたいする致命的な無自覚を自己暴露したのである。しかも、この両者は決して別のものではない。たとえば佐藤友哉『水没ピアノ』の主人公は、北海道の田舎町に住む非正規雇用青年だ。佐藤に限らず脱格系の主要作家は、平成大不況と「失われた十年」

の世代でもある。脱格系は第三の波を「セカイ」と遭遇させ、また同時に、新しい貧困化や階級化の二一世紀的な必然性をも突きつけたのではないか。脱格系を拒否し『容疑者Xの献身』を礼讃した第三の波の評論家や作家は、見るべきものを見ようとしない点で立場的に一貫していた。

「本格ミステリに地殻変動は起きているか?」で検証したように、第三の波の中心的な担い手は一九六〇年代に生まれ、八〇年代に人格形成した世代である。そして八〇年代とは、戦後復興にはじまる日本の「ゆたかな社会」の完成期に他ならない。二〇世紀後半に先進諸国で実現された完全雇用社会とは、また大量生の社会でもあった。世紀前半の世界戦争の時代に確立された大量死の小説形式(二〇世紀探偵小説)を、世紀後半の大量生社会に根ざした小説形式として刷新したところに、第三の波の少なくとも出発点における歴史的なリアリティはあった。

しかし、この優位性もポスト「ゆたかな社会」、ポスト大量生社会では急速に失われていく。脱格系問題と『容疑者Xの献身』問題によって明るみに出されたのは、まさに第三の波の歴史的限界性だった。戦前探偵小説(第一の波)が第二次大戦の巨大な波浪に呑まれ、戦後探偵小説(第二の波)が高度成長社会という新時代に適応できないまま失速したように、第三の波は二一世紀的な文化表現や社会状況に直面して自己限界に達したと、おそらく後世の歴史家は語ることだろう。

このように本書の「I」と「II」の文章は、現代本格ムーヴメントの終末局面で試みられた悪戦苦闘の記録である。「生活習慣病を放置し続け、動脈硬化でジャンルが突然死するという最悪の結果」を回避するため、筆者としては懸命に警鐘を鳴らしたつもりだが、第三の波の否定的な結末を阻止するには力不足だったと認めざるをえない。それでも第三の波では最初で最後の大論争だった『容疑者

X の献身』論争によって、ジャンルが完全な無自覚、無風状態のうちに衰亡への決定的な一線を越えてしまうという、第二の波の終末期に見られたような知的荒廃と悲惨だけは最小限まぬがれえたのではないか。残念なことだが、これを後世へのメッセージとするしかない。

ジャンルの総意が『容疑者Xの献身』を年度の最高傑作として評価し、この作品を本格ミステリ大賞作に押しあげた時点で、十九年におよんだ第三の波は終結をみる。しかし、第三の波という探偵小説ムーヴメントが終わっても、それで探偵小説の歴史が途絶えるわけではない。二一世紀の表現文化や社会状況に根ざした新しい探偵小説が、これからは真剣に模索されるべきだろう。第三の波から生まれた力量ある作家たちには、昨日の反復がすでに不可能であることの自覚と、探偵小説の明日に向かう新たな挑戦を期待したい。

Ⅰ　脱格系とセカイ系

本格ミステリに地殻変動は起きているか？

二〇〇二年八月、講談社ノベルスから六点の新刊作品が刊行された。西澤保彦『人形幻戯』、篠田真由美『綺羅の柩』、西尾維新『クビツリハイスクール』、佐藤友哉『クリスマス・テロル』、霧舎巧『五月はピンクと水色の恋のアリバイ崩し』、三津田信三『作者不詳』と、ラインナップは本格系で占められている。この六作が並んで平積みにされている書店で、『十角館の殺人』以来の本格ミステリ読者は、ある種の感慨にうたれたのではないだろうか。

新刊の六点中に、講談社ノベルス本格ミステリでは定番の、辰巳四郎による装幀は一点も含まれていない。しかも西澤、霧舎、西尾作品と、三作までの表紙が美少女イラストなのだ。ほとんど、学園もの全盛時代のコバルト文庫という印象である。過去十五年、現代本格の牙城だった講談社ノベルスのライトノベル化、ヤングアダルト化が急速に進行しているかのようだ。

一九九六年に清涼院流水『コズミック』、九七年に蘇部健一『六枚のとんかつ』、九八年に乾くるみ『Jの神話』、浦賀和宏『記憶の果て』、積木鏡介『歪んだ創世記』と、本格読者のあいだに物議をかもすタイプの作品を世に出したメフィスト賞だが、以降は一転し、同年に高田崇史『QED　百人一首の呪』、九九年に霧舎巧『ドッペルゲンガー宮』、殊能将之『ハサミ男』、二〇〇〇年に古処誠二『UNKNOWN』、氷川透『真っ暗な夜明け』、黒田研二『ウェディング・ドレス』、古泉迦十『火蛾』、石崎幸二『日曜日の沈黙』と個々に作風の相違はあれ、現代本格の主流に位置すると評価される作品が連続受賞している。なかでも『ハサミ男』と『火蛾』の世評は高く、新人のデビュー作ながら「本格ミステリ・ベスト10」（探偵小説研究会編）で、それぞれの年度の第二位にランクされた。

しかし二〇〇一年になると、またしてもメフィスト賞に傾向の変化が生じはじめる。舞城王太郎『煙か土か食い物』、秋月涼介『月長石の魔犬』、佐藤友哉『フリッカー式』が受賞し、さらに〇二年には『クビキリサイクル』で西尾維新、『「クロック城」殺人事件』で北山猛邦が登場した。それぞれ作風は異なるのだが、清涼院から西尾にいたる「本格読者に物議をかもすタイプの作品」を、いずれも本格形式を前提としつつ形式から逸脱する傾向が共通していることから、ここでは便宜的に「脱本格」、略して「脱格」系と呼んでおくことにしよう。

この二年ほど、講談社ノベルスでは脱格系新人の台頭が著しい。とはいえ、次のような反論はありうるだろう。たとえば〇二年には光文社のカッパ・ワンで『アイルランドの薔薇』の石持浅海、『双月城の惨劇』の加賀美雅之、『見えない精霊』の林泰広、『密室の鍵貸します』の東川篤哉の四作家が同時デビューしているし、一九九八年以降に講談社以外から登場した正統的な本格新人もまた、鯨統一郎、光原百合、柄刀一、三雲岳斗、大倉崇裕、柳広司、鳥飼否宇など錚々たる顔ぶれである。脱格系新人の台頭現象を過大評価すべきではない。『十角館の殺人』を起点として形成された現代本格は、十五年後の今日でもジャンル的に盤石である……。

現代本格に重大な地殻変動など生じてはいない、という以上のような見解にも一応のところ説得力はあるだろう。有栖川有栖は新作『マレー鉄道の謎』のあとがきで、脱格系の台頭を念頭に置きながら、「新本格」の変遷について次のように述べている。「私が当初に理解していた『新本格＝新進作家による本格ルネッサンス』というニュアンスは次第に失われ、今では『新本格＝オールドファッションの本格に飽き足らない作者と読者のための本格』と解される場面もあるように見受ける。私は、オールド本格が好きでミステリを書き始めたのだが」。だから「新本格」ではなく、「たんなる本格ミステリ」として『マレー鉄道の謎』を書いたのだと有栖川は語っている。

綾辻行人や有栖川有栖をはじめとして、日本の本格ミステリ第三の波（第一の波は昭和初年代、第二の波は昭和二十年代）を担ってきた有力作家の多くが、脱格系の台頭に刺激され、自分の信じる「真の本格」作品を精力的に書きはじめる予兆はすでにある。しばらくは、第三の波の第一ステージ（一九八七〜九三年）作家による奮闘が期待できそうだ。十年以上のキャリアを積んだ作家たちが、いよいよ代表作を連打しはじめるのかもしれない。

第一ステージ作家の後継者も着々と育っているわけだし、現代本格は安泰という見通しには一応の根拠があるようだ。しかし、少し違うモノサシで数年来の新人を計測してみると、地殻変動説を裏づけるような結果が出てくる。

一九九八年以降の新人を生年で分類してみよう。メフィスト賞関係では、高田崇史（一九五八年）、殊能将之（六四年）、霧舎巧（六三年）、黒田研二（六九年）、古泉迦十（七五年）、石崎幸二（六三年）、古処誠二（七〇年）という具合に、古泉を唯一の例外として残る全員が二〇〇二年現在で三十歳を超えている。（氷川透は講談社ノベルスの著者紹介で生年を公開していない）。本年度のカッパ・ワン新人のうち、加賀美が一九五九年で、残る三人の生年は六〇年代である。講談社、光文社以外からデビューした作家の場合にも、基本的に同じ傾向が指摘できる（先にあげた作家のうち三雲岳斗だけが七〇年生で、ぎりぎり七〇年代に入っているが）。

一九八八年以降に登場した正統的な作風の本格系新人は、すでに四十代に入った比較的年長の高田、加賀美などが綾辻行人（六〇年）、有栖川有栖（五九年）と同年代、大多数は三十代で、法月綸太郎（六四年）から麻耶雄嵩（六九年）までと同年代ということになる。ようするに近年の本格新人のほとんどが、第三の波の第一ステージを構成した作家たちと同世代なのだ。ちなみに第二ステージ（九四年〜）を代表する京極夏彦（六三年）、西澤保彦（六〇年）、森博嗣（五七年）も同様で、一九九〇年代の本格復興運動は、主として六〇年代生まれの作家たちによって担われてきたといえる。

他方、脱格系作家のほうは舞城王太郎（七三年）、佐藤友哉（八〇年）、西尾維新（八一年）、北山猛邦（七九年）という具合で、先輩格の清涼院流水（七四年）を含め全員が二十代である。ようするに正統本格系新人と脱格系新人の分化には、ジャンル内在的か逸脱的かという作品傾向だけでなく、三十代（大雑把に六〇年代生まれ）と二十代（大雑把に七〇年代生まれ）の世代的相違という面も無視できない。

六〇年代生まれの新人が払底するにつれ、新たに登場する作家は七〇年代、八〇年代生まれにならざるをえないだろう。しかも、いまのところ観察できる範囲では、この世代の作家は脱格系が主流なのだ。ほとんどの二十代作家が脱格系であるという現状は、講談社ノベルスに顕著な学生作家発掘路線の偶発的な結果で、近年のメフィスト賞が脱格系を優遇しているにすぎないという反論はありうる。しかし、同じ学生作家発掘路線で綾辻行人も法月綸太郎も麻耶雄嵩もデビューしたわけだし、またメフィスト賞が『ハサミ男』や『火蛾』のような作品も出している事実を考慮するなら、この反論にさほどの説得力はない。

二十代作家に共通しているのは、読書歴の最初期から綾辻以降の現代本格がジャンル的に確立されていた点だろう。清涼院流水の場合、講談社ノベルス「新本格」は発足時から押さえていたはずだが、佐藤友哉になると「京極夏彦で講談社ノベルスを知り、森博嗣と清涼院流水でメフィスト賞を知った。それが僕の導入部分であり今現在だ、悪いけどね」(『クリスマス・テロル』)という具合である。

綾辻から麻耶までの第一世代や三十代新人の多くとは異なって、二十代の脱格系作家には、英米大戦間本格や日本の戦後本格の影響が稀薄であるように見える。だが、それも不思議とはいえない。なにしろ十代の時期から、本格ミステリの新作が書店の棚を埋める勢いで夥しく刊行されてきたのだ。この点で脱格系新人の輩出は、現代本格のジャンル的成功がもたらした必然的な結果といわざるをえない。

法月綸太郎は『本格ミステリ・クロニクル300』に収録された「『昭和』と『西暦』の間で」を、「しかし、『新本格』を始めとするサブカルチャーの担い手は、ほどなくして、『新人類』から『オタク』へと移行していく」と締め括っている。浅田彰ブームが起き「新人類」が流行語になるのは一九八五年。この年に大学生だった世代は、現在、三十代中頃から後半に達している。法月のいう本格「新人類」世代は三十代、本格「オタク」世代は二十代に大雑把には対応する。あるいは「新人類」という言葉を使わず、六〇年代生まれを「オタク」第一世代、七〇年代生まれを「オタク」第二、第三世代と分類することもできる(「新人類」と「オタク」の世代論にかんしては、『サブカルチャー神話解体』

など宮台真司の社会学的分析が有益である）。

脱格系作家には共通して、マンガ、アニメ、ゲームをはじめとするオタク系カルチャーの圧倒的な影響が指摘できる。小説におけるマンガ、アニメ的な登場人物のネーミングは一九八〇年代のコバルト文庫など、ティーンズ文庫を舞台とした学園ラブコメものを起点としているが、この流れに脱格系の多くも位置している。加えて、しばしば「人間不在」と批判される紙細工めいて陰影や奥行きを欠いたキャラクター、確信犯的に日常的リアリティから遊離した背景設定とプロット、などなど。

八〇年代から九〇年代にかけて、あるいは「機動戦士ガンダム」から「新世紀エヴァンゲリオン」まで、オタク系カルチャーの中心はアニメだった。しかし「新世紀エヴァンゲリオン」以降、「萌え」の先端は、主人公と複数の美少女ヒロインとの恋愛過程が物語的に分岐する、マルチシナリオ形式のノベルゲーム、いわゆる美少女ゲームに移行したといわれる。佐藤友哉や西尾維新など、二十歳そこそこの脱格系新人には美少女ゲームの影響が明瞭に認められる。

マンガ、アニメ、ゲームと並行して現代本格を大量消費してきた二十代にとって、「本格」とは「伝統ではなく形式」（『クリスマス・テロル』）である。正確にいえば自己累積的な形式体系ではなく、ガジェットとギミックの無構造的な集積である。こうした傾向は、すでに清涼院流水の『コズミック』にも見られた。名探偵や密室殺人が描かれる点で、『コズミック』は「本格」のように見える。しかし名探偵も密室も、限界まで量的な膨張を遂げることで、なにか異様なものに変形されているのだ。

本格形式をガジェットやギミックの無秩序な集積に解体する清涼院の方向性は、舞城王太郎や佐藤友哉に継承された。他方、マンガ、アニメ、ゲームなどで開発されてきたキャラクターや舞台設定やプロットを積極的に導入しながらも、基本的には「謎‐論理的解明」の作品構造を崩していないのが、西尾維新や北山猛邦といえる。本格形式を尊重しながらオタク系カルチャーの流行ファクターを取りこもうとする年長作家の試みも、たとえば愛川晶『巫女の館の密室』(メイド姿の美少女探偵!)から霧舎巧の「霧舎学園」シリーズまで類例が増加してきた。

外見的には西尾や北山の方向性と、霧舎などによる試みは類似するように見える。ただし西尾や北山の場合、本格ミステリとしての完成度は不充分で、いまのところ先輩作家の水準に達していない。こうした限界は、作品を書き続けるうちに克服される可能性がむろん期待できる。

佐藤友哉と西尾維新の差は、オタク系カルチャーへの態度の相違にも見られる。佐藤は「妹」という、美少女ゲーム文化では代表的な「萌え」要素を、どちらかといえば批評的な手つきで対象化しようとする。しかし『クビシメロマンチスト』で、「巫女子ちゃん」をキャラクター的定型(最近の事例では「AIR」の観鈴タイプ)として描いてしまう西尾は、オタク系カルチャーの「萌え」要素を批評的な自意識で変形しようとはしない。『クビシメロマンチスト』の批評性は個々のキャラクター設定や描き方にではなく、「巫女子ちゃん」の存在を含めた探偵小説的プロットの全体に埋めこまれている。

しかし他方では、こうした本格形式への態度の相違を超えて、舞城＝佐藤と西尾＝北山の両傾向のあいだには濃密な世代的共通性が認められる。たとえば西尾維新『クビシメロマンチスト』の主人公は、「ぼくは、／生きてるだけで人が殺せるくらいに、／冷たく乾いたニンゲンだから」と呟く。佐藤作品からも、似たような台詞を拾い出すのは容易だ。

第一次大戦の大量死を背景として生じた二〇世紀の探偵小説形式にとって、「人間失格」を自認する西尾作品の登場人物はむしろ正統的である。脱格系新人の個性は、深いところで本格ミステリの精神に共鳴する。逆にいえば脱格系新人は、この奇妙な小説形式が本来的にはらむ非人間性に、だからこそ魅力を感じ、多様な仕方で本格形式を前提とする作品を書きはじめたのだろう。

とはいえ、同じように非人間的なものに惹かれながらも、三十代作家と二十代作家のあいだには世代精神的な落差もまた否定しがたい。綾辻行人をはじめ第三の波の新人に多大の影響を与えた竹本健治『匣の中の失楽』には、人形の名前で呼ばれる登場人物が幾人も描かれている。本当は「人間」なのに「人形」のようにガランドウで、不可視のなにかに操られるしかないという生の不全感、空虚感、失調感が、この作品の全篇を支配している。綾辻以降の本格復興運動は『匣の中の失楽』を継承し、「人間だった時代の記憶を忘れることのできない人形たち」のドラマを描き続けてきた。

しかし二十代の脱格系新人は、竹本＝綾辻的な地平からさえ追放されている。おそらく「人間だった時代の記憶」などカケラもない、「人形としての人形」の時代が到来したのだ。東浩紀の『動物化するポストモダン』を踏襲し、「人形としての人形」化を「動物」化と呼ぶこともできるだろう。

最後に注目しておきたいのは乙一の新作『ＧＯＴＨ』である。七八年生まれの乙一の世代感覚は、明らかに佐藤友哉や西尾維新と共通している。オタク系カルチャーを背景に登場した新世代作家ではあるが、しかし『ＧＯＴＨ』の本格ミステリとしての完成度はきわめて高い。現代的に「壊れた」キャラクターをリアルに描きながらも、本格ミステリの形式性は少しも「壊れて」いないのだ。乙一のような新世代作家が群生することで、第三の波に新たな地平が拓かれることを期待しよう。

「近代文学の終り」とライトノベル

日経BPのサイトでライトノベルの人気投票が実施され、ムック『ライトノベル完全読本』が続いて刊行された。ライトノベル文庫ではシェアトップの角川が版元なら不思議ではないが、なにしろ日経である。このところ騒々しい「コンテンツ産業の育成」という掛け声から派生した企画なのだろう。ところで『ライトノベル完全読本』の巻頭言「ライトノベル書評宣言」（細谷正充）は、次のように書き出されている。「ライトノベルは、文壇で正当な評価を受けなければならない。語るべき価値のある作品を創出しながら、若者層を中心とした新興ジャンルゆえに、活字の〝ジャンクフード〟扱いされてきた状況を変えなければならない」。

通産官僚の主導による「コンテンツ産業の育成」路線と、「ライトノベルは、文壇で正当な評価を受けなければならない」という大真面目な主張。コミック、アニメ、ゲーム、ライトノベルなどの新興カルチャー（『探偵小説と記号的人物《キャラ／キャラクター》』で、筆者はこれを仮に「ジャンルX」と呼んでいる。「オタク系カルチャー」として語られてきた領域と重なるのだが、できる限りニュートラルな言葉を使いたいと考えたのである）を、前者は産業資源としての利用可能性に切り縮め、後者は近代的な文化システムを不可疑の前提として事大主義的に祭りあげようとする。一九七〇年代に形成され、八〇年代に急成長し、九〇年代にジャンル的な輪郭を確立したジャンルXの潜勢力を捉えそこねている点で、両者には相互補完的な一面性と矮小性が無視できない。

一九八〇、九〇年代の「文壇」を批評的に支えてきた柄谷行人は、講演「近代文学の終り」(「早稲田文学」二〇〇四年五月号)で、近代において「文学の地位が高くなることと、文学が道徳的課題を背負うこととは同じことだ」ったとし、さらに「その課題から解放されて自由になったら、文学はただの娯楽になるのです。それでもよければ、それでいいでしょう。どうぞ、そうしてください。それに、そもそも私は、倫理的であること、政治的であることを、無理に文学に求めるべきではないと考えています。はっきりいって、文学より大事なことがあると思っています。それと同時に、近代文学を作った小説という形式は、歴史的なものであって、すでにその役割を果たし尽くしたと思っているのです」と語っている。

ライトノベルは「活字のジャンクフード」すなわち「ただの娯楽」という水準を脱し、「文壇で正当な評価を受けなければならない」と宣言されるそのとき、「文壇」の側から「文学はただの娯楽になる」べきだという、どことなく悲痛な断念の声が聞こえてくる。このすれ違いは、いささか滑稽ではないだろうか。

柄谷行人の目からは、「ライトノベルは、文壇で正当な評価を受けなければならない」という主張など、喩えていえば幕藩体制が瓦解しつつあるまさにそのとき、一国一城の主を夢見て甲州に進軍しさらし首という末路を辿った近藤勇さながらに見えるだろう。続けて柄谷は、次のように宣告している。

私は、作家に「文学」をとりもどせといったりしません。また、作家が娯楽作品を書くことを非難しません。近代小説が終ったら、日本の歴史的文脈でいえば、「読本」や「人情本」になるのが当然です。それでよいではないか。せいぜいうまく書いて、世界的商品を作りなさい。マンガがそうであるように、実際、それができるような作家はミステリー系などにはけっこういますよ。一方、純文学と称して、日本でしか読むに耐えないような通俗的作品を書いているような作家が、偉そうなことをいうべきではない。

柄谷行人の主張は大方のところ妥当にしても、しかし正確に把捉しえていない余白が残る。グローバリゼーションの必然性に棹さして、小説もジャンルXの一部としてハリウッド産業化すればよいと柄谷はいう。「せいぜいうまく書いて、世界的商品を作りなさい」と。

同時に柄谷は、かつて文学が担ってきた道徳的、倫理的課題が消滅したわけではないともいう。「資本主義はますますあらゆるところに浸透している。今や臓器から赤ちゃんにいたるまでグローバルに商品として売買されている」が、「私はそれを文学で考えろ、などとは言いません。その逆です。文学を離れて考えろ、というのです」と。小説や文学のハリウッド産業化を必然性として承認しながら、しかも依然として存在する道徳的、倫理的課題はダイレクトな政治的、社会的行為として追求しなければならない、ということになる。

柄谷行人の思考上の癖ともいえるのだが、割り切れないものまであえて割り切ろうとする決意のようなものが、歴史的使命を終えた近代小説と世界的商品としてのポスト近代小説という図式を導く。

この割り切れすぎた図式が、対極に「ライトノベルは、文壇で正当な評価を受けなければならない」というアナクロニズムの生じる余地を残してしまう。柄谷的な「近代文学の終り」論では、こうしたアナクロニズムを根絶しえないのである。

たしかに柄谷が主張するように、「活字のジャンクフード」であるジャンルXには、近代文学が担ってきた道徳的、倫理的課題を継承することなど不可能だ。しかしジャンルXは、「ただの娯楽」としては過剰なものをはらみすぎてもいる。ハリウッド産業化に帰結する「ただの娯楽」性には還元できない、しかも近代的な文学性の論理では位置づけることのできない奇妙な過剰性。柄谷による「文学の終り」論は、この過剰性の決定的な意味を見逃してしまうのである。また、この過剰性をジャンルXの「文壇」性と誤解するところから、文学主義的なアナクロニズムが必然的に産出される。

講演「近代文学の終り」に見られる議論の無理は、次のような箇所にも歴然としている。一方で柄谷は、他人指向の学歴主義から離れた「フリーター」を評価し、「しかし、そこには、立身出世コースから脱落した、あるいは排除されたことから生まれるような、近代文学の内面性、ルサンチマンなどはありません。そして、実は、私は、それは悪くない傾向だと思います。さらにいえば、そういう人たちは文学などやらなくても結構です。もっと違う生き方を現実に作り出してもらいたい」という。しかも他方では、アレクサンドル・コジェーヴの日本論を援用しながら、「他人指向の極端な形態」として「強い自意識があるのに、まるで内面性がない（略）最近の若手批評家」を批判している。

コジェーヴは江戸時代の「日本的生活」についていったのですが、それは予見的でした。（略）

もともと日本には内部指向型などない。明治以来の日本の近代文学や思想はいわば自律的な「主体」を確立することに努めてきたといってよいでしょう。ところが、一九八〇年代に顕著になってきたのは、逆に「主体」や「意味」を嘲笑し、形式的な言語的戯れに耽ることです。近代小説にかわって、マンガやアニメ、コンピュータ・ゲーム、デザイン、あるいはそれと連動するような文学や美術が支配的となりました。それはアメリカで始まった大衆文化をいっそう空虚に、しかしいっそう美的に洗練することでした。

「マンガやアニメ、コンピュータ・ゲーム、デザイン、あるいはそれと連動するような文学や美術」として、柄谷はジャンルXに言及している。柄谷によればジャンルXは、日本の近代文学が持続的に追求してきた「内部指向」の精神的地平から、「アメリカで始まった大衆文化をいっそう空虚に、しかしいっそう美的に洗練する」他人指向文化に後退したものにすぎない。換言すれば、ジャンルXに体現される日本のポストモダン文化は、コジェーヴに注目された江戸文化の再現として位置づけられる。

しかし柄谷行人は、「立身出世コースから脱落した、あるいは排除されたことから生まれるような、近代文学の内面性、ルサンチマンなど」もともと皆無である、他人指向の論理とは無縁の「フリーター」的存在から、「強い自意識があるのに、まるで内面性がない」ように見える極端な他人指向の形態が生じる必然性を見ようとしない。ジャンルXのクリエーターあるいはオタク的な精神を、他人指向と内部指向というようなアメリカ社会学のタームに当てはめることはできない。自意識と内面性の近代的結合それ自体が綻びてきたことに、ここでは注目するべきだろう。

一九五〇年代にリースマンなどに批判された現代人の他人指向と画一主義は、内面性の弱体化を意味しても自意識の消失を意味するものではない。たとえば、スクウェアな他人指向を否定するビートニクの自意識が、顎鬚にジーンズという類の画一的なファッションをもたらしたことからもわかるように。カウンターカルチャーに起源がある点で、オタク的な精神は五〇年代のビートニクや六〇年代のヒッピーとも無関係ではない。これらに見られる内面的な空虚と自意識の過剰は、ポストモダンな性格類型として普遍的である。また、日本のポストモダン文化を江戸文化と重ね合わせる柄谷の理解も、わかりやすい分だけ通俗的といわざるをえない。

同じことを、少し違う角度から検証してみよう。たとえば舞城王太郎の『好き好き大好き超愛してる。』が芥川賞に落選した。当然の結果だろう。この作品には、ジャンルX的な「セカイ系」の主題を異化するモチーフが込められている。しかし選考委員の誰一人も、セカイ系というコトバさえ知らなかったようなのだ。評価能力をもたない人間が、当該作品の評価をしなければならないわけで、これでは見当違いな選評が並んでも仕方がない。

舞城作品を妥当に評価するには、たとえばセカイ系にかんする最低限の予備知識が要求される。同様のことが、大多数のジャンルX作品にいえるだろう。アニメもゲームも、ほとんどが先行作品の引用と解釈の集積である。ある程度の予備知識がなければ、作品を享受することも評価することもできないように、はじめから作られているのだ。

和歌の本歌取りや歌舞伎の世界を参照するまでもなく、前近代的な創作では作品鑑賞に予備知識が不可欠である。しかし文学を含む近代芸術は、一箇の作品に全世界が内包されていると見なすことで、このような条件性を方法的に解体した。一箇の作品に全世界が内包されうるのは、作者の内面が世界と等価だからだ。内面なるものが世界の特権的な鏡であると信じられているから、いかなる予備知識もなしに鑑賞しうる、絶対的に固有で自己完結的な「作品」という近代的理念もまた生じえた。

むろん、このような理念は欺瞞にすぎない。テクストの次元で見れば、近代小説もまた先行作品の模倣と引用の集積である。換言すれば、自己増殖する物語の断片にすぎない。完璧な模倣が不可能である結果としてもたらされる微細なズレが、かろうじて作品の固有性や作家性を析出する。この相対的なズレを擬制的に中心化し特権化するところから、近代的な作品性や作家性が生じる。柄谷の指摘にある「文学の地位が高くなること」、「文学が道徳的課題を背負うこと」は、その社会的な帰結にすぎない。

九〇年代最大のヒットアニメ「新世紀エヴァンゲリオン」が、夥しい関連本や解説本を生み出した背景にも、ジャンルX作品の非自律性、非自己完結性がある。大多数の視聴者や観客は、「新世紀エヴァンゲリオン」を正しく鑑賞し的確に理解するために、作品外的な知識が不可欠であると感じていた。知識の不足を補うため、ディテールにわたる解説が山ほど求められたのだ。

しかし誰も、あらゆるジャンルに精通することなどできはしない。アニメに時間と資金を費やしてきたマニアは、同じほどの知識をコミックやゲームにはもちえないだろう。小説ジャンルでいえば、SFマニアで本格ミステリにも精通している読者はきわめて少数である。SFでも本格でもマニアという域に達するには、話題の新作を追い続けることに加え、教養として数百冊という古典を読破していなければならない。

いささか風変わりなミステリ作家として、メフィスト賞からデビューした舞城王太郎は、作品が自律的、自己完結的でなければならないという近代文学的な理念とは無縁である。結果としてセカイ系をめぐる知識がなければ理解できない作品を書き、予備知識などなくても作品は妥当に鑑賞できるはずだと信じる選者から、見当違いな否定的評価を浴びせられることになった。

文学や小説から道徳性、倫理性が失われたことは、同時に個々の作品から自律性と普遍性が失われたことを意味する。作品の自律性、自己完結性の喪失は一方で周辺知識による支えを必然化するだろう。この方向が加速すれば、ジャンルは際限なく細分化していかざるをえない。しかしジャンル的な細分化とタコツボ化の趨勢が同時に、グローバリゼーション下のハリウッド産業化を可能とする。このことは、日本のジャンルX作品を原作としてハリウッド超大作が次々に制作されている事実からも明らかだろう。ジャンルX作品は近代的な意味での「作品」ではない。近代的作品を創造し鑑賞するために、かつて内面的な領域なるものが要求された。内面性の衰弱は作品の固有性の消失をもたらし、一方ではジャンルXの専業マニア的なタコツボ化に帰結する。他方でそれは、爆発的にヒットし、たちまち消費され忘れられてしまう世界的な文化商品の氾濫を可能ならしめた。ジャンル的な細分化とグローバルなコンテンツ産業化は近代の文学的普遍性が解体される対極的な現象だが、同時に両者は不可分で表裏の関係にある。

講演「近代文学の終り」で柄谷行人が語っている「文学」とは、ドイツではゲーテ、フランスではヴィクトル・ユゴーに体現される一九世紀のロマン主義文学である。それに先行し、部分的には並行したイギリスの市民小説は、中産階級の娘が編み物を編むように暇潰しで書いた、言葉によるセーターまがいの工芸品にすぎない。ようするに婦女子の趣味や娯楽の産物である。このように市民小説をロマン主義者は否定し、文学とは趣味や娯楽の類ではない、精神の領域に属するものなのだと主張した。超越性をめざして飛翔する、古代の英雄や神秘家にも類比的な芸術的天才の営みでなければならないと。

こうした「文学」は、すでに二〇世紀の前半で息の根を絶たれている。講演で柄谷は「文学とは、一言でいえば、永久革命の中にある社会の主体性（主観性）である」というJ・P・サルトルの言葉を引用している。フランスでもサルトルのような知識人＝文学者は、一九六〇年代まで生き延びていたというわけだが、本当だろうか。第一次大戦のアプレゲールだったサルトルは、『嘔吐』で一九世紀的な文学＝政治の予定調和的な理念を破壊している。第二次大戦後のサルトルがボリシェヴィズムに同調し、文学＝政治という図式を暴力的に振り回したとしても、それは近代文学的な理念の単純な延命を意味したわけではない。

アンドレ・ブルトンに「美は痙攣的である、でなければ存在しない」という言葉がある。『嘔吐』でサルトルは、痙攣的な美にしか逃げ道がないアプレゲールの運命を描いた。ゲーテやユゴーは、いうまでもなく永遠の美を信じていた。凡庸な複製技術と高踏的な永遠の美の理想が無矛盾的に重ねあわされるところで、ナショナリズムの基盤としての「文学」が一九世紀に確立されたのである。しかしアプレゲールとしてのサルトルやブルトンは、すでに永遠の美など信じることができない。永遠の美のような牧歌的な理念は、第一次大戦の機銃掃射でデクノボウさながらに撃ち倒され、大量死を遂げたのだ。美は痙攣的なものでしかなくなった。

第二次大戦後のサルトルは、痙攣的な美から痙攣的な政治に乗り移ったにすぎない。痙攣的な政治とは、近代的な政治倫理を「止揚」して党による総体的専制を弁証法的に合理化した二〇世紀マルクス主義、ようするにボリシェヴィズムである。柄谷は「近代文学は一九八〇年代に終った」というが、実際は一九二〇年代に終わっていたのだ。二〇年代から八〇年代まで、「文学」は永遠の美ならぬ痙攣的な美や痙攣的な政治に、あるいは痙攣的な美も政治も不可能であると語り続けることに延命の場を見出してきた。二〇世紀の実質をなした七十年間、柄谷も自覚しているように「文学の終り」という言説は、すでに死んでいる文学を延命させる特効薬として姑息に消費され続けてきた。

二〇〇二年の時点で筆者は、当時のメフィスト賞新人である舞城王太郎、佐藤友哉、西尾維新、北山猛邦の四人を、「いずれも本格形式を前提としつつ形式から逸脱する傾向が共通していることから（略）便宜的に『脱本格』、略して『脱格』系」（「本格ミステリに地殻変動は起きているか？」探偵小説研究会編著『本格ミステリ・クロニクル３００』所収）と呼んでいる。

本格形式をガジェットやギミックの無秩序な集積に解体する清涼院の方向性は、舞城王太郎や佐藤友哉に継承された。他方、マンガ、アニメ、ゲームなどで開発されてきたキャラクターや舞台設定やプロットを積極的に導入しながらも、基本的には「謎‐論理的解明」の作品構造を崩していないのが、西尾維新や北山猛邦といえる。

いずれの作家も一作ないし二作しか著書を刊行していない時点での暫定的な整理であり、今日では不充分性が否定できない。セカイ系的な設定をはじめジャンルXの影響が顕著であるとしても、北山猛邦は本格ジャンルに内在する作家として位置づけるべきだろうし、舞城と佐藤の場合でも「本格形式をガジェットやギミックの無秩序な集積に解体する」方法の温度差や方向性の相違は歴然としてきた。探偵小説形式に吸引されながら離反してしまう矛盾と緊張の意識それ自体が、舞城とは違って佐藤には稀薄であるようだ。

脱格系四作家のなかで特異な位置にあるのが、西尾維新である。「セカイ系」の影響が濃厚な舞台設定にもかかわらず、「謎－論理的解明」の探偵小説形式に内在し続けようと意思する北山猛邦とも、形式の破壊を方法化してきた舞城王太郎とも西尾のスタンスは微妙に異なっている。

たとえば清涼院流水のインタビュー「戯言遣いのツクリカタ」(『ファウスト』二〇〇四年夏号)で、西尾は「ミステリーはストーリーを駆動させるシステムとしてはとても優れていると思うんですけどね。ただ、システム自体にだけ興味が向かっても、という気はしています」、「小説がエンターテインメントとして面白くあればそれでいいじゃないか、と思うんですけど。ミステリーって、ある時期から妙に複雑化しつつ純粋化していってしまった」と語っている。「ミステリーは本当に大好きなんだけれど、ミステリーのためのミステリーには魅力を感じないし、興味がないんです」と語る清涼院と同様、西尾の場合にも探偵小説形式は複数ある抽斗のひとつ、作家として使いこなさなければならないスペックの一項目にすぎないようだ。

社会派ミステリが成功を収めた一九六〇年前後から、ミステリの中間小説化と中間小説のミステリ化が同時進行し、八〇年代には中間小説誌の大半が広義ミステリ作品に占拠されるにいたる。松本清張は別として、水上勉や梶山季之が作家デビューに有効である交換可能な道具として探偵小説形式を捉えていたのは事実だろう。晩年まで清張は、断続的に推理小説を書き続けた。作品的な価値が高いとはいえない推理小説を、それでも延々と書き続けたところに、形式に呪縛された作家的宿命のようなものを窺うことができる。清張とは違って水上や梶山は、作家的な地位を確立したとたんに推理小説やミステリから離れた。

トマ・ナルスジャックの定義によれば、探偵小説とは「読ませる機械」である。「ミステリーはストーリーを駆動させるシステムとしてはとても優れている」という西尾の発言もまた、ナルスジャックの卓抜な定義に至近距離で共鳴するものだ。新人時代に水上や梶山も同じように考えていたのかもしれないが、それでも西尾を、社会派から中間小説の巨匠や私小説的な「文壇」作家に転業した先行作家と同一視するわけにはいかない。同じように探偵小説形式の「読ませる機械」的な性格に注目するとしても、探偵小説形式のポスト世界戦争的な水準の感受という点で、西尾維新は水上勉や梶山季之と決定的に異なっている。

大戦間の英米探偵小説は、『嘔吐』のサルトルや『ナジャ』のブルトンと時代精神を共有し、モダニズムの徹底化である形式主義を小説の技法としてジャンル的に内化していた。しかも大戦間モダニズムに特徴的だった痙攣的な精神の緊張がゆるみ、第二次大戦後のサルトルのように文学＝政治という近代的理念の延命に邁進しはじめても、依然として探偵小説は「謎－論理的解明」をめぐるラディカルな形式主義を探究し続けた。たとえば『盤面の敵』や『第八の日』などエラリイ・クイーンの第二次大戦後作品、ロス・マクドナルドの私立探偵小説、カサックやバリンジャーの叙述トリック作品、日本では横溝正史を代表作家とする戦後本格の達成、などなど。

一九六〇、七〇年代に進行した探偵小説の中間小説化と「文壇」化は、「文学の地位が高くなること」、「文学が道徳的課題を背負うこと」を防衛しようとしたサルトルの立場と並行的である。サルトルが危機に瀕した文学＝政治の守護者に志願したとき、危機に乗じて文学に成り上がろうとしたのが社会派だった、という相違はあるとしても。文学領域の辺境（中間小説）に縄張りを確保しようとする分、探偵小説のラディカルな形式主義は必然的に微温化した。

英米の大戦間本格や日本の戦後本格を継承するものとして、一九八〇年代後半から探偵小説復興運動が既成ミステリ界から非難を浴びたのにも相応の根拠はある。文学＝政治をめぐる近代的理念の廃墟から生じた探偵小説が、世界戦争によって徹底的に破壊された人間と社会を反映した小説形式である以上、この小説形式のラディカルな復活をめざした新人たちが、空洞化した「人間」や「社会」の保守に腐心する社会派の末裔から攻撃されたのも当然のことだろう。

探偵小説には、『嘔吐』の主人公ロカンタンが最後に到達する「痙攣的な美」の理想を共有しているようなところがある。世界の無意味に包囲され窒息しそうなロカンタンは、たまたま酒場で耳にしたジャズの啓示で「鋼鉄のように硬く美しいもの」を創造する可能性に目覚める。曖昧な剰余を削りぬいた果ての完璧な人工的構築という探偵小説的理想は、ロカンタンの「鋼鉄のように硬く美しいもの」に照応している。人間も社会も崩壊した無意味の沼地を、「痙攣的な美」や一瞬の意味の炸裂で照らし出そうとする二〇世紀的精神の継承をめざした探偵小説復興運動は、しかし、清涼院流水という「スキャンダル」に直面することになる。清涼院の『コズミック』の刊行は一九九六年で、本格復興運動は十年目の節目を迎えようとしていた。

綾辻行人『十角館の殺人』の刊行によって、探偵小説復興運動が開始されたのは一九八七年のことだ。二年後には東欧社会主義政権が連続倒壊し、世界戦争の二〇世紀は劇的な終焉をみる。世界戦争の時代の小説形式として誕生した探偵小説は、この時点で深刻な危機に見舞われたともいえる。九〇年代を通して探偵小説がジャンル的な繁栄を持続しえたのは、一朝一夕に消えるわけではない歴史的惰性と、新しい探偵小説運動が萌芽的に二一世紀的な質を宿していたという二点の結果だろう。『十角館の殺人』では「謎－論理的解明」の探偵小説的形式性と、二一世紀的に凡庸な生と死をめぐる主題は微妙に均衡していた。しかし、二〇世紀的精神としての探偵小説と二一世紀的なリアルは必ずしも整合しない。それを暴露してしまったところに、清涼院流水という「スキャンダル」もまた生じたのだろう。

水上勉や梶山季之と清涼院流水や西尾維新のスタンスは、探偵小説形式を選択可能、交換可能な技法と見る点で似たところがある。しかし、方向性は逆なのだ。社会派は二〇世紀を一九世紀に引き戻そうとしたが、脱格系作家は二〇世紀的な探偵小説形式から二一世紀的な方向に逸脱しようとしている。初期クイーンや鮎川哲也に典型的な「鋼鉄のように硬く美しい」探偵小説的構築を放棄している点では似ているが、両者のベクトルの向きは逆といわざるをえない。

さらに清涼院と西尾のあいだにも落差が認められる。探偵小説の形式性という点で、清涼院作品に二〇世紀の残響を聴きとることは至難である。簡単にいえば、清涼院作品では「謎－論理的解明」という形式的拘束が外的に破壊されている。名探偵や連続殺人や密室といった探偵小説的道具立ては過剰なまでに詰めこまれている反面、読者に謎の論理的解明というカタルシスは提供されない。清涼院の探偵が駆使するのは論理でなく地口であり、アナグラムという魔術的照応の原理なのだ。

清涼院流水の継承者としては唯一、西尾維新が形式からの内的な逸脱をめざしているようだ。ポスト二〇世紀的に弛緩した日常、弛緩しながらも暴力と死が抽象的に瀰漫しているような日常を、西尾作品が繰り返し主題化していることは指摘するまでもない。同じことは舞城王太郎や佐藤友哉にもいえるが、西尾の固有性はたとえば『きみとぼくの壊れた世界』に明らかだろう。

この作品のタイトルそれ自体が、探偵小説界の西尾評や「脱格」評への応答である。作品の半ばでは、探偵小説論や推理論が自己言及的に延々と論じられる。学園で起きた生徒の死を、探偵役の病院坂黒猫が推理することになるのだが、病院坂はワトスン役の櫃内様刻に奇妙な主張をする。

病院坂は、まず後期クイーン的問題を引用する。後期クイーン的問題とは、探偵小説のモダンとポストモダンの接点から生じた議論で、「探偵小説世界に内在する以上、探偵役は唯一確実な真実に達することができないのではないか」という難問を提起するものだ。犯人による探偵役の「操り」可能性を焦点とした後期クイーン的問題は、「謎－論理的解明」という形式を不安な宙づり状態に追いこみ、探偵小説の不可能性という決定的な結論を導きかねない危険な問いである。

後期クイーン的問題の隘路から脱出するため、さまざまな議論が繰り返されてきた。実作としての有力な応答のひとつに、探偵役を全知全能の神と等号で結んでしまう山田正紀『神曲法廷』がある。探偵が神なら、オブジェクトレヴェルの出来事をメタレヴェルから鳥瞰できる。二つのレヴェルを峻別しなければならないという機制から生じた難問は、これで一挙に解消されるわけだが、しかし後期クイーン的問題と同時に探偵小説も消滅しかねない危険な答えでもある。

後期クイーン的問題を意識すれば「『犯人当て』なんて絶対に不可能になってしまう」というワトスン役に、病院坂は「そんなもん、操られる奴が悪いのだ」と断定する。なぜなら「探偵の役割は、謎を解くことでも犯人を見つけることでもない。事件を事件として立証することだ」から。唯一の普遍的な真実を求めるから、探偵役は後期クイーン的問題という暗礁に乗り上げてしまう。しかしそれは、探偵小説的な真実などないという結論には通じないし、探偵小説の「読ませる機械」という魅力を否定することにもならない。探偵小説的世界に内在するしかない探偵役にも、与えられた情報の範囲内で推理することは可能だし、それで探偵小説は充分に成立しうる。探偵役の推理が客観的な真実と一致する保証はないが、それは問題ではない。この世界には、もともと客観的な真実など存在しないのだから。

このような探偵小説観は、必ずしも西尾維新の独創とはいえない。起源はポオの『マリー・ロジェの謎』まで辿れるだろうし、この方向を押し進めた記念碑的作品としてはアントニー・バークリー『毒入りチョコレート事件』がある。西尾の独創性は、探偵小説的世界から唯一の真相を消去し、それを出来事の解釈の連鎖に置き換えた点にあるわけではない。

病院坂黒猫という探偵役の名前は、横溝正史作品のタイトルから引用されたものだろう。このようにベタな引用は探偵小説の伝統的スタイルでもあるし、西尾に先行する清涼院作品は引用のパラノイア的な集積というしかない。しかし『きみとぼくの壊れた世界』の核心が、探偵小説的ガジェットやギミックの膨大な引用にあるとはいえない。読者は作中で提起されている、先にも指摘した奇妙な推理論に注目するべきだろう。探偵小説的な唯一の真相の不在を、時代的な必然である人間の不在、主体の消失と方法的に重ね合わせながら、しかも探偵小説的興味だけは救い出そうという意思に西尾の野心を見ることができる。

『ライトノベル完全読本』の人気投票で、一位は今野緒雪『マリア様がみてる』、二位は秋山瑞人『イリヤの空、UFOの夏』、三位は賀東招二『フルメタル・パニック』、四位は時雨沢恵一『キノの旅』、そして第五位が西尾維新の「戯言シリーズ」である。一位から四位までは電撃文庫やコバルト文庫など、いわゆるライトノベル文庫から刊行されているが、講談社ノベルス刊行の「戯言シリーズ」のランクインには、この点で多少の違和感がないでもない。

しかし西尾作品には、ライトノベルを含むジャンルXの影響が歴然としてもいる。「キミとボク」の学園ロマンス、戦闘美少女と萌えキャラ、「セカイ系」的な設定、その他もろもろ。西尾作品をライトノベルトと見なしても、さほど不自然とはいえない。

「新世紀エヴァンゲリオン」以降、ジャンルXの先端に躍り出たとされる美少女ゲームの歴史を概括し、更級修一郎は次のよう述べている。「美少女ゲームのキャラクターは現実の女性と隔絶するという方向でオタク男子（＝童貞）向けに萌え要素の最適化とカスタマイズが行われ、零落したマッチョイズムと少女幻想が融合した『乙女ちっくイデオロギー』の楽園を構築してしまった。／なまじ完璧に社会と切り離された楽園を構築してしまったが故に、その崩壊を怖れた人々は大量の萌え消費と再生産のサイクルに突入していく。そして、『楽園』に自己言及するような『物語』をノイズとして徹底的に排除するようになった」(「『雫』の時代、青の時代。」／東浩紀個人事務所『美少女ゲームの臨界点』所収)。

西尾維新は『きみとぼくの壊れた世界』で、美少女ゲーム的な「零落したマッチョイズムと少女幻想が融合した『乙女ちっくイデオロギー』の楽園」を徹底的に自己破壊している。結末で露呈されるように、「キミとボク」の楽園的な世界は不気味に「壊れ」ているのだ。

西尾維新の小説は、探偵小説の規範からズレているように、ライトノベルや美少女ゲームの規範からも逸脱している。このような過剰性を、グローバリゼーションとハリウッド産業化に適合した「たんなる娯楽」という枠内に封じこめるのは困難だし、それに収まりきらない部分を近代的な「文学」性として賞揚するのも見当違いだろう。西尾作品は、ジャンルXの全体にはらまれた可能性の露頭である。

「ユリイカ」の西尾維新特集号に寄せた「『近代文学の終り』とライトノベル」で、「日経BPのサイトでライトノベルの人気投票が実施され、ムック『ライトノベル完全読本』が続いて刊行された」と書いたのは昨年（二〇〇四年）夏のことだ。「ライトノベル文庫ではシェアトップの角川が版元なら不思議ではないが、なにしろ日経である。このところ騒々しい『コンテンツ産業の育成』という掛け声から派生した企画なのだろう」と続けたのだが、その後、ラノベ現象はさらに加速している。

年末刊行の『ライトノベル完全読本2』では日本ライトノベル大賞の創設が宣言され、前後して年間ベストランキング本『このライトノベルがすごい！　2005』や、大森望と三村美衣の対談本『ライトノベル☆めった斬り！』も書店に並んだ。また、ライトノベル創生期の作家体験を綴った、久美沙織『コバルト風雲録』も刊行されている。

「小説トリッパー」本号（二〇〇五年春季号）のライトノベル特集も、以上のような流れから生じた企画なのだろう。ラノベ現象は、ついに文芸誌にまで及んだというわけだ。「文学界」三月号新人批評家座談会「文学のフロントラインでは今何が起きているか」（前田塁、野村喜和夫、池田雄一、佐藤康智）でも「ファウスト系」作家やライトノベルが論じられている。

一方ではコンテンツビジネスの一環としてライトノベルの市場性が注目され、他方では、慢性的な貧血症状に悩む文学業界がそれに注目しはじめた。という点ではラノベ現象も、コミック、アニメ、ゲームなどサブカルチャーの諸ジャンルを焦点として、一九八〇年代から反復されてきた構図の最新版にすぎないといえる。

しかし、コンテンツビジネスや文学（という中心）を活性化する周縁という枠組みに、ライトノベルを含むジャンルX（コミック、アニメ、ゲームなどオタク系カルチャーとして語られてきた新興ジャンルを、筆者はこう呼ぶことにしている。詳しくは『探偵小説と記号的人物《キャラ／キャラクター》』を参照のこと）を回収しようとする作為は、問題を矮小化するものでしかないだろう。

ライトノベルを、中高生を主要読者とする文庫版書き下ろし小説として外面的に定義すれば、現在にいたる有力な源流は一九八〇年代に全盛を誇ったコバルト文庫（正確には集英社文庫コバルトシリーズ）である。コバルト文庫は少女向けで、少年向けにはソノラマ文庫が人気を集めていた。

八〇年代の少女ライトノベルには、先行する恋愛コミックの小説版という面がある。この時期にコバルト文庫の代表作家だった久美沙織は、日日日『ちーちゃんは悠久の向こう』の文庫解説で、「『ライトノベル』とその周辺ジャンルのエンターテインメント」の「男子主人公たちとその書き手があまりにナイーブで傷つきやすいのにいささかゲンナリ」すると違和感を洩らしている。

彼らが「萌え」る少女たちはというと、制服のまま（あるいはスクール水着のまま）世界を救う戦いを戦っているというのに！　『イリヤの空、UFOの夏』も、『最終兵器彼女』も、『ほしのこえ』もみんなそうだ。（略）スゴイ能力をもっていてこの世にたったひとりクラスのかけがえのなさなのになぜかこのつまんない自分をスコブル熱愛してくれる少女じゃないと、欲しくないらしい。（略）そりゃどうみてもあまりといえばあまりに自分本意のご都合主義で、卑怯な責任放棄だろう、と歯がゆく感じてしまうのはわたしだけではあるまい。

一九七〇年代以降の学園ラブコメコミックや八〇年代の少女ライトノベルでは、ワタシと××クンの恋愛ドラマが主として描かれ、近代小説的な内面性や社会性は著しく希薄化していた。こうした構図を批評的に捉え返したのが、押井守の劇場アニメ「うる星やつら2　ビューティフルドリーマー」（一九八四年）だろう。同時期の少年ライトノベルは、ジャンル的にはSFアクションやヒロイックファンタジーが中心で、ボクの世界を襲う外敵という形ではあるが、依然として社会的な要素がドラマを駆動していた。

少年ライトノベルに学園恋愛ドラマというコンセプトが流入し、全盛期を迎えたのは、二〇〇〇年代に入ってからのことだ。しかも、ワタシと××クンがキミとボクに位相変換されているとはいえ、構図としては同型的な学園恋愛ドラマであるのに、前者の代表作家である久美は新世代にたいし、先のような違和感を懐かざるをえない。久美の批判には性差を根拠とする面がある。「あまりに自分本意のご都合主義で、卑怯な責任放棄だろう」というのは、女性による男性批判として読めるからだ。

しかし、ここでは性差でなく世代差の方向で考えることにしたい。ようするに久美沙織は、この時代の少年ライトノベルに顕著である「キミとボク」性に抵抗を覚えている。久美世代の少女ライトノベルでは、ワタシと××クンの恋愛空間は閉鎖的かつ自足的であるとしても、××クンという存在は点線で社会領域、あるいは大人の世界に通じていた。この点について久美は、「少年たちはかつて、自分の男らしさを励ててみせたくて（ようするに、いわば、他の男子という仲間にたいするライバル意識あるいは見栄として）敵を倒し巨悪に立ちむかった」と指摘している。

作者＝主人公＝読者が少女から少年に移行し、ワタシと××クンの私的な恋愛空間はキミとボクのそれに転化した。同時に内面性と社会性が削除され、私的な恋愛空間がひたすら自閉し続けるという異様な事態が生じてくる。

ワタシは恋愛の私的空間に没入してもいい、恋人の××クンが社会を引き受けるのだから。この論理は、あらかじめ性差別的に社会領域を奪われた少女たちの居直り的な抵抗ともいえる。しかし少年まで社会から逃走したら、いったいどうなるのか。

ワタシと××クンの論理（八〇年代の少女ライトノベル）からキミとボクの論理（〇〇年代の少年ライトノベル）への転換に際して無視できないのは、美少女ゲームというジャンルだろう。久美沙織が「自分本意のご都合主義で、卑怯な責任放棄」ではないかと苛立つ、二〇〇〇年代の少年向けライトノベルに顕著な「キミとボク」的傾向性を、「Ｋａｎｏｎ」や「ＡＩＲ」などの美少女ゲームは先取りしていた。

久美沙織もあげている秋山瑞人のライトノベル『イリヤの空、ＵＦＯの夏』、高橋しんのコミック「最終兵器彼女」、新海誠の自主制作アニメ「ほしのこえ」などの作品は「セカイ系」として括られている。表現ジャンルはコミック、ライトノベル、アニメという具合に相違しているし、作者の感性や主題意識にも違いは大きいのに、この三作には物語の構造という点で無視できない共通性が認められるからだ。例として『イリヤの空、UFOの夏』を中心に、セカイ系の代表作を見ていくことにしよう。

作中で「北」としか呼ばれることのない、謎めいた隣国との戦争が切迫している架空の日本が、この作品の舞台である。主人公は米軍と自衛軍の航空基地がある園原市の中学二年生、浅羽直之。学内の非公認サークル「園原電波新聞」の部長、水前寺邦博と二人で浅羽は一夏を園原基地の監視に費やした。「電波新聞」部長にふさわしい奇人型天才キャラクターの水前寺は、しばしば園原基地の周辺で目撃されるUFOの正体を突きとめようとしたのだ。こうして、マッドサイエンティストの雰囲気もある奇人部長に引き回されながら、浅羽少年の「UFOの夏」がはじまる。

作中の日本は、「北」との戦争の危機に直面している。しかし他方では、平凡な市民生活、学園生活の日常がだらだらと続いてもいるのだ。今回の危機にしても、これまで幾度となく繰り返されてきたように、開戦にいたることなく微温的な解決を迎えるに違いない。漠然とながら主人公は、このように予感する。次第に明らかになるのは、「北」の脅威の背後にエイリアンの地球侵略という人類規模の危機が潜んでいることだ。このように学園生活の平明な日常と、妄想的な世界最終戦争とに作品空間は二極化されている。また、この作品でもTVアニメ「新世紀エヴァンゲリオン」(一九九五年)と同様、人類を滅亡させかねない強大な「敵」の正体は、読者が納得できるような形では明らかにされることがない。H・G・ウエルズ『宇宙戦争』の場合には、作品の結末でエイリアンの正体が、その歴史と侵略の意図、生物学的特徴などを含め解明されることで、読者にSF的なカタルシスをもたらすのだが。

セカイ系への「新世紀エヴァンゲリオン」の影響は、SF的な世界最終戦争の「敵」を正体不明なものとして設定する点には尽きない。この作品はジャンルXの過去と未来の交点に位置していて、たとえば巨大戦闘ロボットものという点で、「新世紀エヴァンゲリオン」は「機動戦士ガンダム」と「ほしのこえ」を繋いでいる。久美沙織が指摘しているように、無力な少年と戦闘美少女という対立の構図はセカイ系作品に共通するが、これも「新世紀エヴァンゲリオン」が「機動戦士ガンダム」から引き継いで徹底化したものといえる。

「電波新聞」の二少年による、一夏の秘密監視活動は空振りに終わる。浅羽は夏休み最後の夜に、一泳ぎしようと忍びこんだ中学のプールで、学校指定の水着姿の奇妙な少女と出くわす。人に慣れていないのか無愛想なほどに無口で無表情な少女は、二人だけの夜のプールで水泳の初歩を教えた浅羽に、自分の名前を「いりや」だと告げる。翌日、少女は転校生の伊里野加奈として主人公の前に再登場した。基地に住むというイリヤは、校内放送で呼び出されて早退することが多い。体質的に虚弱なのか何種類もの薬剤カプセルを持ち歩き、しばしば鼻血を流す。またリストバンドで隠しているが、少女の手首には、卵の黄身サイズの金属球が埋めこまれている。

水前寺の執拗な調査によって、目撃者にUFOと信じられていたものが、極秘に園原基地を離着陸する米軍の最新鋭戦闘機ブラックマンタらしい事実が判明する。また記憶にない幼児のときに、イリヤがマンタ専属パイロットに選抜され、戦闘サイボーグに人体改造され、長期にわたる過酷な訓練を経て、いまは「敵」と命がけの死闘を繰り返していることも。

人体改造された戦闘美少女の運命を、より残酷な形で描いているのが「最終兵器彼女」だ。「キューティーハニー」や「うる星やつら」以来のチャーミングでパワフルな戦闘美少女の陰惨化は、セカイ系に共通して認められるが、その画期をなしたのはやはり「新世紀エヴァンゲリオン」だろう。血の気のない無表情で、全身に包帯を巻かれて初登場した綾波レイはアニメ視聴者に決定的な衝撃を与えた。しかも作者は、傷ついたレイの対極に戦闘を躊躇う少年シンジを配置している。陰惨化した戦闘美少女と無力な少年の対置法が、印象的な形で提出された瞬間といえる。

ヒロインの陰惨化は、身体をメスで刻まれ戦闘サイボーグに人体改造されるという外形的な水準にとどまるものではない。レイのライヴァルであるアスカがそうであるように、セカイ系作品の戦闘美少女たちは例外なく精神的外傷に苦しんでいる。

ネバダの秘密基地で、イリヤが四人の少年少女と一緒にマンタの搭乗訓練を受けていたとき、ジェイミーという男子の四号機が事故で墜落する。イリヤたちはジェイミーの墜落現場を一目でも見たいと願い、無断で基地を離れて砂漠を彷徨う。ようやく現地に辿り着いたイリヤたちは、なんとも奇怪な光景を目にする。

> 地平線までなんにもない砂漠の真ん中にね、そこだけコンクリートとアスファルトで舗装された場所があって、ブランコとかジャングルジムとかシーソーとか、ぶら下がるのとかくるくる回るのとか、そんな遊具がいっぱいあった。（略）もちろん、子供の姿なんかひとつもなかった。わたしたち以外には、誰も。

作中で最も印象的な場面のひとつだろう。マンタが墜落した痕跡を消してしまうなら、ブルドーザーで整地するだけで充分だ。「砂漠の真ん中」にある真新しい児童公園は、不幸な死を遂げた子供のための、一種の墓碑であると解釈できなくもない。しかし大多数の読者は、そこにグロテスクな悪意を、徹底的に非情で巨大な意思を感じて慄然とする。生まれてはじめて好きになった少年の前で、イリヤは無表情に呟く。「わたしたちはみんないらない子なんだ――って、そのとき思った」、「生きてるうちだって誰とも会っちゃいけなくて、誰とも話しちゃいけなくて、死んだら最初からいなかったことにされちゃうんだって思った。伝染病の患者か何かみたいに、わたしが見たものとか触ったものとか歩いた場所とか、そういうのはみんな片づけられちゃうんだって」。

少女たちのトラウマは、彼女たちが戦闘美少女である事実から生じている。巨大戦闘ロボットの搭乗員に抜擢はされたが、サイボーグに人体改造されたわけではない「ほしのこえ」のヒロイン美加子にしても、平穏な日常とは次元の異なる戦闘空間に送られたことで精神的な傷を負い、アイデンティティの崩落に苦悩している。まるで村上春樹の主人公のように、美加子は「ねえ、わたしはどこにいるの」と自問するのだ。

日常的で平明な現実と妄想的な世界最終戦争の対項がキャラクター的に展開されると、無力な少年と陰惨化した戦闘美少女の対項に転化する。「わたしが見たものとか触ったものとか歩いた場所とか、そういうのはみんな片づけられちゃう」のは、日常空間と戦闘空間の原理的な乖離による。戦闘サイボーグとして妄想的な世界最終戦争の次元に位置するイリヤは、浅羽が暮らしている日常生活の次元では非在でなければならない。

しかし、少女と少年の位置する場所が完全に無関係であるなら、両者は接触のしようがないだろう。

結果として恋愛ドラマも生じえないはずだ。イリヤと浅羽がキミとボクの恋愛関係になるのは、イリヤが戦闘空間から浅羽のいる日常空間に下降してくるからである。「最終兵器彼女」と「ほしのこえ」の場合は、日常空間を共有していた二人のうち少女のほうが、彼方の戦闘空間に連れ出されてしまう。セカイ系におけるキミとボクの恋愛空間が、ようするに「セカイ」である。セカイは、現実的な日常空間でも妄想的な戦闘空間でもない。前者に属する無力な少年と、後者に属する陰惨化した戦闘美少女が接触し、キミとボクの純愛関係が生じる第三の領域がセカイなのだ。この点でセカイは、日常と異常、現実と妄想、内部と外部、などなどの二項対立的世界から端的に逸脱している。相反する二つの次元を方法的に混濁させ、セカイ系への道を拓いたアニメが「新世紀エヴァンゲリオン」だったとすれば、ライトノベルの重要作品は上遠野浩平『ブギーポップは笑わない』（一九九八年）だろう。

先にも述べたように八〇年代の少女ライトノベルの恋愛ファンタジーは、日常、現実、内部の項を舞台としていた。他方、少年ライトノベルは異常、妄想、外部の項に引きよせられた冒険ファンタジーが主だった。八〇年代の後半から、女性作家による異世界ファンタジーも書かれるようになり、少女ライトノベルの過半が学園ラブコメものという事態は変化しはじめるのだが、以上のような整理も大雑把には可能だろう。

『イリヤの空、UFOの夏』前半の学園恋愛ドラマは、イリヤと恋敵の少女の対抗関係（大食競争として描かれる二人の対決は、ギャグマンガの雰囲気が溢れていて楽しい）という中間点を経過し、ロードノベル的な後半に進む。浅羽の呼びかけに応え、イリヤは基地からの脱走を決意するのだが、非常事態下の逃避行は惨憺たる結末に終わる。逃避行の過酷さに耐えきれなかった少年は、極限で八つ当たり的な激情に襲われイリヤを見捨ててしまうのだ。浅羽が後悔したとき、少女の心は現実を認めまいとして狂いはじめていた。追跡者に発見され、イリヤは基地に連れ戻されてしまう。

イリヤのいない学園生活に戻った浅羽は、ある日、校庭から自衛軍のヘリで米空母タイコンデロガに連行される。人類の存亡を賭けた最後の決戦が切迫している。最終兵器ブラックマンタは、イリヤが操縦する一機しか残されていない。しかもイリヤは搭乗を、戦闘を拒否しているという。機械のように訓練され、機械のように過酷な戦闘を繰り返してきた戦闘美少女が、とうとう壊れてしまったのだ。

人類の救済のため、イリヤを説得できるかもしれない唯一の少年として、浅羽は洋上の空母まで運ばれたわけだ。戦争の真の「敵」、イリヤが転校してきた理由などが明らかにされ、浅羽は絶体絶命の二者択一に直面する。世界を救うためイリヤは死ね、あるいはイリヤが生きるために世界は滅びよ……。

「覚悟を、決めた。／世界を滅ぼそう」と思った浅羽に、イリヤは「静かに泣きながら柔らかく笑って」答える。「わたしも他の人なんか知らない。みんな死んじゃっても知らない。わたしも浅羽だけ守る。わたしも、浅羽のためだけに戦って、浅羽のためだけに死ぬ」と。

躊躇いがちだった少年と少女の純愛は、このように意外な結末を迎える。「浅羽のためだけに戦って、浅羽だけのために死ぬ」と叫んで出撃する戦闘美少女に、『イリヤの空、ＵＦＯの夏』の少年読者たちは感動し号泣するのだろう。少年読者の母親世代が「冬のソナタ」に大泣きしたように。「障壁と情熱」(「ミステリーズ！」七号)で論じたように、セカイ系と「冬のソナタ」には、方法的に社会領域を消去した物語という共通点が無視できない。

かつて少年の戦闘は社会領域に通じる自己形成的、教養小説的な行為だったが、セカイ系の「少女たちは違う」と久美沙織は指摘していた。「自分の愛するたったひとりの『かれ』を大切に思うあまりに……世界をまるごと全体必死に救わないとその『かれ』も巻き込まれてひどいめにあうから……しょうがなく戦闘するんである」。

さらに久美は、「この世にたったひとりクラスのかけがえのなさなのになぜかこのつまんない自分をスコブル熱愛してくれる少女」とは、少年にとって「すでに戦場に半ば奪われており、いずれ永遠に失ってしまうに違いない」刹那的な対象にすぎない。このように「あらかじめ決してうまくいかないことが約束されている恋愛」の「せつない『いま』」に自堕落に惑溺するのがセカイ系の主人公であり、それに感情移入して号泣する少年読者たちではないのかと、久美は痛烈に批判している。

しかし久美沙織によるセカイ系批判は、女性による男性優位イデオロギー批判の域を出るものではない。たしかにセカイ系作品で主人公を演じる少年の人生観や恋愛観は、「自分本意のご都合主義で、卑怯な責任放棄」のきわみに見える。しかし、源流を辿れば久美がコバルト作家だった時代の少年ライトノベルや、現在も少年向けでは量的な主流をなしている伝奇ものやアクションものでも、事情は基本的に変わらないのだ。大人＝社会人になるために戦闘を重ね、教養小説的な自己形成を模索する少年は、自分を通じて社会的な承認を間接的に得ようと無意識に欲望する少女から、愛される資格があると夜郎自大にも信じて疑うことがない。あらかじめ社会領域を奪われている少女にとって、少年を愛することは居直り的な抵抗でもある。『結婚の条件』で小倉千加子が説得的に分析している、女子短大生の結婚願望のようなものだ。小倉によれば、女子四大生による機会均等法的なキャリア願望の挫折が、女子短大生の結婚願望の背景にある。また少なからぬ若い女性が、居直り的な抵抗としての結婚願望を実現しえず、晩婚や生涯独身の道を辿ることになる。少子化問題は女性のキャリア願望ではなく、結婚願望の対象となる同世代男性の稀少化から生じているというのが、小倉千加子の結論である。

強大な敵との戦闘による自己形成の道を選んだ少年と、少年の成功を通じて裏口から社会に関わろうという少女の恋愛ファンタジーは、どちらの場合にも制度的といわざるをえない。制度の人格化にすぎない少年と比較すれば、少女による居直り的な抵抗のほうが多少は個性的かもしれないが、いずれにしても似たようなものだろう。久美沙織は「ははあ、結婚とか育児とか家族としての生活といった『将来』はいらないわけね」と、セカイ系少年に嫌味を並べているが、大人＝社会人としての教養小説的自己形成をめざしたかつての少年のほうが、「ただ、せつない『いま』だけが欲しい」セカイ系のオタク少年より上等とはかならずしもいえない。前者は父になり、「結婚とか育児とか家族としての生活」を男性優位的な性別分業体制として構築するにすぎないからだ。ジェーンと結婚してコロニアル調の新居を密林に構え、マイホーム・パパになったターザンのように。

人類の命運など知らない、「浅羽のためだけに戦って、浅羽のためだけに死ぬ」と叫んで決死の戦闘に赴く少女の姿には、どこかしら既視感がある。わが子のために戦い、死も厭わないという制度的に理想化された母親像を、それは同世代の少女に投影しているにすぎないからだ。「最終兵器彼女」の場合も結末は似ている。殺伐とした金属の集積に変貌し終えた少女ちせの胎内で、少年は最終的な安らぎを得るのだから。

マザコン批判に行き着くだろう久美沙織のような批判では的を射抜くことのできない水準に達しているのが、新海誠の「ほしのこえ」だ。作品冒頭でヒロインの美加子は、「世界っていう言葉がある。わたしは中学の頃まで、世界ってケータイの電波が届く範囲だと、漠然と思ってた」と語る。しかし、恋人の昇を地球に残し、国連宇宙軍の戦闘員としてシリウスの第四惑星アガルタに駐留している美加子の「ケータイはどこにも届かない」。地球とシリウスは八・六光年も離れているのだ。

「ケータイの電波が届く範囲」とは、キミとボクの私的な日常世界を寓意している。その対極にあるのが、地球から八・六光年の彼方にあるシリウスの戦場、あるいは人類の命運を賭けてタルシアンとの宇宙戦争が戦われている異世界だ。「わたしたちは宇宙と地上に引き裂かれる恋人みたいだね」。キミとボク、この場合にはワタシとノボルが「引き裂かれ」てしまうリアリティに、セカイのセカイ性は込められている。

「新世紀エヴァンゲリオン」では、シンジと父ゲンドウとの葛藤が物語の重要な部分をなしていた。父親はエディプス家族内で社会性の極を代表し、子は父との対立や相克を通じて大人＝社会人に自己形成し、最終的には自分もまた父になる。教養小説が父子の葛藤を伝統的な主題としてきたのも当然のことだ。

しかしシンジの父殺しは完遂されず、少年の社会的＝内面的主体としての教養小説的自己形成も果たされないまま物語は終わる。劇場版「新世紀エヴァンゲリオン」の最後で、少年が少女に「気持ち悪い」という言葉を投げられる場面に象徴されるように、「新世紀エヴァンゲリオン」は自己形成の物語としては自壊している。ただし壊れてはいても、教養小説的な磁場から完全に離脱しているとはいえない。

　人類補完計画をめぐる支配層の暗闘や謀略という形でも、父ゲンドウの存在によって物語には社会的な領域が持ちこまれる。「ケータイの電波が届く範囲」としての私的な日常（小状況）と、謎めいた「敵」との世界最終戦争（大状況）という二重性は、「新世紀エヴァンゲリオン」では社会領域（中状況）に曖昧な形ではあるが媒介されている。こうしたセカイ系としての不徹底性は『イリヤの空、UFOの夏』にも指摘できる。この作品にゲンドウのような父は存在しないが、その代理として社会性の極を体現するのがイリヤの管理官であり、また保護者でもある自衛官の榎本だ。「新世紀エヴァンゲリオン」でも『イリヤの空、UFOの夏』でも、小状況と大状況を曖昧に媒介する社会領域（中状況）は、黒幕権力の謀略と反対派による暗闘の交錯として描かれる。新海誠の新作劇場アニメ「雲のむこう、約束の場所」にも同じような指摘は可能だ。不徹底なセカイ系作品に残存する社会領域は、古典的な西欧教養小説や高度成長期の社会派ミステリとは違って、歴史的な社会性や近代の市民社会として表象されることがない。例外なく、それは謀略と暗闘の閉塞空間として少年や少女の前に出現する。

　少女たちは、自分の意思で戦闘に志願するわけではない。イリヤと同様、ちせや美加子もまた、無力な個人には由来を窺うことのできない社会的意思によって戦闘員に仕立てあげられる。しかし少女たちを戦場に送りこむ社会なるものは、「最終兵器彼女」や「ほしのこえ」ではほとんど主題化されることがない。たとえばちせは、自分を最終兵器に人体改造した国家や軍を非難も否定もしない。「なんで私／こんな体に／なっちゃったん／だろう」、「私、何か／悪いこと／したのかな?」「これは何かの／罰なのかな?」、「たとえば／人に守ってもらって／ばかりいて、／何ひとつ／返せない／弱い私へのとか」という具合に、ひたすら自分を責めるばかりなのだ。戦闘を強いる国家や軍への抵抗感や批判意識は、作者によって意図的に希薄化されている。とはいえ「最終兵器彼女」にも、戦災に逃げまどう市民や兵士に志願して戦死する級友など、社会的な要素も点景として描かれてはいる。セカイ系の論理を可能な限り徹底化しているのは、やはり「ほしのこえ」だろう。この自主制作短篇アニメには、「宇宙と地上に引き裂かれ」た少年と少女を媒介しうる社会領域が、完璧に消去されている。

前田塁は「飛躍の論理」（「文学界」二〇〇五年三月号）で、「私が世界と直結するという『セカイ系』という『キブン』もまた、厳然と存在する中間領域に目をつぶることによって、はじめて成り立つものでしかない」、それは私と世界のあいだに「構造として存在するはずの経済や歴史の問題をいっさい描かない選択、つまるところは書き手の恣意的な『関心』に従属する選択なのだ」と本質主義的な批判をしている。「書き手の恣意」に「経済や社会の問題」が先験的に優位すると、どうして前田は信じることができるのだろう。「経済や社会の問題」は、私の個的で恣意的な世界にリアルなものとして浸透して、はじめて「問題」になる。

最終兵器に人体改造されても基本権の侵害として抗議の意思を持つことさえない少女は、「経済や社会の問題」に無自覚な啓蒙の対象にすぎないのだろうか。大塚英志も前田と似たような非難を「ライトノベルズ系文学」を標的に繰り返しているが、これらの論者は「経済や社会の問題」が構成されるにすぎないことを忘れている。「厳然と存在する」社会領域が見えない、見ようとしない無知な少年少女たちは、それが見えている大人の前田や大塚にとって教育や啓蒙の対象でしかない。いうまでもないだろうが、セカイ系作品が社会領域を方法的に消去するのは、たんに「恣意的な『関心』に従属する選択」ではない。それは社会領域を構成する意思の失調や不全性の、時代的に必然である表現なのだ。

阪神大震災と地下鉄サリン事件が起き、「新世紀エヴァンゲリオン」がTV放映された一九九五年に、宮台真司は「終わりなき日常を生きろ」と主張した。「終わりなき日常」に耐えられない少年はハルマゲドンの夢想に逃避するが、少女たちはそれを軽々と生きるに必要なスキルを開発しているのではないか、と。しかし十年後の宮台は、「ブルセラ・援交」少女の少なからぬ者がメンヘラー化した事実を前に路線転換を余儀なくされる。一九九五年の宮台に見えていなかったのは、ようするにセカイという領域だった。妄想的な世界最終戦争を戦う少女と「終わらない日常」に浸透した世界最終戦争のヴィジョンは、現実と対項的な空想でも妄想でもない。戦う少女と無力な少年の純愛を描き続ける作品群は、日常がハルマゲドンでハルマゲドンが日常であるしかないセカイのリアルな反映なのだろう。

秋山瑞人『イリヤの空、UFOの夏』のタイトルにある「イリヤ」は、本作のヒロインで転校生の、伊里野加奈の姓である。しかしタイトルの「イリヤ」から、とりあえず評者が連想したのは、四十年前のアメリカ製TVドラマ「0011ナポレオン・ソロ」でデビッド・マッカラムが演じたところの、金髪おかっぱ頭の秘密エージェントの名前であり、次にフランス語の「il y a」だった。イリヤ・クリアキンのことは別としよう。「……がある」という意味の構文「イリヤ」を、独特の哲学的概念に仕立てあげたのは、ユダヤ系フランス人の哲学者エマニュエル・レヴィナスである。

レヴィナスは『実存から実存者へ』で、「イリヤ」について次のように述べている。「自我と呼ばれるものそれ自体が夜に沈み、夜に浸食され、人称性を失い、窒息している。いっさいの事物の消滅と自我の消滅は、消滅しえないものへと、存在という事実そのものへと立ち戻らせる。この事実に〈ひと〉は、いかなる自発性もなしに、無名の者として即融するのだ」（西谷修訳）。

レヴィナスの「イリヤ」という、容易に理解しがたい奇妙な概念は、ユダヤ人収容所の囚人の存在形態に発想の源がある。死者ではない、しかし生者でもない絶滅収容所の囚人は、人間であるが人間ではない。主体なしの、主語なしの、非人称で無名のまま「……がある」という、暗澹とした事実そのものとしての「イリヤ」。

近年のアニメやコミックやゲームに見られる、社会領域を欠いて自閉した印象の、キミとボクの恋愛ドラマは「セカイ系」と称されている。しかしキミとボク二人だけの、世界ならぬ「セカイ」もまた、最終的には自己完結しえない。その対極に、ほとんど必然的なものとしてSF的な世界最終戦争に代表される妄想的セカイを生み出し、二つのセカイは短絡的に二重化されていく。

このような二重構造は、庵野秀明のアニメ「新世紀エヴァンゲリオン」以降、コミックやアニメの世界で人気を集めてきた。陰惨化した戦闘美少女という点で、伊里野のキャラは「新世紀エヴァンゲリオン」の綾波レイの流れを汲んでいる。しかし「新世紀エヴァンゲリオン」では、ドラマの主軸は碇ゲンドウとシンジの父子関係に置かれていた。平凡な少年と人体改造された戦闘美少女の学園恋愛ドラマという点で、『イリヤの空、UFOの夏』は、高橋しんのコミック「最終兵器彼女」との共通性が無視できない。どうやらセカイ系の物語から、エディプス的な主題は排除される傾向のようだ(ただし「最終兵器彼女」の結末では、キミとボクの悲劇的な「純愛」は、擬似的母子関係に着地して安定するように描かれている)。

ネバダの秘密基地で訓練を受けていたとき、仲間の四号機が事故で墜落する。イリヤたちはジェイミーの墜落現場を一目でも見たいと願って砂漠を彷徨う。墜落現場の光景は奇怪に変貌していた。「地平線までなんにもない砂漠の真ん中にね、そこだけコンクリートとアスファルトで舗装された場所があって、ブランコとかジャングルジムとかシーソーとか、ぶら下がるのとかくるくる回るのとか、そんな遊具がいっぱいあった。(略)もちろん、子供の姿なんかひとつもなかった。わたしたち以外には、誰も」。

墜落した痕跡を消してしまうなら、ブルドーザーで整地するだけで充分だ。「砂漠の真ん中」にある真新しい児童公園に、読者はグロテスクな悪意を感じざるをえない。「わたしたちはみんないらない子なんだ――って、そのとき思った」、「生きてるうちだって誰とも会っちゃいけなくて、誰とも話しちゃいけなくて、死んだら最初からいなかったことにされちゃうんだって思った。伝染病の患者か何かみたいに、わたしが見たものとか触ったものとか歩いた場所とか、そういうのはみんな片づけられちゃうんだって」とイリヤは、はじめて好きになった少年浅羽に呟きかける。

「わたしたちはみんないらない子なんだ」という少女の悲痛な呟きは、ナチが「存在してはならない民族」として絶滅を宣告したユダヤ人の例を思い起こさせる。ホロコーストの痕跡を完璧に消去し、犠牲者など一人も存在しなかったように見せかけることを、ナチはあらかじめ計画していた。第三帝国が決定した「ユダヤ人問題の最終的解決」は、はじめからユダヤ人は地上に一人も存在しなかったと、全人類が信じることにおいて完成する。任務を完了したアウシュヴィッツ収容所の跡地を造成し、薬草園や森林公園にするという構想があれば、健康志向のエコロジストだった親衛隊長官ヒムラーは大賛成したろう。

ようするにイリヤは、「イリヤ」の砂漠から彷徨い出してきた人物なのだ。作者がレヴィナスを参照しているかどうかは、さほど大きな問題ではない。そうでないとしたら、哲学概念としての「イリヤ」とヒロインのネーミングの一致は、シンクロニシティの興味深い一事例ということになる。

「イリヤ」に呪われているのはヒロインだけではない。作中の日本は「北」との戦争の危機に直面しながら、他方では平凡な市民生活、学園生活の日常が続いてもいる。架空の日本は、戦争（死）とも平和（生）ともいえない奇妙な宙づり状態に置かれているのだ。「イリヤ」とは生と死の歴然とした分割線が失われた状態でもある以上、主人公の少年もまた、少女とは違う形で「イリヤ」の砂漠に放り出されている。

人類の存亡を賭けた最後の決戦が切迫し、最終兵器ブラックマンタはイリヤが操縦する一機しか残されていない。しかもイリヤは搭乗を、戦闘を拒否している。機械のように訓練され、機械のように過酷な戦闘を繰り返してきた戦闘美少女が壊れた……。

人類の救済のため、イリヤを説得できるかもしれない唯一の者として、浅羽は絶体絶命の二者択一に直面する。「世界を救うためイリヤは死ね」というべきか、「イリヤが生きるために世界は滅びよ」というべきなのか。

「覚悟を、決めた。／世界を滅ぼそう」と思った浅羽に、イリヤは「静かに泣きながら柔らかく笑って」答える。「わたしも他の人なんか知らない。みんな死んじゃっても知らない。わたしも浅羽だけ守る。わたしも、浅羽のためだけに戦って、浅羽のためだけに死ぬ」と。

躊躇いがちだった少年と少女の「純愛」は、このように意外な結末を迎える。『実存から実存者へ』でレヴィナスは、主体なき「イリヤ」の砂漠から主体が生まれ出る過程を論じているが、思弁的にすぎてさほどの説得力はない。「浅羽のためだけに戦って、浅羽だけのために死ぬ」と叫んで出撃する戦闘美少女に、『イリヤの空、ＵＦＯの夏』の少年読者たちは感動し、思わず泣いてしまうのであろうけれど、イリヤによる「イリヤ」の砂漠からの出立、人間としての再生が、レヴィナスの哲学的思弁よりも説得力があるとは思われない。

吉本隆明の証言にもあるように、太平洋戦争末期の青少年たちは、切迫した本土決戦と逃れられない死の必然性を前に、どうしたら死の運命を自分に納得させることができるだろうかと、必死で自問した。大東亜共栄圏などの、抽象的な戦争理念のためには死ねない。大日本帝国や天皇のためにも死ねそうにない。ただし、懐かしい家族や美しい故郷の山河を守るためならば、死ぬことを決意できるのではないだろうか……。「浅羽のためだけに戦って、浅羽だけのために死ぬ」というヒロインは、太平洋戦争末期の青少年の発想をなぞっているようだ。しかし日本浪曼派ふうに叙情化された「死」は、外部としての社会性を消去することによってのみ可能となる。

セカイ系の物語設定には、キミとボクの私的で日常的な位相と、世界最終戦争という観念的に極端化された世界的位相しかない。そこには「私」と「世界」を媒介する「社会」的な位相が抜け落ちているとしばしば指摘されるように。

ある意味で『イリヤの空、UFOの夏』は、セカイ系の物語としては稀に、「社会」的な位相の復活に成功しているように見える。「私」たちのため「世界」最終戦争に出撃する少女は、それによって「社会」をも救済することになるのだから。だが、それは外見上のことにすぎない。

エルサレムで、通行人を殺傷するため自爆し続けるパレスチナ人の少年少女たちがいる。おそらく彼らは、親や兄弟や友人や恋人のために、懐かしい故郷を回復するために、爆弾を抱いて出撃するのだろう。しかし、当人たちの意図はともかくとして、年少の自爆攻撃者たちの姿は、どこかしら回心以前のイリヤに似ている。作品の結末におけるヒロインの回心は、かならずしも「イリヤ」の砂漠からの離脱、解放を保証するものではない。とすれば、この作品においても「社会」は見失われたままであり、「私」と「世界」は無媒介的に直結しているというべきだろう。

大量死＝大量生と「終わりなき日常」の終わり

「社会領域の消失と『セカイ』の構造」で筆者は、宮台真司の路線転換に触れた上で、「戦う少女と無力な少年の純愛を描き続ける作品群は、日常がハルマゲドンでハルマゲドンが日常であるしかないセカイのリアルな反映なのだろう」と結論した。本稿では、「社会領域の消失と『セカイ』の構造」と重なる主題を、少し異なる角度から再検討していきたい。

宮台の路線転換については、北田暁大が『嗤う日本の「ナショナリズム」』で次のように要約している。

> よく知られるように、彼はかつて「意味」（思想的内容）を求めることなく日常をやりすごすブルセラ女子高生の姿に、「意味」にとりつかれた世界を相対化する可能性を見いだしていたが、ある時期から、「終わりなき（意味なき）日常を生きろ」というアジテーションを引っ込め、天皇制、亜細亜《アジア》主義という大いなる「意味」、ロマン的対象へのコミットメントを表明するようになった。その背景には、「終わりなき日常を生き」ていたはずの若者の少なくない数が、その無意味性に耐え切れず、日常を超越する「過剰」な意味への短絡《ショートサーキット》を起こすようになったのではないかという、彼一流の社会学的な診断がある。

地下鉄サリン事件の直後に刊行された『終わりなき日常を生きろ』で宮台真司は、一九九三年のブルセラ・ブームおよび九四年の女子高生デートクラブ・ブームと、「九四年秋から九五年春にかけてのサリンばらまき事件」には「偶然を超えた意味がある」と指摘し、さらに「九〇年代の『ブルセラ』と『サリン』の対立は、八〇年代の『終わらない日常』と『核戦争後の共同性』の対立であり、さらには『六〇年代SF』と『五〇年代SF』の対立である」と述べている。

宮台が五〇年代SFの代表例としてあげるのはハインライン、アシモフ、クラークなど、六〇年代の場合はバラード、オールディス、ディックなど。前者が「星間飛行やタイムマシンや宇宙戦争。科学の発達につれて私たちは『輝かしき非日常』に一歩一歩近づく」というモチーフで共通していたとすれば、「科学が発達しつくしたユートピアとは『終わらない日常』のディストピアに他ならない」ことを後者は暗示した。ちなみに八〇年代のサイバーパンクSFは、ニューウェーヴSF的な「暗澹とした未来」のヴィジョンを「汚濁した未来」という視覚的イメージにまで徹底している。また英米の五〇年代SFと六〇年代SFの対立は、日本の場合、小松左京など第一世代による六〇年代SFと、神林長平など新世代作家による八〇年代SFの断絶という形で再現されている。

サイバーパンクの代表作家ウィリアム・ギブスンに、「ガーンズバック連続体」という短篇がある。ヒューゴー・ガーンズバックは「アメージング・ストーリーズ」編集長としてアメリカSFの黄金期を準備した人物で、いわば「五〇年代SF」作家たちの父親的な存在だった。この短篇の主人公は「心ない現代から見捨てられた夢の国のかけら」を求め、「〝未来的〟な三〇年代、四〇年代の建築物のあれこれ」を撮影して歩くカメラマンで、「三〇年代は白い大理石と気流紋のクロームと、永遠の水晶と艶出しブロンズとを夢見たけれど、ガーンズバックのパルプ誌の表紙のロケットは、真夜中のロンドンに風切り音とともに落ちてしまった」、テクノロジーの発展の結果として「空そのものが暗くなり、排煙が大理石を蝕み、奇跡の水晶に穴を穿ってしまった」と述懐する。「輝かしき非日常」を夢見た五〇年代SFの科学主義的理想に、六〇年代のニューウェーヴや八〇年代のサイバーパンクが描いた「暗澹とした未来」、「汚濁した未来」としての「終わりなき日常」の現実が、この短篇では意図的に対置されている。

『終わりなき日常を生きろ』の翌年には、大澤真幸が「オウムと世界最終戦争」と副題された『虚構の時代の果て』を刊行している。大澤の場合、宮台が英米SFに即して提出した「五〇年代―六〇年代」の構図が、「六〇年代―八〇年代」にずらされている。大澤の整理によれば、六〇年代を中心とする戦後期は「理想の時代」、八〇年代に頂点を迎えたのが「虚構の時代」である。「理想の時代」を終わらせたのは連合赤軍事件、「虚構の時代の果て」を告げたのがオウム事件ということになる。

「理想」も「虚構」も「現実」の対立概念で、現実世界には属さない可能世界という点で共通するが、しかし対立の仕方が違う。「理想は、未来において現実に着地することが予期（期待）されているような可能世界」だが、「虚構は、現実への着地ということについてさしあたって無関連でありうる可能世界であり、それゆえ純粋な反現実である」。

では、どうして六〇年代が「理想の時代」の黄金期だったのか。大澤によれば、「この時期、たとえば、国民の圧倒的な大多数によって広範に欲求された家電製品が、大衆的な『理想』に物質的な表現を与えた」からだ。ただし「経済成長や科学・技術の進歩があったから理想が抱かれたのではなく、逆に、理想が可能的な『現実』として広く（世界的規模で）信憑されたがゆえに、経済が成長することができ、また科学や技術が進歩していると感受された」のだが。

宮台の「五〇年代」と大澤の「六〇年代」が、内容的に照応することは明らかだろう。両者の年代的なずれは、アメリカSFと日本SFのタイムラグからもわかるように、アメリカと日本の時代差に由来するともいえる。第二次大戦後の「平和と繁栄」は、アメリカでは五〇年代に頂点を迎えた。高度経済成長の日本が「平和と繁栄」を謳歌しはじめた六〇年代、すでにアメリカ社会は泥沼化するヴェトナム戦争の重圧に喘いでいたのである。

宮台真司の「五〇年代」と大澤真幸の「六〇年代」は、科学技術の発達と社会の進歩をめぐる時代精神に主導された時代という点で共通する。しかし、より広範な射程で捉えるなら「理想の時代」は一九世紀、「虚構の時代」は二〇世紀だろう。大澤の議論では連合赤軍事件にあたる「理想の時代の果て」を、世界史的なレヴェルでは第一次大戦として捉え返すことができる。

ガーンズバック的なSFがジュール・ヴェルヌの反復であったように、アメリカの五〇年代、日本の六〇年代という「平和と繁栄」の時代、科学技術の無限発展と社会の進歩が信じられた時代は、ようするに一九世紀近代の反復だった。むろん、歴史に完全な反復はありえないとしても。

ベル・エポックと呼ばれる二〇世紀初頭の十数年は、年表上は二〇世紀でも実質的には一九世紀の延長だった。第一次大戦は一九世紀近代の必然的帰結として開始され、一九一九年に終結したとき時代はすでに二〇世紀に移行していた。第一次大戦を起点とする二〇世紀は、世界戦争と大量死の時代となる。トロイ戦争の昔から戦争は大量の死者をもたらしてきた。逆にいえば、結果として大量の死者が生じる集団的な抗争を、われわれは「戦争」と呼んできたのである。

しかし第一次大戦の犠牲者数は、それ以前の戦争と桁が違っていた。独仏国境および独露国境の塹壕戦では、わずか四年間に七百万という戦死者の山が築かれた。塹壕戦に駆り出された青年たちは「科学の発達につれて（略）『輝かしき非日常』に一歩一歩近づく」どころか、それがメカニカルな大量殺戮の地獄に帰結する「暗澹とした未来」を身をもって体験したのである。こうして二〇世紀は、宮台真司のいわゆる「終わりなき日常」、あるいは大澤真幸の「虚構の時代」となる。

教養小説に典型的であるように、一九世紀的な時代精神は散文的な日常と「輝かしき非日常」の統一である。ブルジョワ的な日常性に、ロマン主義者は「輝かしき非日常」を対置して破滅の道を選んだわけだが、ゲーテからトーマス・マンにいたる教養小説の理想は両者の調和と統一にある。だから教養小説では、理想主義的な青年は世俗的な大人社会に反抗するが、象徴的な父殺しを達成することで自分もまた大人になるという構図が多様に変奏された。労働と教養の遍歴過程を通じて、人間的意識が絶対精神に自己完成するというヘーゲル思想は教養小説の哲学版だし、貧富の差などの欠陥が無視できない近代社会は理想状態に向けて進歩するだろうと信じた点で、一九世紀社会主義はその社会思想版だった。

一九世紀の時代精神は、地獄のような「終わりなき日常」を知らなかった。凡庸なブルジョワ的日常にも革命や戦争、芸術や恋愛という「輝かしき非日常」を媒介的に統一する可能性が与えられていたのだ。しかし、一九世紀の最後の世代として育った青年たちは、出口のない「終わりなき日常」に直面することになる。汚泥にまみれ、毒ガスと機銃掃射の大量死に脅える塹壕の日常は、「輝かしき非日常」の夢や理想と徹底的に無縁だった。ファブリス・デル・ドンゴには「輝かしき非日常」の象徴だった戦争それ自体が、「終わりなき日常」の地獄に変貌し終えたのである。

一九世紀的な理想は現実と根本的に切断され、二〇世紀の理想主義的観念に変貌する。それを典型的に示しているのが、社会主義理念の決定的な変質だ。第二インタナショナルに体現された一九世紀社会主義は第一次大戦の衝撃で崩壊し、ロシア革命とボリシェヴィズムの二〇世紀社会主義が誕生する。

とはいえ、二〇世紀を世界戦争と大量死の観点からだけ捉えるのは一面的だろう。大量死の裏側には大量生がある。二〇世紀は「大量死＝大量生」という「終わりなき日常」の時代だった。大量死と大量生の二重性は、さまざまな形で反復されている。たとえば、一九一〇年代の大量死と二〇年代の大量生の二重性がある。腐敗する肉片となって塹壕を埋めた、数百万という匿名の屍体の無意味性を模倣するかのように、ジャズ・エイジの二〇年代には「心情なき享楽」者（マックス・ウェーバー）の大群が都市の街路に溢れだした。

第一次大戦の終結によって、一九世紀的な市民社会＝階級社会が再建されたわけではない。オルテガ・イ・ガセットは、ポスト世界戦争に典型的な人間類型を「群衆」と規定した。それぞれに伝統と暮らしの具体的な厚みを背負った階級存在、鮮明な目鼻立ちをもつ農民や労働者、ブルジョワや貴族などの一九世紀人は死に絶え、交替に大挙登場したのが二〇世紀人としての群衆である。オルテガが描きだした匿名の無個性的な群衆は、産業廃棄物の山にも等しい塹壕戦の死者をグロテスクに模倣している。

「大量死＝大量生」の二重性は、より大規模な形で、二〇世紀の前半と後半の対照性にも指摘できる。二次にわたる世界戦争をふくんだ世紀前半が大量死の時代だったとすれば、世紀後半に西側諸国で達成された「ゆたかな社会」（ガルブレイス）は、二〇年代という大量生の時代を世界的な規模で反復し構造化したものといえる。

ガーンズバックの「アメージング・ストーリーズ」は、二〇年代にアメリカSFの基礎を築いている。五〇年代SFの起源が第一次大戦直後の二〇年代にあった事実は、アメリカの五〇年代、日本の六〇年代のような進歩主義的理想の時代が、たとえ一九世紀後半に達成されベル・エポックまで続いた平和と繁栄の反復であるように見えようと、両者の存在する次元が根本的に異なることを示している。アメリカSFの科学的理想主義に体現されたアメリカニズムも、競争者だったボリシェヴィズムやナチズムの超近代的な理想主義と同じく一九世紀的理想の倒錯形態にすぎない。

大量死＝大量生の二重性は、二〇世紀後半の「ゆたかな社会」にも必然的に内在した。西側諸国の「ゆたかな社会」は米ソ平和共存を前提としていたが、平和共存とは、たがいの喉元に「絶滅」という短剣を突きつけあう核対峙＝核均衡の体制に他ならないからだ。西側諸国の「平和と繁栄」は、大量死の極限である全面核戦争の脅威と相互補完的だった。二〇世紀後半にも、世界戦争は冷戦という形態で継続されていく。簡単にいえば冷戦とは、微分化され日常化された第三の世界戦争だった。

このように「終わりなき日常」とは、二〇世紀的な大量死＝大量生の「現実」を意味している。大量死＝大量生の「現実」に対立したのは、むろん一九世紀的な理想ではない。第一次大戦で殺害された理想のゾンビに他ならない新型の理想主義的観念が、出口のない二〇世紀の「現実」に対抗した。

その三類型として、ボリシェヴィズム、ナチズム、アメリカニズムがあげられる。前二者を左右の二〇世紀社会主義としてまとめるなら、社会主義とアメリカニズムの闘争過程として、二〇世紀の歴史を要約することも可能だ。

いうまでもないだろうが、『終わりなき日常を生きろ』で宮台真司が提出した「終わりなき日常」と「輝かしき非日常」の二項対立は、九〇年代日本のブルセラ少女とオウム青年という構図にはじまるわけではない。たとえば一九五九年刊行の『われらの時代』で、大江健三郎は「日本の若い青年にとって、積極的に希望とよぶべきものはありえない」と書いている。

希望、それはわれわれ日本の若い青年にとって、抽象的な一つの言葉でしかありえない。おれがほんの子供だったころ、戦争がおこなわれていた。あの英雄的な戦いの時代に、若者は希望をもち、希望を眼や唇にみなぎらせていた。（略）今やおれたちのまわりには不信と疑惑、傲慢と侮蔑しかない。平和な時代、それは不信の時代、孤独な人間がたがいに侮蔑しあう時代だ。

経済白書が「もはや戦後ではない」と宣言して三年後、池田内閣が所得倍増計画を発表する前年に、大江健三郎は「希望」に見放された青年を描いた。「ほんの子供だったころ」に背伸びして眺めているしかなかった戦争の時代こそ、南靖男にとって失われた希望の時代である。戦後の平和は、そして経済的繁栄もまた「希望」の対極にあるものと見なされる。

『われらの時代』の大江の発想は、同時期の三島由紀夫にも共有されている。三島による『個人的な体験』批判は、この作品を画期として戦後社会の否定から肯定に「変節」した大江に向けられたものだ。初期大江や割腹事件にいたる三島の戦後社会批判を、戦後世代として継承したのが村上龍だろう。村上の場合、『コインロッカー・ベイビーズ』や『愛と幻想のファシズム』から、『希望の国のエクソダス』や『半島を出よ』まで、戦後社会の凡庸性に戦争のヒロイズムを対置する立場は一貫している。

初期大江、三島、そして村上の戦後社会批判と、宮台真司が「『終わらない日常』が耐えられないから、人は自ら好んでハルマゲドンを招き寄せようとする」と要約した地下鉄サリン事件の犯人たちの発想に、共通点を見出すのは容易だろう。日本で「終わらない日常」に戦争のヒロイズムが対置されたのは六〇年代だが、その起源は第一次大戦後のドイツやフランスの文学、思想、哲学に見ることができる。

『われらの時代』の大江が影響を受けているのは、サルトルの「自由への道」第一部『分別ざかり』だ。この小説では、大戦間という「終わりなき日常」を生きる青年たちの運命が多重的に描かれている。主人公の高校教師マチウは、愛人の堕胎費用を捻出するためパリの街角をうろつき廻るのだが、逃れることのできない泥沼のような日常にうんざりしている。マチウが「終わりなき日常」から解放されるのは、第二次大戦の勃発で徴兵され、優勢なドイツ軍に絶望的な抗戦を決断する瞬間である。

という点で「終わりなき日常」と「輝かしき非日常」の二項対立は、初期サルトルにも明瞭に認められる。『存在と無』のサルトルはハイデガーの『存在と時間』を参照している。この哲学書の主題は、猥雑な喧噪に充ちた大戦間ドイツ社会への批判だ。ハイデガーは「終わりなき日常」を現存在の頽落として批判し、死という不可能な可能性に直面し続ける態度を、本来的な人間の在り方であるという。

第一次大戦は戦争からヒロイズムの光輪を決定的に剥奪した。二〇世紀の総力戦は、一九世紀のように平和の対立概念ではない。「大量死＝大量生」の等式は、「戦争＝平和」の等式と表裏の関係にある。第一次大戦という「現実」は、はじめて人類が体験した「終わりなき日常」だった。ハイデガーが嫌悪したところの、空疎な雑談や暇潰しにしか関心がないワイマール期の都市大衆（大量生）は、第一次大戦で塹壕を埋めた戦死者（大量死）の裏返しなのだ。実存的に頽落した都市大衆に、もはや英雄的な戦死者の存在を対置することはできない。

『存在と時間』で語られている死の哲学は、戦争＝平和、大量死＝大量生という「終わりなき日常」のリアリティに、観念的に美化された「戦争」を、あるいは死との直面による実存的な覚醒を対置しているにすぎない。しかし、死を賭けて共同体を防衛する戦士という「理想」は、すでに「現実」とは無関係な可能世界、「純粋な反現実」としての「虚構」に変貌し終えていた。「二〇世紀最大の哲学者」による『存在と時間』と基本的に同じことが、「二〇世紀最大のマルクス主義哲学者」ルカーチの『歴史と階級意識』にも指摘できる。「終わりなき日常」と「輝かしき非日常」の二項対立の起点は、第一次大戦経験から生じた左右の二〇世紀哲学にある。

先に引用した文章に続いて、北田暁大は宮台真司の路線転換を、「世界と『この私』とを短絡するロマン的な心性が浮上し、『終わりなき日常』を生きろという標語が失効していくような九〇年代以降の『構造転換』を、きわめて的確に察知したからこそ、彼は戦術を切り替えざるをえなかったのだ」と評している。だが、宮台の新路線に現実的な有効性はあるのだろうか。

宮台の戦術＝処方箋は、ごく簡単にまとめるなら、《ロマン的対象をベタに希求する人びとにまずは「よりよい」ロマン的対象を備給し、しかる後にその対象が相対的――あえてコミットする対象――なものにすぎないことを示す》というものである。第一段階で、ロマン的対象に巻き込み、次の段階でそのロマン的対象の相対性を指し示す（アイロニー）というわけだ。（略）この戦術を、宮台はリチャード・ローティのアイロニカル・リベラリズムと対応するものとして打ち出している。

アイロニストである以上、ローティは自由主義や民主主義さえ先験的な理念とは見なさないし、他を否定して哲学的に正当化できるとも考えない。あらゆる理念が相対的なのだが、それでもローティのアイロニカル・リベラリズムは「リベラリズム的価値はアイロニーによって相対化されることなく、『われわれアメリカ人』にとって無根拠に（伝統として）支持されるだろう」という共同体主義的な信念によって支えられている。しかし「ローティ的アイロニーを下支えする共同幻想＝リベラリズムに由来するものを、日本という地政学的磁場に見いだすことができるのだろうか？」。

『嗤う日本の「ナショナリズム」』で北田は、一九六〇年代から九〇年代以降の日本社会における「反省様式」の変遷史を、連合赤軍の「総括」に見られた「反省の極限化」から出発して記述している。反省の悪無限的な自己運動への批判として、七〇年代には糸井重里的な「抵抗としての無反省」（消費社会的アイロニズム）が生じる。八〇年代は、田中康夫のような「抵抗としての無反省」を通じ、たんなる「無反省」（消費社会的シニシズム）の時代になる。さらに九〇年代以降、2ちゃんねるのネット「ウヨ」（嗤う日本の「ナショナリスト」）に典型的なロマン主義的シニシズムの時代が到来している。

ロマン主義的シニシズムの時代に、あるいは「ぷちナショナリスト」やネット「ウヨ」の蔓延という新事態に、はたして宮台の新路線は有効なのか。北田は「かつて日本はアイロニカルであったが、今はナイーブになってしまった」という宮台の現状把握に、日本は「アイロニーの精神、スノビッシュな否定の作法を洗練させたからこそ『世界中でもっともナイーブ』であるように見える」のではないかと異を唱えている。とすれば「宮台の試みは、現在稼働しているシニシズムの構造を追認するだけのものになってしまう」、「動物の国アメリカにおいて独断のまどろみを覚ます契機であったものが、スノッブの帝国日本ではまどろみを深める麻薬ともなりかねない」。

北田暁大の宮台批判を検討する前提として、「『終わりなき日常』を生きろという標語が失効していくような九〇年代以降の『構造転換』」にかんして、簡単に整理しておかなければならない。「九〇年代以降の『構造転換』」とは、二〇世紀社会から二一世紀社会への変容を意味する。

一九一四年にはじまる二〇世紀は、東欧社会主義政権が連続崩壊した八九年に終わる。一九四五年にナチズムを、八九年にボリシェヴィズムを打倒したアメリカニズムは、一九九〇年代を通じて新型のグローバリズムに構造的な変質をとげ、われわれの前には二〇世紀世界とは異質な世界が広がりはじめている。

橘木俊詔『日本の経済格差』(一九九八年)、佐藤俊樹『不平等社会日本』(二〇〇〇年)が注目を集めて以降、戦後「総中流」社会の変質と二極化をめぐる議論が盛んにおこなわれてきた背景には、いうまでもなくグローバルな二一世紀世界の前景化という新事態がある。

山田昌弘の『希望格差社会』でも日本社会の二極化は前提とされている。山田は『パラサイト・シングルの時代』（一九九九年）で、「何の気兼ねもせずに親の家の一部屋を占拠し、親が食事を用意したりすることを当然と思い、自分の稼いだお金で、デートをしたり、車を買ったり、海外旅行に行ったり、ブランドものを身につけ、彼氏や彼女にプレゼントを買う」二十代、三十代の独身男女を「パラサイト・シングル」と命名した。

しかし、『希望格差社会』と前後して刊行された『パラサイト社会のゆくえ』では、一九九〇年代前半の調査を前提とした『パラサイト・シングルの時代』は、そろそろ「現状分析書として賞味期限が切れる時期が来ているのかもしれない」としている。一九九〇年代の後半を通じて、親に基本的生活を依存し豊かに生活する未婚者、二十代の正社員を主としたパラサイト・シングルは急激に減少し、「二〇〇〇年をすぎると、二十代のパラサイト・シングル、つまり、新たに加わった学卒後の親同居未婚者は、フリーターの割合が増え、収入の不安定化が著しく、リッチな生活を楽しめる経済的余裕も心理的余裕もなくしている」。では、一九九〇年前後に結婚を先送りして豊かな生活を謳歌していたパラサイト・シングルはどうなったのか。そのうち「何割か（私は約三割と推定しているが）は結果的に結婚せず三十代に突入し、将来に不安を抱き、リッチな生活を楽しめる経済的、心理的余裕がなくなっている」。

『希望格差社会』には『パラサイト・シングルの時代』の続篇という性格がある。山田の関心は、パラサイト・シングルの量的な主流を占めはじめたフリーターの「夢」や「希望」が意味するところに向けられ、それが資産や所得、学歴や社会階層の世代を超えた固定化傾向をめぐる問題に接合される。

豊かなパラサイト・シングルの全盛期だった一九九〇年前後、フリーターもまた「自由」で、望めば就職できるのに、自分の「夢」やライフスタイルを尊重してアルバイトやパート労働を続けているタイプが多数を占めていた。しかし平成大不況の十年を通じて、「不自由」なフリーターが増大し続ける。正社員になれないためやむをえず、あるいは志望の職種が決まらないのでとりあえずフリーター、というタイプの若者が急増した。むろん、九〇年前後と同じ「夢追い型」も消滅したわけではない。今日の「夢追い型」フリーターを、山田は次のように特徴づけている。

ほとんどのフリーターは、サーヴィス業や専門職の下請けなどに従事する単純労働者で、「現実に送っている日常生活は、理想とする将来に結びつくわけではない」。この断絶を埋めるのが、「学校歴に見合った正社員になる、公務員試験に受かる、独立して専門職になるといった夢」だ。ようするに、「努力しても報われないという現実の自分の状況を忘れさせてくれるものが、理想の仕事（略）という『夢』なのである」。山田によれば、「ここ数年、フリーターにインタビューやアンケート調査を行った結果からみると、『組織に縛られず、好きなことをして楽しく生活する自由人』というよりも、『将来の不安におびえているが、その不安を感じないために、実現可能性のない夢にすがっている』という姿が見えてくる」。『希望格差社会』の基本認識は次のようだ。

日本社会は、将来に希望がもてる人と将来に絶望している人に分裂していくプロセスに入っているのではないか。これを私は、「希望格差社会」と名付けたい。一見、日本社会は、今でも経済的に豊かで平等な社会に見える。フリーターでさえ、車やブランド・バッグをもっている。しかし、豊かな生活の裏側で進行しているのが、希望格差の拡大なのである。

『われらの時代』の主人公は、平和で安定した戦後社会には「希望」がないと思う。『希望格差社会』の著者にとって「希望」とは、「経済成長によって生活が豊かになる一方で、心理的に生活格差は縮小し、『いつかは追いつく』という期待」である。このように『われらの時代』と『希望格差社会』では、「希望」という言葉の意味するところが逆転している。

山田昌弘は村上龍の『希望の国のエクソダス』から、「この国には何でもある。本当にいろいろなものがあります。だが、希望だけがない」という言葉を引用しているが、この小説は『希望格差社会』の主張を必ずしも裏づけるものではない。作中の少年によれば、「希望」は「戦争のあとの廃墟の時代にあった。現代社会には「食糧や水や医薬品や車や飛行機や電気製品」など「生きていくために必要なものがとりあえずすべて揃っていて、それで希望だけがない」。

二〇〇〇年の村上龍は一九五九年の大江健三郎を継承している。『われらの時代』の南靖男は、「戦後から高度成長期を経てバブル期直前までの日本社会は（略）希望に満ち溢れた社会であった」という山田昌弘の主張を唾棄すべきものと見なし、「広い住宅、家電新製品、そして子供の学歴に象徴される」豊かな生活への期待、その達成可能性こそが若者から「希望」を奪い尽くしたと語るだろう。『希望格差社会』が露呈しているのは、グローバリズムによるリスク化と二極化が社会の不安定化をもたらしているという把握以上に、「希望」の意味するところの決定的な変質である。かつて、これほどに身も蓋もない「豊かさ」の礼賛、戦後社会システムの無条件的な肯定がなされえたろうか。この著作が前提としている人間観や社会観は、「終わりなき日常」への絶望と、「輝かしき非日常」をめぐる観念的欲望の帰結だった三島事件や連合赤軍事件やオウム事件など、はじめから視野の外ということになる。

冷戦の終焉と社会主義の崩壊が結果として明らかにしたのは、植民地再分割をめぐる世界戦争の時代としての二〇世紀が、同時に完全雇用を焦点とした体制間競争の時代だったという事実だ。イギリスを基軸国とする、一九世紀的な世界資本主義システムの亀裂が第一次大戦をもたらした。大戦の結果、一九世紀的なシステムは土台から崩壊する。それは国内的には、資本家と労働者による階級対立システムの解体、そして群衆社会の到来を意味した。

二〇世紀世界の覇権を争奪しあった三大勢力、ボリシェヴィズムとナチズムとアメリカニズムはいずれも、それぞれの路線で完全雇用社会の実現をめざしていた。国家統制経済による完全雇用という大枠を共有した三大勢力の抗争は、ナチズム＝右翼社会主義およびボリシェヴィズム＝左翼社会主義にたいし、ケインズ主義とフォード主義を結合したアメリカニズムの最終的な勝利で幕を閉じる。

アメリカニズムを一般化すれば、高度福祉社会および高度消費社会の一般的理念ということになる。左右の二〇世紀社会主義は完全雇用体制をめざしながらも、「広い住宅、家電新製品、そして子供の学歴に象徴される」豊かな生活を実現するために、過剰な意味や倒錯的観念を盛大に呼びこんだ。アウトバーンが国民車のためのレジャー道路であると同時に、電撃戦を予想した軍用路として建設されたように。「終わりなき日常」に、革命とユートピアと超人をめぐる「輝かしき非日常」を対置したナチズムやボリシェヴィズムとは違って、アメリカニズムは、自動車や家電をはじめとする消費財の誘惑で大衆動員をなしとげたのである。アメリカニズムの最終的な勝利は、血まみれの神話よりも華やかな消費財のほうがはるかに、大衆動員という点では有効だった事実を示している。

しかし、完全雇用をめぐる体制間競争の二〇世紀は終わった。一九六〇年代の西側諸国に典型的な、ケインズ主義とフォード主義の結合による福祉社会と消費社会の高度な相互補完システムは、アメリカニズムが競争者に勝利し、あるいは競争者を失った結果として歴史的な意義を奪われたのである。

大量死＝大量生という「終わりなき日常」の二〇世紀は、その裏側に必然的なものとして「輝かしき非日常」をめぐる倒錯的観念を生み出し続けた。たとえば、ナチズムとボリシェヴィズムの政治思想である。アメリカニズムもまた二〇世紀的な倒錯的観念だが、アメリカSFに象徴される科学的理想主義と大量生産される消費財の誘惑をイデオロギー化した点で、左右の競争者とは性格が異なっていた。この文脈では「輝かしき非日常」を賞揚した哲学や文学として、ルカーチとハイデガー、ハイデガーに影響されたサルトル、さらにサルトルに影響された初期の大江健三郎などが重要である。

二〇世紀の終わりは、アメリカニズムとしての「終わりなき日常」、福祉社会と消費社会の相互補完システム、ようするに「ゆたかな社会」、「総中流社会」の急激な解体と二極化に帰結した。以上が、宮台真司の路線転換の背景にあった「九〇年代以降の『構造転換』」の社会的実質である。

山之内靖などによる総力戦体制論は、潜在化された世界戦争（大量死）の国内体制として、西側諸国に「ゆたかな社会」（大量生）が組織された事実に注目している。しかし「終わりなき日常」としての「ゆたかな社会」は、必然的に意味への飢餓感を生じさせる。「希望」は「輝かしき非日常」に託され、すでに存在しない戦争のヒロイズムに若者たちはしばしば吸引された。

そして二〇世紀的なシステムが過去のものになったいま、かつて「輝かしき非日常」を夢見る若者たちから徹底的に否認された「総中流社会」、二〇世紀の「ゆたかな社会」に「希望」は転移していく。『希望格差社会』で「希望」という言葉の意味が裏返され、それが対極的な方向に移動している事態は、二〇世紀の終わりを裏側から証明するもの以外ではない。

希望格差社会の到来を憂慮し、「『負け組』の絶望感が日本を引き裂く」事態を阻止しなければならないと語る山田昌弘の提言は、ようするに二〇世紀に戻ろう、戦後日本社会に戻ろうという以上のものではない。こうした提言が無力であるのはいうまでもないだろうが、問題は宮台真司の路線転換もまた、山田と似たような時代認識から生じている点だ。

総力戦体制のイデオロギーだった天皇主義もアジア主義も、二〇世紀的な「輝かしき非日常」の理念にすぎない。メンヘラー化したブルセラ少女をそれで救おうとしても、両者はすれ違うばかりだろう。フリーター、ニート、ひきこもり、などなどの社会現象は「終わりなき日常」の終わり、大量死＝大量生の二〇世紀の終わりと無関係ではない。しかし宮台は、依然として「終わりなき日常」と「輝かしき非日常」の二項対立という地平に拘泥し続けている。

東浩紀は『存在論的、郵便的』で、デリダから引用した「否定神学」という言葉を繰り返し用いている。東によれば、デリダの「『否定神学』とは、肯定的＝実証的《ポジティヴ》な言語表現では決して捉えられない、裏返せば否定的《ネガティヴ》な表現を介してのみ捉えることができる何らかの存在がある、少なくともその存在を肯定することが世界認識に不可欠だとする、神秘的思考一般を広く指している」。ラカンの精神分析、初期デリダのゲーデル的脱構築、柄谷行人の『隠喩としての建築』、そしてハイデガーの『存在と時間』までを、東は否定神学の圏内に含めている。大戦間の時代に知的青春を過ごした、ラカンと同世代のフランス思想家たち、バタイユ、ブランショ、ヴェイユなどの思考が否定神学的であることはいうまでもない。『存在と時間』に影響を与えたルカーチ『歴史と階級意識』もまた、革命的階級と階級意識の不在を中心に思考が回転している点で、明らかに否定神学的である。

ようするに二〇世紀思想は、多かれ少なかれ否定神学的な特徴をもつ。ハイデガー、サルトル、大江健三郎という系譜を先行事例として検討してきた、宮台真司の「限りなき日常」と「輝かしき非日常」の二分法もまた、指摘するまでもなく否定神学＝二〇世紀思想の圏内に位置している。

ところで大澤真幸は「オウム真理教において、虚構に対してアイロニカルな意識をもっていることと、それを『本気』で受け取っているということとが、まったく両立しているように見える」（『虚構の時代の果て』）点に注目している。このような「メタとベタ」の奇妙な二重化は、否定神学的とも要約されるだろう二〇世的的思考の本質である。たとえば一九世紀社会主義は、現実に存在する労働者階級が革命主体であることを、それ自体として信じていた。『歴史と階級意識』の二〇世紀性は、現実の労働者階級は革命主体では「ない」、革命主体は不在であることを思考の前提としたことだ。革命主体が存在しない以上、革命は現実的に不可能である。しかもルカーチは「プロレタリアートの否定神学」によって、革命は不可能であるがゆえに可能であるという逆説的な結論を導いた。いわば「不合理ゆえに吾信ず」のマルクス主義版である。

「終わりなき日常」には不在であるしかない「輝かしき非日常」を、あえて信じるという「メタとベタ」の二重性。日本ロマン派のアイロニズムに影響されていた三島由紀夫にはむろん、ボリシェヴィズムの末流だった連合赤軍にも、同じような二重性は指摘できる。「終わりなき日常」と「輝かしき非日常」

を、簡単にいえば「メタとベタ」を無理にも一致させようとして三島は割腹自殺し、連行赤軍は「総括」という連続同志殺しに逢着したともいえる。いずれにしても、二〇世紀の否定神学的思考が行き着いた果てだろう。

北田暁大は、連合赤軍のグロテスクな反省主義への批判から、糸井重里に代表される七〇年代の「抵抗としての無反省」（消費社会的アイロニズム）が生じたという。しかし糸井の「抵抗としての無反省」も、あるいは田中康夫の八〇年代的な「抵抗としての無反省」にしても、連合赤軍の反省主義への批判としては不徹底だった。グロテスクな反省主義に対置された「抵抗としての無反省」は、ぎりぎりまで考え抜かれた批評であるように見えるが、あえて「無反省」を演じている消費社会的アイロニズムという点では、依然として否定神学的思考の枠内にあった。糸井も田中も、戦後日本では連合赤軍事件にまで行き着いた否定神学のリゴリズムを、たんに緩めてみせたにすぎない。

日本の八〇年代ポストモダニズムの全般に、同じような指摘ができる。日本型ポストモダニストのほとんどが、社会主義の崩壊と湾岸戦争に直面し、無定見にもモダンや戦後民主主義に逃げ戻った事実から窺えるように。この点からいえば、ポストモダニズムは後期モダン＝二〇世紀モダンの解体形態として位置づけるのが妥当だろう。

ただし糸井重里は文学者の反戦署名を拒否している。大塚英志との対談「歴史とファンタジー」で高橋源一郎は「僕にとって総括すべきだったのは『総括』という言葉そのもの、その政治性です」（「小説トリッパー」二〇〇三年夏季号）と述べている。連合赤軍事件の「総括」を総括しないことが、唯一の倫理的な選択だったと語る点で共通する糸井と高橋だが、湾岸戦争と反戦署名への態度は歴然と相違している。

三島由紀夫や連合赤軍の否定神学を自壊に導くことがモチーフだった『テロルの現象学』は、水準としてはゲーデル的脱構築に照応する。しかし、否定神学を徹底化することで否定神学を乗り越えようとする発想それ自体が、依然として二〇世紀的である。筆者は八〇年代ポストモダニズムに批判的だったが、それはハード否定神学とソフト否定神学の対立でしかなかったと、いまなら捉え返すことができる。否定神学という土俵を前提とする以上、ハードなほうがソフト化されたそれより優位であるとしても。

いずれにしても、最終的に否定神学の時代は終わった。九〇年代を通じて否定神学的思考を維持できたのは、一九八七年の綾辻行人『十角館の殺人』にはじまる探偵小説運動に属していたからに違いない。大戦間の時代に形式主義的な純化をとげる本格探偵小説には、もともと否定神学的な構造、ゲーデル的脱構築性が典型的なものとして刻まれていた。実質としてポスト二〇世紀に入りはじめた九〇年代に、日本で探偵小説の復興運動が大規模に展開されたというタイムラグの謎にかんしては、また別の考察が必要だろう。

繰り返すが、一九世紀には「終わりなき日常」は存在していない。ブルジョワ的な日常は、教養小説的な遍歴過程を通じてロマン主義的超越と結びつけられていたのだから。大量死＝大量生の「終わりなき日常」の現実に、「輝かしき非日常」の観念が二重化したのは二〇世紀に固有の出来事だ。クロマニヨン人の昔から、人間は「意味という病」(柄谷行人)に憑かれてきた。近代以前、一九世紀近代、二〇世紀近代と、それぞれの時代の人間は意味や超越への欲望をシステム化してきた。しかし、すでに否定神学的な形態の有効期限は切れたのである。

反省様式の変遷史を主題化した『嗤う日本の「ナショナリズム」』は、切り口の新鮮さという点で興味深い評論だが、九〇年代という切断の意識が稀薄であるように感じられる。「自己目的化することによって批判性を摩滅させたアイロニズムと、素朴といえばあまりに素朴なロマン主義」の奇妙な癒着として、北田は2ちゃんねる的な場に溢れる「嗤う日本の『ナショナリズム』」を特徴づけるが、これではオウム真理教の、連合赤軍の、総じて二〇世紀の否定神学的二重性に二一世紀的な諸現象を還元している結果にならないだろうか。

消費社会的アイロニズムからロマン主義的シニシズムへ。（略）消費社会的な、スノビッシュなゾンビたちは、「無反省」に充足することはできない。弁証法が止まるはずの「無反省」の次にくる反省のステージ、それがロマン主義的シニシズムである。「人間を欲するゾンビ」たちを前に私たちの啓蒙言語は、完全に機能不全に陥ってしまっている。

このように結論する北田は、ナンシー関の「『八〇年代的なもの』の継承と、『八〇年代的なもの』への敵意」の同居に裏打ちされた批評性に、かろうじて未来の可能性を託そうとする。しかし糸井重里の「抵抗としての無反省」を含めて、「八〇年代的なもの」を否定神学の解体形態として捉えるなら、その継承もそれへの敵意もさしたる意味はもちえないだろう。

宮台真司が整理した「九〇年代の『ブルセラ』と『サリン』の対立」、「八〇年代の『終わらない日常』

と『核戦争後の共同性』の対立」、「さらには『六〇年代ＳＦ』と『五〇年代ＳＦ』の対立」は、同じ次元での対立ではない。「ブルセラ」や「終わらない日常」が二〇世紀的な「現実」であるとすれば、「サリン」も「核戦争後の共同性」も、ナチズムやボリシェヴィズムを原型とした二〇世紀的な倒錯的観念のヴァリエーションである。アメリカニズムと「ゆたかな社会」を土壌とした「サリン」や「核戦争後の共同性」などの倒錯的理想主義は、観念性の強度という点でナチズムやボリシェヴィズムとは比較にならない、なにやら根が浅くて空疎な印象は拭えないにしても、二〇世紀の現実が分泌した反現実という基盤は変わらない。否定神学的な性格が水増しされ、弛緩しているだけだ。

「サリン」的観念は「ブルセラ」という現実のメタレヴェルにしか存在しえないのに、宮台は両者を同じレヴェルにあるもの、対項的なものと見なしている。さらに「サリン－ブルセラ」、「輝かしき非日常－終わりなき日常」の二項対立を温存したまま、優位項と劣位項を変換することで、困難は解消されうると考えているようだ。

もしもセカイ系の表現に意味があるとすれば、「サリン－ブルセラ」の二項対立を最終的に失効させた点だろう。ハルマゲドンを戦う戦闘美少女と、学園の平凡な日常から逃れることができない少年との純愛空間＝セカイは、まさに「サリン－ブルセラ」という二項対立的世界の廃墟から生じている。それではセカイ系もまた、「自己目的化することによって批判性を摩滅させたアイロニズムと、素朴といえばあまりに素朴なロマン主義」の癒着形態なのだろうか。

しかしセカイ系では、「サリン＝ハルマゲドン」の側に少女が、「ブルセラ＝日常」の側に少年が配置される。セカイ系のコミックやアニメを消費する少年たちは、地下鉄サリン事件の犯人たちのように、ハルマゲドンや世界最終戦争という「輝かしき非日常」を求めているわけではないし、それをロマン主義的な欲望の対象としているわけでもない。セカイ系の物語群を、ネット「ウヨ」やぷちナショナリズムの温床とされる「世界と『この私』とを短絡するロマン的心性」に還元して理解するわけにはいかない。「輝かしき非日常」としての世界最終戦争は、少女と自分を引き裂くことで純愛を高揚させる人工的な条件にすぎないし、しかも戦い傷ついた少女を見守ることしかできない無力な主人公に感情移入する少年たちは、アイロニカルというよりも、それを屈託なく愉しんでいるようなのだ。

これはエンターテインメントとしての自虐だろうか。しかし、自虐ネタを愉しむ心的なシステムは、嗤う私（メタレヴェル）と嗤われる私（オブジェクトレヴェル）の分割という点で、依然として否定神学的である。北田暁大は八〇年代の消費社会的シニシズムの典型的な事例として、「元気が出るテレビ」や「オレたちひょうきん族」をあげているが、これら「純粋テレビ」に観察された「『ギョーカイ／シロート』という二分法」もまた同様だ。

セカイ系の少年消費者たちを批判して、日日日『ちーちゃんは悠久の向こう』文庫解説の久美沙織は、「そりゃどうみてもあまりといえばあまりに自分本位のご都合主義で、卑怯な責任放棄だろう」と述べている。舞城王太郎の『好き好き大好き超愛してる。』の表題作にも、久美のセカイ系批判と共鳴するようなモチーフがある。

斎藤環は「ひきこもり」に典型的な「『負けた』教」が、若者のあいだに蔓延していると指摘し、その正体を「『負けていない』と否認することによって、自らの『正気』すら手放してしまうのではないかという恐れが、彼らをして『負け』に固執させてしまう」（『「負けた」教の信者たち』）のではないかと分析する。セカイ系のコミックやアニメを愉しむ少年たちには、「『負けた』教の信者」と共通するところがあるようにも見える。違うとすれば、負けている自分をネタに愉しんでいる点だろう。「彼らに『まだ負けじゃない』『自傷みたいだから良くない』『そういうのはナルシシズムだ』などとお説教してみたところで、なんにもならない」以上、負けている自分を愉しむという態度を外在的に非難するわけにはいかない。先に指摘したように、これは自虐ネタのシステムとは次元が異なっている。

セカイ系の主人公に感情移入する少年たちは、大量死＝大量生の「終わりなき日常」の彼方に、「輝かしき非日常」があるという理想主義的観念をすでに信じていない。同時に、かつてのブルセラ少女に宮台真司が見たように、スキルさえあれば「『意味』にとりつかれた世界を相対化する」ことができるとも。少年たちは空虚や無意味を消費の対象とすることで、かろうじて「虚構の時代の果て」を生き抜いているのかもしれない。

偽史の想像力と「リアル」の変容

1

二〇〇〇年冬のコミックマーケットで公開されたノベルゲーム「月姫」の作者として、奈須きのこはわれわれの前に初登場した。質量ともに同人ゲームの水準を超えた「月姫」が、コミケ的なオタクカルチャー界に巨大な旋風を巻き起こしたことは記憶に新しい。

『月姫』公開以前、一九九八年から九九年にかけて奈須は、ホームページ「竹箒」に長篇小説を分割掲載している。コミケで販売された結末部分を加え、長篇としての構成を整えた『空の境界』は、二〇〇一年十二月に自費出版される。伝奇美少女ゲーム『月姫』に続いて新タイプの伝奇小説『空の境界』も、コミケや同人ショップでの自主販売という制約にもかかわらず、空前の大量読者を獲得することになる。

コミケ的世界で人気を博した自主制作作品が商業化され、市場的に成功する例は少なくない。先行したのは同人マンガの商業化だろう。二〇〇三年には、自主制作アニメ「ほしのこえ」の商業版が発売されて話題を集めた。しかしコミック、ゲーム、アニメと比較し、コミケで販売された同人小説が、商業化され社会的に成功した例は稀だ。

コミケ的世界で大量読者を獲得した同人小説が、有力出版社から盛大に売り出されること自体、一箇の「事件」といえるだろう。しかし『空の境界』刊行には、コミケ的なオタクカルチャーの社会的進出が、また一歩進んだという以上の意味がある。

一九八〇年代、伝奇小説はかつてない繁栄を謳歌した。しかし一九九〇年前後にブームは急激に衰え、以降十五年もの沈滞が続いている。商業出版された『空の境界』は、探偵小説やSFなどの近隣ジャンルを含め、多数の伝奇小説読者に衝撃を与えるに違いない。この作品には、伝奇小説の沈滞を打ち破るパワーが秘められているからだ。伝奇小説に新地平を拓いた『空の境界』を論じる前提として、まず八〇年代伝奇小説の盛衰過程を検証することにしよう。

伝奇小説の起源は、たとえば滝沢馬琴『南総里見八犬伝』など、江戸文学にまで遡ることができる。歌舞伎も伝奇小説のルーツといえるし、泉鏡花から谷崎潤一郎にいたる幻想小説の影響も無視できない。直接のジャンル的土台は、立川文庫の忍術物語や創作講談、少年小説の伝奇ものだろう。

第二次大戦前から一九六〇年代の高度経済成長期にかけて、吉川英治、国枝史郎、角田喜久雄、五味康祐、山田風太郎、柴田錬三郎などの作家によって書き継がれてきた伝奇小説だが、小説ジャンルとしては周縁的な位置にとどまった。推理小説の松本清張、時代小説の司馬遼太郎、SF小説の小松左京というような「国民作家」を、かつて伝奇小説は生んだことがない。初期には『神州天馬俠』や『鳴門秘帖』の作者として知られていた吉川英治も、『宮本武蔵』などリアリズム的な時代小説作家として、「国民作家」の地位を築いたのである。吉川と同様、司馬遼太郎も『梟の城』や『風神の門』

のような伝奇小説の作家として出発している。

山田風太郎による忍法帖シリーズの大ヒットにもかかわらず、六〇年代まで伝奇小説は独立ジャンルというよりも、幻術使い的な忍者や妖怪の類が登場する反リアリズムの時代小説と見なされていた。伝奇小説に決定的な飛躍をもたらしたのは半村良、そして五木寛之である。新感覚の中間小説作家として絶大な人気を博した五木だが、歳月に耐える達成は『戒厳令の夜』（一九七六年）や『風の王国』（一九八五年）などの伝奇小説にある。

半村と五木による伝奇小説のジャンル的刷新には、第一に「山窩小説」、第二に「偽史文献」の存在が無視できない。戦前の「山窩小説」について、五木寛之は『風の王国』の登場人物に次のように語らせている。

官憲用語として作られた《山窩《さんくわ》》なる呼称は、その後、明治、大正、昭和を通じて無籍者追放運動、浪民定住化政策の絶好の手段として活用され、特に戦前の内務省警保局により、もっとも有効に利用されました。すなわち変態的原始生活者であり、反社会的犯罪集団としての《山窩》イメージの大キャンペーンです。

警察側の資料提供による『犯罪実話集』『山窩奇談』のたぐいの本がつぎつぎと出版されてベストセラーとなり、また雑誌にその種の猟奇小説が氾濫して、彼らの犯罪集団、異常生活者のイメージが強調されることは、国民の三大義務を拒否する無籍、放浪の非国民の撲滅をめざす当局ののぞむところでした。

しかしまた、「戦慄的な犯罪物語として《山窩小説》を読んだ大衆読者の心には、為政者の意図に反して、重苦しい絶対国家主義社会のくびきを脱し山野を不逞に疾駆する異族への怖れと同時に、熱い憧れもまた、ひそかにめばえていたのです」。

明治政府による日本列島居住民の近代国民化という強制に、最後まで抵抗した人々が存在した。狩猟や木工、焼畑や金属採掘を生業としてきた山の民、あるいは放浪の宗教的芸能民など。はじめから幕藩体制に組織され終えていた里の民とは違って、山人は戸籍制度に絡めとられることを拒否した。「明治、大正、昭和を通じて無籍者追放運動、浪民定住化政策」が国策として推進された所以である。「重苦しい絶対国家主義社会のくびきを脱し山野に不逞に疾駆する異族」、日本国家の外に位置する自由民への「憧れ」は、民俗学を創始した柳田国男にも見ることができる。

大正四年の京都の御大典の時は、諸国から出てきた拝観人で、街道も宿屋も一杯になった。十一月七日の車駕御到着の日などは、雲もない青空に日がよく照って、御苑も大通りも早天から、人をもって埋めてしまったのに、なお遠く若王寺の山の松林の中腹を望むと、一筋二筋の白い煙が細々と立っていた。ははあ、サンカが話をしているなと思うようであった。（『山の人生』）

大正天皇の即位式を無視するかのように山から立ちのぼる白煙に、若き柳田は天皇制国家の「くびきを脱し山野を不逞に疾駆する異族」を幻視する。柳田の山人零落論によれば、渡来農耕民（弥生人）

と対立した日本列島先住民（縄文人）は、最初は国津神とされた。代表格は大国主命。国津神は、平安時代には鬼に変化する。坂上田村麻呂の征服軍に徹底抗戦した蝦夷の首長アテルイが、「鬼」として怖れられたように。それが鎌倉時代以降は天狗、江戸時代には狒狒にまで零落してしまう。

鞍馬山の天狗に剣術を学んだ源義経は、蝦夷系の豪族である奥州藤原氏に庇護された。伝承によれば義経は、金売り吉次なる人物に案内され、山の道を通って平泉まで行く。かつて日本列島の脊梁山岳地帯には、北から南まで山の民が利用する秘密の交通路があり、修験道の行者は出羽三山から高千穂峰まで、一度も平地に降りることなく旅することができたという。通称からも推測できるように、吉次とは山人系の金属採掘と精錬の専門業者だろう。山の道に精通していても不思議ではない。

天狗は狒狒に零落し、たとえば岩見重太郎に退治される羽目になる。しかし狒狒とはいえ、人身御供を捧げるべき「神」として里人からは遇されていた。柳田の観点からは、国津神、鬼、天狗、狒狒という順に零落してきた日本列島先住民の、近代における最後の姿が「山窩」ということになる。

吉川英治や国枝史郎の戦前伝奇小説にも、鳥刺し（狩猟民）や鳥追い（芸能民）、山伏など流浪する宗教者をはじめ、非農耕民的キャラクターはしばしば登場する。中世の情報産業従事者としての忍者にも、修験道など山の文化の影は濃厚だ。これら伝奇小説的キャラクターを半村と五木は、「山窩小説」的な「まつろわぬ民」をめぐる民衆的想像力に接合した。

伝奇小説のジャンル的飛躍をもたらした第二の伏流は、「偽史文献」である。「偽史文献」とも密接に関係する秘史研究家としては、「日本人＝ヒッタイト族」を唱えた無政府主義者の石川三四郎、『成吉思汗は源義経也』の著者で日猶同祖説を主張した小谷部全一郎、魏志倭人伝にある邪馬台国の地理説明は「日本人が太古欧亜の中央部たるエジプトに居を占め、イタリー、ギリシャ、アラビア、ペルシャ、インド、シャム等は、わが版図たりし時代をいえるものなり」と『世界的研究に基づける日本太古史』に記した木村鷹太郎、広島県の山奥に日本のピラミッドを発見して『太古日本のピラミッド』を著した酒井勝軍、『キリストは日本で死んでいる』の山根キクなどが知られている。『黄禍物語』で橋川文三は、これら奇想天外な日本人種起源論は欧米で日露戦争後に流行した黄禍論への反動であり、極東の弱小国日本の劣弱感から生じた観念的倒錯にすぎないと批判している。橋川の指摘は妥当だろう。多くの秘史研究家は、欧米留学を経験しながらも明治国家の立身出世体制から脱落した不満知識人だった。被差別的な欧米体験が、日本人の起源を虚構的に特権化させる。また、明治国家の主流をなした欧化主義への反感も、妄想的な日本中心主義の背景にはある。

明治以降のトンデモ説的な秘史研究と並行しているのが、正史としての古事記、日本書紀に対抗する一連の「偽史文献」だった。代表的なものとして、竹内文書、九鬼文書、宮下文書、上記、秀真伝、三笠紀、東日流外三郡史などがある。いずれも記紀以前の文献であると称し、漢字渡来以前の固有文字（神代文字）で記された原典の翻訳とされる例も多い。天文学的な過去から日本列島には超古代文明が築かれていたという竹内文書を代表例に、いずれも空想的な内容である。皇国史観の妄想的なウラトラ化ともいえる竹内文書を典拠とした天津教は、皇道派と連携した大本教と同様、不敬罪に問われて天皇制国家から弾圧されている。大本教の教義にも、秘史研究や「偽史文献」と共通する心性を窺うことができる。

「山窩小説」という伏流を自覚的に捉え返した短篇「日ノ影村の一族」（一九七六年）で、五木寛之は新しい伝奇小説の骨格を定式化した。この短篇作品は熊本の山村に隠れ住む謎の一族を描いて、天皇制と山人族の確執を主題化している。作中に木霊する「テンテル（天照）坊主、テル坊主」という替え歌は、山人族の末裔による天皇制国家への呪詛の歌なのだ。

「日ノ影村の一族」に先行し、半村良は『産霊山秘録』（一九七三年）で、偽史という設定を伝奇小説の世界に導入した。この作品にはエピグラフとして「古ヘ山山ヘメクリテ神ニ仕フル人アリ。タタ日トノミ稱フ。高皇產靈の裔ニアリ、姚ナクシテ畸人多ク生レ、產靈ノ地ヲ究ムト言フ」なる一文が掲げられている。出典は「神統拾遺」とされるが、そのような文献は実在しない。作者が創作した偽書、ようするに「偽史文献」である。

日本列島先住民のヒ一族が、渡来した農耕民の支配者である天皇家に「勅忍」として、超能力を駆使し仕えてきたという偽史は、五木的な権力（天皇制）と反権力（山人）の対項図式から逸脱するところがある。ヒ一族の「ヒ」は、「日」であり同時に「非」や「卑」でもあるだろう。半村良の偽史は、天皇制と非農耕民をめぐる網野義彦の中世史研究に先んじている。日本列島先住民をルーツとする非農耕民が、固有の技術をもって征服者の天皇家に仕えるという屈折した図式は、正史に反逆する竹内文書など偽史の想像力が、正史の論理をウルトラ化することでしか自己実現なしえなかった屈折に照応する。

ただし半村の場合にも、最終的には「天皇制－山人」の対立図式に回帰する。戦国時代から第二次大戦下の日本にタイムスリップした飛稚は、昭和天皇の人間宣言を「俺は神様じゃないんだと……沢山の日本人が神様だと思い込んで死んじまったあとに、俺は神様なんかじゃないんだと」、「インチキだ。汚い。裏切りだ」と糾弾し、「勅忍」としてのアイデンティティを放棄する。『産霊山秘録』は三島事件の三年後に刊行されているが、飛稚の糾弾は三島由紀夫「英霊の声」の、「などてすめろぎは人間《ひと》となりたまひし」という昭和天皇への呪詛に至近距離で共鳴する。三島事件に応えて『産霊山秘録』が書かれたとすれば、三島由紀夫と七〇年代、八〇年代伝奇小説には密接な関係があるといえそうだ。

八〇年代伝奇小説の原点とされる戦前作家は、吉川英治でなく国枝史郎である。吉川英治の『神州天馬俠』のヒロイン咲耶子のネーミングは、おそらくコノハナノサクヤヒメに由来している。日本神話に登場するコノハナノサクヤヒメが日本列島先住民（国津神）の悲劇の王女であるように、『神州天馬俠』にも山人と偽史をめぐる伝奇的な要素は認められる。しかし、国枝作品に溢れかえる濃密性とは比較にならない。甲府の王権に対立する富士や八ヶ岳山麓という周縁の地には、魑魅魍魎の類が跳梁跋扈し、「奔馬性癩患」なる架空の悪病を病んだ纐纈城主、光明優婆塞、美貌の有髪の尼など異形のキャラクターが隠れ潜んでいる。作中には、ミイラ化した役小角までが登場する。

戦前が国枝史郎なら、戦後の中心作家は五味康祐や柴田錬三郎でなく山田風太郎だろう。忍法帖シリーズはむろんのこと、『警視庁草紙』など開化探偵シリーズに顕著な、反逆者や敗者にたいする屈折した共感、歴史上の実在人物と虚構の人物を交錯させる偽史的手法もまた、七〇年代伝奇小説と発想を共有している。

「山窩小説」的な山人、非農耕民、日本列島先住民をめぐる想像力に、「偽史文献」的な虚構の骨格を与えた半村、五木の達成が新しい伝奇小説の地平を拓いた。八〇年代の爆発的な伝奇小説ブームを小松和彦は、次のように分析している。

ひと言でいうと、伝奇ロマンというのは「奇」なる事柄を物語に語りこむことで成り立っている小説だと思うんです。「奇」とは、珍しいこと、不思議なこと、怪しいこと、異常なこと、つまり、僕たちが日ごろ依拠している日常的世界から逸脱しているものや排除されているようなもの、最近の言葉でいえば、日常的世界の「外部」もしくは「周縁」にあるがゆえに「奇」なるものとされている事柄、これを積極的に描こうとしているのが伝奇ロマンなんじゃないかと僕は理解しているんです。(略)高度に産業化された管理社会における人間は、ひどく均質化されてしまっていて、日常生活それ自体には「奇」なることがあまりないし、そういう社会では想像力も働かなくなってくる。そこで、「奇」なるものに着目することで日常生活や想像力を活性化しようとしている。

(『鬼がつくった国・日本』)

小松が参照しているのは、先行例として半村良と五木寛之の諸作、八〇年代の作品では夢枕獏『魔獣狩り』、栗本薫『魔界水滸伝』、谷恒生『魍魎伝説』、笠井潔『ヴァンパイヤー戦争』などだが、このリストには藤川桂介『宇宙皇子』、荒俣宏『帝都物語』、永井豪原作『凄ノ王伝説』や『手天童子』、時代小説との境界作品として隆慶一郎『影武者徳川家康』や『花と火の帝』などを加えるべきだろう。一九七〇年代のコミックをノヴェライズした『凄ノ王伝説』のスサノオや『手天童子』の鬼、『魔界水滸伝』に妖怪として描かれる国津神、『宇宙皇子』の役小角、『帝都物語』の平将門など、八〇年代伝奇小説の代表作は都の権力にまつろわぬ「逆賊」ヒーローを主人公として描いてきた。半村と五木による山人と偽史の想像力が、八〇年代のジャンル的活性化を方法的に支えたことは疑いえない。

先に述べたように、忍者や妖怪が登場する点で反リアリズム的な伝奇小説は、長いあいだ時代小説のサブジャンルと見なされてきた。半村良と五木寛之には、伝奇小説を時代小説の枠から解放した功績もある。『戒厳令の夜』や『風の王国』は現代小説だし、『産霊山秘録』も後半部分は第二次大戦後の日本を舞台にしている。

また半村良の『石の血脈』(一九七一年)は日本古来の鬼や妖怪ではなく、吸血鬼や狼人という西洋産キャラクターを伝奇小説に導入した点でも画期的だった。この文脈では、平井和正の「ウルフガイ」シリーズも重要である。『石の血脈』の流れから、菊地秀行の「吸血鬼ハンターD」シリーズも誕生しえた。吸血鬼、狼人、妖精、魔女、魔術師、悪魔などの西洋産キャラクターが、八〇年代伝奇小説では大活躍することになる。

こうして巻き起こった八〇年代の伝奇小説ブームは、九〇年代の探偵小説ブームに匹敵する深さと広がりを備えていた。複数の作家による大長篇がノベルス版で毎月のように連続刊行され、多くがベストセラーになるという未曾有の活況が八〇年代の末まで続く。

国枝史郎と山田風太郎の達成を前提に、半村良と五木寛之が「山窩小説」や「偽史文献」を補助線として、現代的な伝奇小説の方法論を完成した。しかし、新しい方法論が開発された点からだけ、八〇年代における伝奇小説のジャンル的高揚を説明しうるだろうか。読者の側、社会の側に新しい伝奇小説を歓迎する下地があったから、ブームはもたらされたに違いない。

小松和彦によれば、伝奇小説は「日常的世界から逸脱しているものや排除されているようなもの」を描く小説ジャンルである。小松が参照しているのは、次のような山口昌男の文化理論だ。

境界には、日常生活の現実には収まり切らないが、人が秘かに培養することを欲する様々のイメージが仮託されてきた。これらのイメージは、日常生活を構成する見慣れた記号と較べて、絶えず発生し、変型を行う状態にあるので生き生きとしている。(略)文化の中の挑発的な部分は、それが秘める反社会性の故に、発生状態においては、周縁的部分に押しやられるが、絶えざる記号の増殖作用の故に、中心部分を生気づけている。

(『文化と両義性』)

しかし伝奇小説の八〇年代的なヒーローは、「日常世界の現実」や「中心部分」を活性化する「周縁的部分」一般に由来した記号ではない。伝奇ヒーローのほとんどに、都の権力と死闘を演じる山人や逆賊というキャラクター的な特異性が認められるのだ。山人と偽史の想像力を基底とした伝奇小説が、一九八〇年代に大量の読者を獲得しえた理由は、山口昌男の「中心－周縁」論から直接には導かれないのである。九〇年前後に急激なジャンル的失速が生じ、以降十五年もの低迷が続いた理由もまた。

蓮實重彦の物語批判を前提に、半村良を否定し大江健三郎『同時代ゲーム』を評価する四方田犬彦には、次のような八〇年代の証言がある。

われわれは一九世紀のロマン主義が質的に展開し、今日ではもはや過去のものと化した感のあるゴシック・ロマンスが、二〇世紀後半の大衆消費社会において量として反復しているという現象のさなかにある。それは具体的には伝奇ミステリー（略）の全盛という形態をとっているわけだが、「物語の復活」が鳴物入りで肯定されているとき、主に語られているのはこうした状況への無前提的な追随にすぎない。

（『貴種と転生』）

四方田による「『物語の復活』が鳴物入りで肯定されているとき、主に語られているのはこうした状況への無前提的な追随にすぎない」という批判は、たとえば小松和彦の「高度に産業化された管理社会における人間は、ひどく均質化されてしまっていて、日常生活それ自体には『奇』なることがあまりないし、そういう社会では想像力も働かなくなってくる。そこで、『奇』なるものに着目することで日常生活や想像力を活性化しようとしている」といった分析にも向けられている。日本では一九八〇年代に完成を見る「二〇世紀後半の大衆消費社会」や「高度に産業化された管理社会」と、山人と偽史の想像力による伝奇小説の流行のあいだには、どのような相互関係が認められるのだろうか。

大塚英志は『「おたく」の精神史』で、一九八〇年代というバブル的繁栄と消費社会化の時代、「差異の戯れ」が流行し現実の虚構化が語られた時代を、団塊の世代による階級闘争、左翼革命の時代として位置づけている。

糸井重里を含む何人かの人間は、八〇年代という実像の成立に確信犯的に関わっている。ぼくにはそれが全共闘勝ち残り組によるある種の（仮想の、と形容していいかもしれない）左翼革命であったように思えてならない。

糸井重里や上野千鶴子などの「全共闘勝ち残り組」が、「ニューアカ」や「ポストモダン」という知的ファッションを援用して八〇年代「新人類」に布教したのは、上下の垂直的差異を水平的差異に置き換えるという方法論だった。「それはいわば消費による『階級』の解体であり、ぼくが、八〇年代初頭の消費社会の担い手たちの行動を革命と形容するのはそれゆえである」と大塚は主張する。「全共闘勝ち残り組」による八〇年代「仮想左翼革命」の隠れた理論的指導者として、大塚は吉本隆明を想定している。一九八四年に、コム・デ・ギャルソンを着用して「ａｎ・ａｎ」のグラビアに登場した吉本は、写真に次のようにコメントを付している。

女子高を出てすぐにOLになったような娘たち（略）が、休日や祝日に、安そうだけど格好のいい、ラフなファッションを着こなして闊歩している姿を、盛り場の雑踏に見るのが好きだ。

こうした吉本の発想は、フェリックス・ガタリとの対談「善悪を超えた『資本主義』の遊び方」での、「資本主義は人類の歴史が無意識に生んだ作品としては、最高の作品だ」、「それは何を基準にするかというと、大衆の経済的、思想的な開放度だ」という発言にも共通する。

第二次大戦前、日本の左翼勢力の主敵は「資本主義」と「天皇制」だった。吉本隆明の思想的出発点もまた、『抒情の論理』や『芸術的抵抗と挫折』などの初期著作が示しているように天皇制批判にある。皇国少年として第二次大戦を体験した吉本は、家族や故郷を外敵の侵略から守りたいという自然な感情が、ほとんど必然的に天皇制国家に迎合し加担する結果になるという自己倒錯の「謎」の究明を、最大の思想課題として出発したといえる。

日本列島で暮らしてきた民衆の歴史は、少なくとも数万年以上あるが、天皇制の歴史は最大で千数百年にすぎない。しかし歴史のある時点で、日本列島先住民は致命的に敗北した。「ここで、なにが敗北したのかというと、天皇制権力自体が、統一国家を成立せしめる以前に存在した、そういう日本の全大衆が総敗北した」（講演「敗北の構造」）と吉本が指摘したのは、三島事件と同じ一九七〇年のことだ。天皇制国家の勝利と先住民の敗北という、『産霊山秘録』にも通じる認識を述べた吉本の講演も三島事件への思想的応答といえる。敗北したヒ一族は征服者である天皇家の「勅忍」として、細々と存続することになる。

征服された日本列島先住民は、縄文一万年の歴史と天皇制成立以降の千数百年の歴史を、切れ目のない連続的なものと見るように仕向けられた。ヒ一族のように、自分は奴隷ではないと信じこんだ奴隷集団が誕生した。抑圧された民衆による自己解放や革命をなし崩しにしてしまう、天皇制という奇怪な権力の秘密は、この点にこそ見出されなければならないと吉本はいう。

一九七〇年代の吉本隆明は、縄文一万年と天皇制千数百年の連続化された歴史を、理論的に切断しようと努力した。しかし八〇年代になると、『共同幻想論』から「南島論」にいたる天皇制批判の作業は後景に退き、『マス・イメージ論』や『ハイ・イメージ論』など「大衆消費社会」論に仕事の中心は移行していく。「天皇制」をめぐる主題から「資本主義」という主題に、吉本の関心は大きく移動した。

ところで大塚英志は、『サブカルチャー文学論』で久山信「神聖なる詭弁と偽史・武装カルト」から次のような一節を引用している。

> 太田（竜——引用者註）がその革命論を構築する上で何より重視したのは、市井の老歴史家、八切止夫の先住日本人説（日本原住民論）であった。これが潜伏中の赤軍派中央委員・梅内恒夫に影響、地下から発せられた彼の論文公開を機に当時の左派学生層の間に古代史熱が高まり、やがて、天皇家を外来とし、原住民的なるものの復権をもってこれを相対化する古代史観が彼らに広く浸透。五木寛之の『戒厳令の夜』なども、こうした流れの延長線上で同時代性を獲得、高い人気を博した。

太田竜は「日本新左翼運動の草分けの一人で現在は皇道派にしてユダヤ陰謀論の急先鋒として鳴らす」人物で、一九七〇年初頭に「新旧左翼の諸運動とは全く無関係な地平で、自分たちは『世界革命浪人』であると宣言」した「ゲバリスタ」、「世界革命浪人」三人組の一人である。あとの二人は竹中労と平岡正明。

「五木寛之の『戒厳令の夜』なども、こうした流れの延長線上で同時代性を獲得、高い人気を博した」

という久山信の記述には、山人と偽史の想像力を焦点とした半村良、五木寛之による伝奇小説の刷新が、太田竜の「日本原住民論」に影響下に行われたとも解釈できる紛れがあるが、それは事実に反する。

太田竜が、飽食した先進国プロレタリアートを断罪し第三世界窮民革命論を確立したのは、一九七一年の『辺境最深部に向かって退却せよ！』である。この時点で太田は、まだ「日本原住民論」に関心を向けていない。著作としては一九七三年の『アイヌ革命論』が、その最初だろう。太田の『私的戦後左翼史』には、七二年元旦に茨城県の国王神社に初詣したことが記されている。「正月のお宮参りというものを、私はこのときにはじめた」。平将門という「あづまえびすの子孫、東国の民衆の守護神にして伝説の英雄」で「京都の朝廷に叛旗をひるがえして戦死した、日本史に残る大逆賊」の「本拠、岩井には、国王神社というお宮があると聞いた」からだ。

『産霊山秘録』刊行は『アイヌ革命論』と同年だし、それ以前から雑誌連載されていた以上、太田竜の影響で『産霊山秘録』が書かれたとはいえない。五木寛之が竹中労や平岡正明の著作を目にしていた可能性はあるが、『戒厳令の夜』の方法論を展開する上で参考にしたという程度だろう。「日本原住民論」に影響された解体期新左翼に、『戒厳令の夜』など五木伝奇小説の愛読者が多く見られたのは事実としても。

太田竜の日本原住民論と、半村良や五木寛之による伝奇小説の刷新は、同じ時代的雰囲気を背景としながらも、それぞれ別個に発想されている。ただし、八切「意外史」が、伝奇小説と解体期新左翼の一部に同時に影響していたとはいえる。八切止夫は、「山窩」に絶大な関心をよせた特異な小説家だ。『サブカルチャー文学論』の村上春樹を論じた章で、大塚英志は久山信の文章を引用し、次のように続けている。

村上春樹が具体的にこれらの人脈の中にいた、ということではない。だが、現実の歴史から妄想の歴史、妄想の年代記といったオカルト的なものの中に当時の新左翼的な気分の一部が崩れ落ちていくことと、ラブクラフトやトールキンといった「年代記」を誘発するホラー小説やファンタジー小説の受容の始まりは、一つの文脈の中にあるのではないか。

こういった'70年代初頭から半ばの政治からオカルトへの転向はまさに'90年代のオウムへと至る地下水脈の水源となるのだが、村上春樹もまた、政治の季節が終焉し、現実の「歴史」から仮構の「歴史」に同時代の人々が「転向」していく知的環境と無縁ではなかったはずだ。つまり、架空年代記とは政治的時代を経た者による一種の転向文学ではないか。

架空年代記、すなわち偽史である。大塚が論じている初期村上作品の架空年代記性という問題は、とりあえず脇に置いておこう。続いて大塚は、架空年代記アニメ「機動戦士ガンダム」の富野由悠季と安彦良和が、事実として太田竜や赤軍派など「これらの人脈」に関係していたことを指摘している。大塚によれば「機動戦士ガンダム」もまた、「現実の歴史から妄想の歴史、妄想の年代記といったオカルト的なものの中に当時の新左翼的な気分の一部が崩れ落ち」た果てに生じた作品である。では、伝奇小説の場合はどうなのだろう。

新左翼の解体期でもある一九七〇年代前半に達成された、半村良と五木寛之による伝奇小説の方法的刷新には、はじめから奇妙な捻れが内在していた。新しい伝奇小説の伏流をなした「山窩小説」も「偽史文献」も、戦前日本の明治国家体制を背景に生じている。天皇の絶対権力が「山窩」という「まつろわぬ民」のリアリティを支えたのだし、「正史」である皇国史観に対抗して「偽史」の想像力は解き放たれた。天皇の権力的な中心性が、それを異化するものとして「山窩小説」や「偽史文献」を生じさせたといえる。

　第二次大戦の敗北と戦後国家の成立は、「神」として明治国家に君臨してきた天皇を「人間」に変えた。天皇が権力的中心性を喪失した時代に、どうして「山窩小説」や「偽史文献」は再発見されえたのか。戦後民主主義と大衆消費社会の必然性を前提としながら、天皇という中心性の虚構的な復活をもくろんだ先行者は、やはり三島由紀夫だろう。戦後社会に美的天皇制を対置した三島は、戦後民主主義的に凡庸化された象徴天皇、人間天皇を「などてすめろぎは人間《ひと》となりたまひし」と声高に非難した。天皇の虚構的な復権と中心化を進めたのは、逆説的にも解体期の新左翼だった。桐山襲『パルチザン伝説』は、三菱重工本社を標的に無差別テロを敢行した東アジア反日武装戦線をモデルとしている。三菱に仕掛けられた大型爆弾は、もともと荒川鉄橋で天皇のお召し列車を爆破するために製作されたという。天皇暗殺未遂事件を描いた『パルチザン伝説』は、河出書房新社「文芸賞」の最終候補作として雑誌掲載された当時、右翼勢力の抗議や脅迫を浴びた。

> 父たちは十五年戦争のただなかで、大陸の村々を焼きはらい、半島の女たちを強姦し、そして自らも数多く死んでいったのだが、戦争が終ってみれば、生き残った者たちはひとりひとりの持つ

血の負債に支払を付けることもせず、この国の〝復興〟の歩調に己れの人生を合わせていくことによって、死者たちの国に易々と別れを告げてしまったのだった。（略）大人たちの偽善の世代をこなごなに打砕くことは、僕たちの世代のほとんど唯一の存在理由であるように思われた。戦前が許せない以上に、いつわりの自由といつわりの平和でみたされた戦後こそが、僕たちには耐えることができなかったのだ。

戦後社会という「大人たちの偽善の世代」を敵とした『パルチザン伝説』の主人公は、「茶色い戦争の時代の大元帥から、戦後のものやさしげな家庭人へと、易々と退却していったあの男は、戦中と戦後を生きたすべての『大人たち』の最も見事なモデルとでもいうべきものにほかならな」いと語る。「いつわりの自由といつわりの平和でみたされた戦後」は「十五年戦争」の時代とイクォールで結ばれる。三島由紀夫を絶望させた、「神」としての戦前天皇と戦後的な人間天皇の断絶もまた同じように連続化された。天皇制国家を脱中心化した戦後民主主義社会に、皇軍の大元帥として禍々しい光輝を放つ天皇が虚構的に復活したのだ。

三島事件に応答するものとして、半村良『産霊山秘録』や吉本隆明「敗北の構造」が存在した。三島が否定した人間天皇を、占領地民衆を大量虐殺した皇軍の大元帥と連続化した解体期新左翼の一部は、太田竜的な「第三世界窮民」と「日本原住民」の方向に引きよせられていく。戦後民主主義的な大衆消費社会を裏返す支点として、三島由紀夫に見出された美的天皇を、解体期新左翼は架空の「主敵」として再発見した。

しかし東アジア反日武装戦線は壊滅し、昭和天皇を「主敵」とした爆弾闘争の短い時代も終わる。「政治の季節が終焉し、現実の『歴史』から仮構の『歴史』に同時代の人々が『転向』していく知的環境」を背景とした点で、村上春樹の初期作品や「機動戦士ガンダム」と同様、七〇年代伝奇小説にも「一種の転向文学」という面は指摘できるだろう。しかし、いうまでもないだろうが、転向文学を「転向」文学という理由で否定するわけにはいかない。昭和初年代の「政治の季節が終焉し」て、実践的なプロレタリア文学は消滅する。中野重治『村の家』のような転向文学は、プロレタリア文学の挫折を超えるものとして書かれたのである。

戦後民主主義は、戦前社会の天皇を頂点とした上下の垂直的差異を政治的、社会的に解体した。中心性を欠如した戦後社会とは、いわば無差異性の凡庸な地獄である。高度経済成長の初期に『鏡子の家』を書いた三島由紀夫は、戦後民主主義を経済的に支える戦後資本主義こそが、無差異性の凡庸な地獄化の最大の推力であることを自覚していた。資本主義は利潤を生産するために差異性を解体し、体系を際限なく脱中心化するシステムなのだ。一九五〇年代の戦後復興、六〇年代の高度成長、七〇年代の安定成長を通過して日本の戦後資本主義は、八〇年代に高度資本主義という新たな領域に到達する。大衆消費社会の放埒沙汰が現実化されたのだ。

大塚英志は八〇年代という時代に、「全共闘勝ち残り組」による「仮想左翼革命」を見た。高度資本主義も資本主義である以上、上下の垂直的差異（階級支配）を温存し拡大するというマルクス主義的な資本主義批判を放棄し、「資本主義は人類の歴史が無意識に生んだ作品としては、最高の作品だ」という資本主義評価を導入した地点で、糸井重里のような「仮想左翼革命」もまた生じた。

差異の解体を利潤に転化する資本主義の原理を徹底化した高度資本主義は、上下の垂直的差異（階級社会）を横並びの水平的差異（総中流社会）に平準化する。八〇年代の高度資本主義は「消費による『階級』の解体」を促進し、総中流社会を実現した。しかし八〇年代の総中流社会とは、三島由紀夫が予見した無差異性の凡庸な地獄の完成でもある。他人と同じであるという凡庸性に、人間は耐え続けることができない。

白金の高級マンション、車や服装で客を選別するレストランやディスコ、お嬢さまブーム、お受験ブーム、その他もろもろ。八〇年代の「消費による『階級』の解体」は「消費による『階級』の再創造」と同時進行した。むろんそれは幻想である。凡庸な平等性を前提として、一点豪華主義的な相互差異化が競われたにすぎない。

相対的な差異性に満足しえない八〇年代の消費者大衆は、たとえ虚構的であろうと、絶対的な差異性と中心性の復活を無意識的に渇望していた。とはいえ、社会的差異を固定化する古典的な階級社会の実体的な復活を求めていたわけではない。豊かな社会という凡庸な地獄を生きる消費者大衆は、差異化と無差異化、中心化と脱中心化という正反対の方向に引き裂かれた。

一九六〇年代に三島由紀夫が、続いて七〇年代に解体期新左翼が準備したところの、天皇の想像的な再中心化というフィクションが、八〇年代的な消費者大衆の無意識的な渇望と絶妙に交差した。第一に天皇を虚構的に中心化し、第二に山人と偽史の想像力を駆使して脱中心化するというシステムの伝奇小説が、未曾有のブームを惹き起こしたのも当然だろう。

大塚英志によれば「政治の季節の終焉」のあと、一方には「消費による『階級』の解体」をめざす「仮想左翼革命」が、他方には「現実の『歴史』から『仮構』の歴史」への「転向」が生じた。前者は糸井重里や上野千鶴子に、後者は富野由悠季や安彦良和に代表される。「うる星やつら2 ビューティフルドリーマー」の押井守も、そして八〇年代伝奇小説も後者に属した。しかし、西武資本を後ろ盾にした「仮想左翼革命」は、九〇年代初頭のバブル崩壊とともに雲散霧消する。いうまでもないだろうが、二一世紀的な想像力を準備したのは、大塚が「『仮構』の歴史」に逃避したと批判する富野や押井のほうである。

一九八九年一月、「昭和天皇崩御」という事件に直面した八〇年代伝奇小説は、急激な失速と空転の過程に入った。東アジアの占領地で大量虐殺を繰り返した皇軍の大元帥という魔的なイメージが、伝奇小説的な想像力を裏側から支えていた。魔王としての昭和天皇の生物学的な消滅は、天皇を最大最兇の敵役に祭りあげてきた伝奇小説的な想像力に、回復不能ともいえる深刻な打撃をもたらしたのだ。

差異化と無差異化、中心化と脱中心化という自己矛盾的な欲望は、一九九〇年代にも高度消費社会の大衆を捉え続けた。都の権力と「まつろわぬ民」をめぐる伝奇小説が失速して以降、「謎－論理的解明」を骨子とする新世代の探偵小説が読者大衆の欲望を吸引することになる。中心化は犯人が提起する「謎」、探偵による「論理的解明」が脱中心化である物語システムは、昭和天皇の死からはじまる十年間に、八〇年代の伝奇小説をも超える大量の読者を獲得した。

2

『空の境界』の物語は、両儀式、黒桐幹也、荒耶宗蓮の三人を頂点とした三角形を土台としている。「日常－非日常」の対項では、平凡な高校生の幹也が前者、超能力者の式と荒耶が後者に分類される。「味方－敵」で分割すれば、前者は幹也と式、荒耶が後者になる。式という人物は、幹也側と荒耶側のあいだを移動する。反面、幹也と荒耶は、「日常－非日常」でも「味方－敵」でも項としての位置は変わらない。幹也側と荒耶側の境界《リミナリティ》に、式は位置しているともいえるだろう。

タイトルが直截に示しているように、『空の境界』は境界をめぐる物語だ。成人儀礼《イニシエーション》では構造と構造（子供の年齢集団と大人の年齢集団）の境界は、それ自体として非日常的領域に属する。成人儀礼を代表例とする通過儀礼について、宗教学者のミルチャ・エリアーデは次のように述べている。

> 或る意味でそれを脱却したときに始めて完全な人間になるということであり、その理由は加入式〈通過儀礼――引用者註〉の意味するところは第一に、人は〈自然的〉人間であることを乗り越え、の本質が何よりも逆説的な、超自然的な、死と復活あるいは再生の体験にあるからである。（『聖と俗』）

ほとんどの通過儀礼は「生－擬似的な死－再生」の過程を象徴化している。この点からいえば、境界とは「擬似的な死」でもある。境界では構造の外部性、超越性が体験される。外部性を図式的に実体化すれば、境界とは内部と外部、事実と超越、日常と非日常の境目になる。トランス状態とは、境界的な心理状態ともいえるだろう。日常的に安定した構造と構造の境界に身を置く者は、ときとしてトランス状態に陥る。

伝奇小説は無差異的な日常性に非日常的な差異を導入し、見慣れた退屈な世界を鮮やかに切断する。という点からは、伝奇小説を境界性の小説と定義することもできるだろう。都の権力に、国津神や鬼や天狗、狒狒や妖怪という境界の住人が対立する。伝奇小説を支える一般的な原理から、一九八〇年代の高度消費社会に適合的な形態を導いた結果、伝奇小説はジャンル的な繁栄を達成しえた。しかし、想像的に中心化された天皇に山人と偽史をめぐる境界性が対立するという図式は、一九八九年を境に空転しはじめ、伝奇小説は長い沈滞期に入る。

八〇年代的な山人と偽史の想像力が失効しても、伝奇小説は周縁性や境界性をめぐる一般論の水準に戻るわけにはいかない。タイトルが示しているように、『空の境界』は境界論を自覚的に内在化した小説である。八〇年代伝奇小説が逢着した限界を超えるには、「奇」としての周縁性、境界性を九〇年代以降の時代的水準を前提に捉え直す作業が不可欠なのだ。

伝奇小説的な「奇」なるものを、典型的にあらわしているのが「血」だろう。安定した構造である身体から外に出る唾液や排泄物や毛髪などに、われわれは神秘的な威力を認めタブーの対象としてきた。その典型である血液としての「血」は、身体なレヴェルでの境界性である。ゲルマン神話のジークフリートは、倒したドラゴンの血を浴びることで不死性を獲得する。ドラゴン退治それ自体が、通過儀礼の「生－擬似的な死－再生」の過程を反映しているが、「擬似的な死」に該当するドラゴンとの死闘と、英雄としての「再生」の境目には「血」の象徴が位置している。

歴史と共同性のメタファーである「血」、家系をあらわすものとしての「血」もまた、伝奇小説的な「奇」の源泉だった。たとえば、武田勝頼の遺児を主人公とした吉川英治『神州天馬侠』や、女をめぐる兄弟の葛藤を描いた国枝史郎『神州纐纈城』など。『空の境界』もまた、伝奇小説的な「血」の物語を自覚的に継承している。式や幹也に味方して荒耶と闘う蒼崎橙子が、「魔術師が血を重ね、研究を子孫に残すのは自己の魔力の増大が目的だ。それはいつか根源の渦に到達できる子孫を作り上げるための行為」だと語るように。

あるいは、「両儀家は浅神や巫条といった旧い家柄の一つだ。彼らは人間以上の人間を作ろうとした一族で、それぞれの方法と思想で跡継ぎを産み出した」とも橙子はいう。荒耶に操られた浅上藤乃や巫条霧絵と、式は超能力を駆使して闘わなければならない。

伝奇小説的な「血」の物語を一身に凝縮した人物は、いうまでもなく両儀式という少女だ。式の内部には別人格の少年、識がいる。「オレは式の中での禁句《タブー》を請け負ってる。（略）オレが体験した事のある感情は殺人だけだ」と識はいう。しかし、どうして識という殺人者の人格が式のなかに潜んでいるのだろう。式とは「式神の式。数式の式。決められた事だけを完璧にこなすプログラム。無数の人格を持ち、道徳観念も常識も人格ごとに書き換えられるカラの人形」である。両儀家は陰陽思想を「血」に実体化し、超人を生み出そうと実験を重ねてきた家系なのだ。その果てに、完璧な殺人者を交替人格として宿した少女が誕生した。

幹也は転入生の美少女に、片思いのような感情を抱くようになる。他人とまじわることを嫌う少女も、幹也の気持ちを無視することはできない。しかし式は抵抗し、あえて幹也と距離を置こうとする。もしも少年の存在を受け入れるなら、「血」の運命に縛られた自分が崩壊してしまうことを予感して。

精神異常者はな、自分を異常者などとは夢にも思わないから破綻しない。式もかつてはそうだった。だが黒桐幹也という人間が気付かせてしまったんだよ。両儀式という在り方は異常なんだ、と。

自己破綻を回避するには、幹也の存在を抹殺するしかない少女が、ついに少年に襲いかかる。しかし幹也は傷つくことなく、反対に重症を負った式は病床で眠り続ける結果になる。目覚めた式は、その夜に起きた出来事を思い出すことができない。どうして幹也は命を長らえ、式のほうが重症を負うことになったのか。結末で思わぬ真相が明かされるまで、この謎が恋愛ドラマとしての『空の境界』を駆動していく。

病床で目覚めた式は、交替人格の識が消えていることを知る。殺人しか知らない識の死によって、式は「直死の魔眼」を獲得していた。敵対する超能力者の藤乃に、式は次のように語る。「万物には全て綻びがある。人間は言うにおよばず、大気にも意志にも、時間にだってだ。（略）オレの目はね、モノの死が視えるんだ」、「生きているのなら、神さまだって殺してみせる」。事物や人間の存在の繋ぎ目が見えるという「直死の魔眼」は、奈須きのこのノベルゲーム「月姫」とも共通する設定で、この能力を獲得した者は破壊と殺戮の超人になる。式は「直死の魔眼」で、万物に死の線という不可視の境界を見るのだともいえるだろう。

日常側の幹也と非日常側の荒耶の境界に位置する少女は、不可視の境界を見る超能力によって天才的な殺人者になる。しかも、少女には二つの人格が同居しているのだ。式と識のあいだにも境界はある。幹也と荒耶の境界としての式は、心のなかにも境界性を抱えこんでいる。

多重人格ミステリは、一九八〇年代のアメリカで、九〇年代には日本でも大流行した。両儀式を多重人格者として設定することで作者は、『空の境界』に八九年以降の時代的水準を繰りこもうとしたのだろうか。しかし物語の現在、すでに式は交替人格を失っている。無意識の領域に抑圧することはできても、交替人格は抹殺しえない。交替人格は統合されるしかないのだ。

もちろん、式と識は人格的に統合されたわけではない。識という領域の空白が、式の心的世界にはそのまま残されている。識が消えたことで、式と識のあいだの境界が消失したともいえない。長い眠りから目覚めた式は、識という空虚と自分のあいだに、なお「境界」を感じ続けることになる。空虚との境界、すなわち「空の境界」である。作中には、タイトルの「空の境界」に言及したと思われる箇所が散見される。


境界は不確かだ。定めるのは自分だというのに、決めるのは外側になっている。なら初めから境界なぞない。世界はすべて、空っぽの境界でしきられている。だから異常と正常を隔てる壁なんて社会にはない。

——隔たりを作るのはあくまでも私達だ。

人間は、ひとりひとりがまったく違った意味の生き物。

ただ種が同じだけというコトを頼りに寄りそって、解り合えない隔たりを空っぽの境界にするために生きている。

そんな日がこない事を知っていながら、それを夢見て生きていく。


いずれも式の独白である。作者は「空の境界」という言葉に、かならずしも同一といえない二重の意味を込めているようだ。社会が恣意的に決める異常と正常のような境界、もともと存在しえない境界が、一方では「空の境界」と呼ばれる。同時に、それぞれ個体としてあるしかない人と人の境界を空無化できれば、人間は「解り合えない隔たり」から解放される。このような文脈で、他方では「空の境界」という言葉が使われてもいる。


八〇年代伝奇小説が描いた境界性には、以上のような複雑きわまりない屈折は見られない。中心に対立する周縁、日常と非日常の境界という具合に、境界性は明確なものとして意識されていた。キャラクターとして幾重にも境界的な要素を畳みこまれたヒロインは、八〇年代「ニューアカ」を代表した山口昌男の文化理論から決定的なまでに逸脱している。いまや探究されるべきは、境界論的な境界でなく空無化された境界、ようするに「空の境界」なのだ。

「空の境界」を宿した非日常的な少女と日常の側に位置する少年は、旧来の伝奇小説のように鋭角的な対立関係を構成しない。「異常」な少女と「正常」な少年の奇妙な恋は、成就する「そんな日がこない事を知っていながら、それを夢見て生きていく」しかないものだ。

幹也が最初に出逢って心を惹かれた少女は、式でも識でもない第三の人格だった。物語の終わりに幹也は、「根源の渦。すべての原因が渦巻いている場所、すべてが用意されていて、だから何もない場所。それがわたしの正体」と語る第三の人格と再会する。第三の人格は二度と幹也の前に姿をあらわさないだろう。


——さようなら、黒桐くん。

彼女はそう言って、彼は何も言えなかった。

——ばかね。また、明日会えるのに。

彼女はそういって、彼は何も言えなかった。


「明日会える」のは、彼女であって彼女ではない少女だ。恋の成就する「日がこない事を知っていながら」、少年は「それを夢見て生きていく」だろう。「寂しげな翳りもみせず、彼は立ち止まることなく帰り道を辿っていった」。第三の人格を欠いている、いわば不完全でしかない恋人の少女と小指の先くらいを触れあわせる感じで、つかず離れず日常生活の喧噪を生きていくこと。恋愛ドラマ的にはアンチクライマックスというしかない幕切れだ。

恋の成就、あるいは悲劇的な挫折という「重たい」結末によって物語的に安定するゲーテ以来の近代恋愛小説とは異なった、「軽い」といえばいえる結末だろう。一九八〇年代以降、こうした「軽い」

印象の恋愛物語が若い読者を大量に獲得してきた。学園を舞台にキミとボクが出逢うライトルベルの形で。

『空の境界』という伝奇小説は、ライトノベルをはじめコミック、アニメ、ゲームなどオタクカルチャーの世界に下半身を浸している。着流しに赤い革ブルゾンを羽織って、「直死の魔眼」を駆使し超能力者の敵を薙ぎ倒す両儀式は、萌え要素をちりばめた戦闘美少女だし、兄の幹也を独占したい鮮花は、勝ち気系美少女の妹キャラクターだ。鮮花が主役として活躍する第六章「忘却録音」では、学園ものオタクカルチャー作品の構図が意図的に再現されている。戦闘美少女を主役に起用した結果ともいえるが、闘う少女と無力な少年というキャラクター配置は、高橋しんのコミック「最終兵器彼女」、新海誠の自主制作アニメ「ほしのこえ」、秋山瑞人のライトノベル『イリヤの空、UFOの夏』など、「セカイ系」と呼ばれるオタクカルチャー作品とも無視できない共通点がある。

鮮花が通う「お嬢様学園と名高い礼園女学院」の「教会のシスターを思わせる制服」は、「メイドさんぽくていい、とその筋の人達には大人気」なのだが、このような箇所で「その筋の人達」がにやりとするのは確実である。同人書籍『空の境界』が「月姫」ファンを主要な読者としたように、講談社ノベルス版『空の境界』は上遠野浩平の「ブギーポップ」ファンのような、ライトノベルの伝奇ファンタジー読者を新たに獲得するだろう。いずれにしても八〇年代伝奇小説の達成と限界を、ほとんど知ることのない新しい読者層である。

一九七〇年代に種が播かれ、八〇年代に成長し、九〇年代に開化したオタクカルチャーが論じられるとき、しばしば「リアル」の変容という指摘がなされる。先にも述べたように、「リアル」の変容はポストモダン社会化の必然的な結果である。

高度消費社会はあらゆる差異を無差異化し、中心を脱中心化する。相対的な差異を人工的に作り出すことで、無差異性の凡庸な地獄から逃れようとする消費者の欲望は空転し、終わらない日常の波間に呑まれていく。中心点を喪失した自我は無数の断片に砕け散り、人々は多重人格的に生きるようになる。

多重人格的なポストモダン社会は、日本でも一九九〇年代に成立している。八〇年代のバブル的繁栄のあと、日本経済は長期にわたる構造不況に見舞われた。不良債権や企業倒産、リストラや失業率の増大やデフレ経済の波間に漂い続けた九〇年代日本で、差異の戯れや仮想現実をめぐるポストモダン文化論は過去のものと見なされたが、事実誤認といわなければならない。「ジャパン・アズ・ナンバーワン」の八〇年代は、欧米に追いつくことを国民的目標とした日本的モダンの完成期だった。社会のポストモダン化は九〇年代に進行したのである。

消費者に無限の商品を供給し続ける高度資本主義は、無差異性の凡庸な地獄に帰結する。八〇年代の団塊世代は、全員が同一であるしかない凡庸性に耐えられず、相対的な差異化に狂奔した。しかし九〇年代の団塊ジュニアは、いわば高度消費社会という凡庸な地獄に適応しはじめたのだ。ユニクロやマクドナルドの成功がこうした事態を象徴している。

昭和天皇が死去した一九八九年は、オタクの存在を世に知らしめた宮崎事件の年でもあった。水平面で相対的な差異化を競いあった八〇年代高度消費社会に、山人と偽史の方法論を確立した伝奇小説は、都の権力と「まつろわぬ民」の垂直的で絶対的な差異性を導入した。脱中心化し、無限に拡散するポストモダン社会に、天皇という禍々しい中心性を想像的に持ちこんだのだ。

昭和天皇の死という衝撃が、八〇年代伝奇小説の繁栄を支えた虚構の中心点に深刻な打撃をもたらす。また宮崎事件は、相対的な差異化を焦点とする時代の終わりを暗示していた。ブランド品を所有することで相対的な差異を競いあう消費者大衆は、一歩でも競争者の優位に立ちたいという明治以来の立身出世主義が行き着いた最終的な形だった。立身出世主義とは無縁の青少年が九〇年代には大量発生する。フリーターが激増し、ユニクロとマクドナルドで満足する新世代が登場し、終わらない日常の時代が開幕した。宮台真司がいう「終わらない日常」とは、高度消費社会がもたらした無差異性の凡庸な地獄に他ならない。

八〇年代的な伝奇小説の構図を最終的に葬ったのは、一九九五年の地下鉄サリン事件だろう。しばしば指摘されるように、オウム真理教には七〇年代、八〇年代のオタクカルチャーが自覚的、無自覚的に流入していた。しかしオウムに「コスモクリーナー」を引用された結果、「宇宙戦艦ヤマト」が致命的な打撃を蒙ったとはいえない。オウムのハルマゲドンで命脈を絶たれたのは、八九年以降も細々と生き延びていた伝奇小説だった。

山人と偽史の想像力を方法化した八〇年代伝奇小説にも、「根源」をめぐる強迫観念《オブセッション》は潜在していた。天皇制と闘争する「まつろわぬ民」の起源を、縄文時代にまで遡ろうとする偽史的欲望それ自体が、根源をめぐる強迫観念の産物である。天皇を「主敵」として想像的に中心化しえたのは、根源に到達したいという求心的な欲望に、伝奇小説もまた深々と捉えられていたからに違いない。

竹内文書と天津教にも見られるように、偽史とオカルティズムは不可分である。半村良と五木寛之が伝奇小説の世界に導入した偽史の想像力は、天皇を「主敵」とする爆弾闘争に敗れた新左翼過激派と併走しながら、オカルティズムの方向を目指すことになる。

こうした流れを人格的に象徴したのは、「最後の大物爆弾犯」として公安警察に追われていた加藤三郎だろう。逮捕されたとき加藤はラジニーシ教団の一員になっていた。「日本原住民」という根源への情熱は、ほとんど必然的に宗教的根源に転移していく。そもそも太田竜は、平将門を祀る神社に初詣したことを人生の転機として「日本原住民」革命論の確立に向かったのだ。昭和が終わった八九年以降、山人と偽史の想像力は宗教的超越、あるいは神秘主義的な根源性を探究する方向に進む。

こうした傾向を先取りした伝奇小説として、平井和正『幻魔大戦』をあげることができる。主として八〇年代に書かれた『幻魔大戦』だが、山人と偽史をめぐる八〇年代伝奇小説の主流とは一線を画していた。半村良や荒巻義雄など伝奇小説に手を染めたSF作家の大勢に反し、平井は山人と偽史の想像力とは異なる方向を模索した。

天皇を想像的な「主敵」とする伝奇小説が失速した九〇年代前半も、ポップオカルティズム路線の伝奇小説はかろうじて生き延びた。しかしオウム真理教は、ポストモダン神秘主義による宗教的根源への欲望の正体を、戯画的なまでの徹底性で自己暴露したのである。根源と霊性と超能力をめぐる『幻魔大戦』的な伝奇小説の可能性もまた、九五年のオウム事件で命脈を絶たれてしまう。

九〇年代の後半になると、上遠野浩平『ブギーポップは笑わない』に代表される新しいタイプの伝奇小説が、主としてライトノベルの世界で模索されはじめた。コミックの原作者としても知られる平井和正は、オカルティズム路線とは異なる領域でライトノベル伝奇に多大の影響を与えている。ライトノベルでは通例の、作者が読者に語りかける形式の「あとがき」は平井和正が発明したといえそうだし、「ウルフガイ」シリーズに登場する戦闘美少女虎四《フースー》をはじめ、萌えキャラの意識的な造形という点でも先駆的だ。

平井和正の場合、「ウルフガイ」シリーズの「人間－自然」という対立構図に見られるように、物語構造という点では七〇年代、八〇年代伝奇小説と枠組みを共有していた。それがオカルティズム路線に先鋭化したわけだが、平井の影響下に出発した菊地秀行になると、境界論的な「中心－周縁」や「日常－非日常」の構図が不安定化し、あるいは壊れはじめている。『空の境界』もまた、平井和正－菊地秀行－ライトノベル伝奇という流れを無視しては論じることができない。

『空の境界』のヒロインは伝奇小説の常道を踏んで、両儀家の「血」の果てに生じた超人として設定されている。しかし超人としての式は、自重に耐えきれず崩壊するだろう複雑な境界性を幾重にも抱えこんだ少女なのだ。三重、四重の境界的性格は、「中心－周縁」論的な境界性とは異なる「空の境界」のほうに式を連れ出していく。

式は伝奇小説的な「血」の支配から逸脱し、境界論的な境界性から逃れ去る。『空の境界』では、同じことが宗教的根源をめぐる欲望にも指摘できる。魔術師の荒耶宗蓮は、根源という観念に憑かれた人物だ。橙子は次のように説明する。

魔術師達の最終的な目的はね、〝根源の渦〟に到達することだ。アカシックレコードとも呼ばれるが、渦の一端にそういう機能が付属していると考えたほうがいいだろう。

根源の渦というのはね、たぶんすべての原因だ。そこからあらゆる現象が流れだしている。有り体にいえば、〝究極の知識〟か。

世界の根源に到達することを渇望する荒耶は、両儀家の「血」が作り出した最高傑作である式を必要としている。式とは根源と接触するための、人間の形をしたシステムなのだ。「直死の魔眼」も、そこから生じたものにすぎない。根源への唯一の通路である少女を手に入れるため、荒耶が企んだ陰謀が式と幹也に、あるいは橙子と鮮花に襲いかかる。少年と少女の恋愛ドラマには還元されない、伝奇小説としての『空の境界』の興味は、荒耶に操られた超人たちと式や橙子との魔術的闘争を中心としている。

魔術師としての最終目標から離れ、根源への欲望を放棄した橙子。根源に接触するためのシステムとして作られた式。普通人の幹也と、「恋敵」の式に対抗するため橙子の弟子に志願した鮮花。日常側の幹也も鮮花も、非日常側の式も橙子も、味方サイドの全員が世界の根源になど少しの興味も示さない。日本列島原住民の根源性にアイデンティティを求めた八〇年代伝奇ヒーローと、『空の境界』の登場人物の性格は対極的なのだ。

唯一、根源に憑かれた作中人物として荒耶が設定されている。敵サイドでも、藤乃や霧絵は荒耶に操られた人形にすぎない。魔術師の橙子や超人の式が、幹也のような普通人と同じ日常のサイドに位置する。根源に到達することを渇望する修行者の荒耶が、非日常性を体現して幹也たちの日常に襲いかかる。『空の境界』の伝奇小説的な興味は、「荒耶＝非日常」と「幹也たち＝日常」の対立関係から生じている。

天皇という想像上の「主敵」を見失った伝奇小説は、最後の活路として、宗教的根源を探究する修行者にヒーローのイメージを託した。しかしオウム真理教の自滅を画期として、八〇年代の伝奇小説を支えてきた構図は失われたのである。この過程は日本社会の急速なポストモダン化と並行していた。「中心―周縁」論的な伝奇小説では、制度化され権力に支配された日常世界が敵である。都の権力にまつろわぬ鬼や妖怪たちの物語として伝奇小説は成立してきた。しかし『空の境界』では古典的な伝奇小説の構図が逆転している。味方は日常、敵が非日常なのだ。八〇年代伝奇小説にとって最後の可能性だった、宗教的根源の探究者が最大の敵という役割を演じる『空の境界』は、半村、五木的な伝奇小説の構図を一気に裏返し、これまで誰も想像したことのない可能性を拓いた。

しかし『空の境界』の達成を、「日常―非日常」や「中心―周縁」という図式の優位項と劣位項の単純な逆転に見るわけにはいかない。そもそも映画や小説のパニックものでは、平穏な日常に襲いかかる非日常の脅威という構図はありふれている。『空の境界』の独自性は、「日常―非日常」という対項図式それ自体を宙づりにした点にある。

「空の境界」としての式は、日常と非日常という二つの世界を往還する。日常的存在としての式に侵犯された非日常性を、荒耶宗蓮は人格的に体現している。根源を求める欲望は「悪」として否定される。宗教的根源ではない、「血」としての根源にしても同じだ。他方、非日常性としての式を容認することで、日常性もまた必然的に変容する。日常化された非日常と、非日常化された日常。中心化された周縁と、周縁化された中心。境界が空無化し、しかも「空の境界」として存在し続ける世界では、非日常も日常も根本的な変質をとげざるをえない。

平凡な日常人にすぎない少年が、シリアルキラーの疑いもある少女を好きになる。しかも少年は普通の少女であるかのように、超人の式を好きになるのだ。幹也は、日常から非日常に決死の飛躍をするわけではない。淡々と式を愛しているにすぎない。八〇年代までの世界感覚を前提とすれば、幹也という人物は不自然でリアリティが稀薄だということになる。

しかし、無差異性の凡庸な地獄に適応をとげた読者は、むしろ幹也的なキャラクターに「リアル」なものを感じるだろう。ポストモダン社会では現実と虚構、日常と非日常は対立しないし、日常世界の外側に非日常があるわけでもない。日常と非日常の境界は空無化され、現実と虚構は奇妙な形で混在している。われわれはもう、設計事務所の女性経営者が魔術師でも、同じ学級の少女がシリアルキラーでも驚かない。驚けない、というほうが正確かもしれない。

小松和彦は「高度に産業化された管理社会における人間は、ひどく均質化されてしまっていて、日常生活それ自体には『奇』なることがあまりないし、そういう社会では想像力も働かなくなってくる。そこで、『奇』なるものに着目することで日常生活や想像力を活性化しよう」として伝奇小説ブームが生じたのだろうと、『鬼がつくった国・日本』で分析していた。しかし、いまや事態は根本的に変化している。ポストモダン社会化の徹底は、「日常生活それ自体には『奇』なることがあまりない」という過渡期を通過し、「奇」としての周縁や境界の領域さえ消去し終えた。もはや「奇」は「日常生活や想像力を活性化」することがない。

対立者としての非日常性が失われた結果、日常性は断片化された非日常的要素を内側に抱えこみ、日常性それ自体が変質していく。日常や現実をめぐる、近代的なリアリティの変容もまた必然的である。このようにして新しい「リアル」が生じた。

高度消費社会という無差異性の凡庸な地獄からは、二つの態度が自然発生するだろう。第一は、荒耶宗蓮のように「魔術師＝超越者」たろうとすること。第二は、「一般論の国の王様」になること。橙子は「根源の渦」に憑かれた男に、「認めろ荒耶。私達は誰よりも弱いから、魔術師なんていう超越者である事を選んだんだ」という真実を突きつける。

おまえは人々を生き汚いと言うが、おまえ本人はそうやって生きることができまい。醜いと、無価値だと知りつつもそれを容認して生きていく事さえできない。自身が特別であろうとし、自身だけがこの老いていく世界を救うのだという誇りを持たなければとても存在していられない。

しかし自堕落な日常を否定し、絶対性の彼方に超越しようとする意思は観念的倒錯にすぎない。無意味な日常性に耐えられない「弱さ」が、超越をめぐる倒錯的な欲望を招きよせる。第二の態度は、村上春樹の八〇年代作品で繰り返し描かれている。たとえば『羊をめぐる冒険』で「鼠」と「僕」のあいだでは、次のような会話が行われる。

「君は世界が良くなっていくと信じているかい?」
「何が良くて何が悪いなんて、誰にわかるんだ?」

鼠は笑った。「まったく、もし一般論の国というのがあったら、君はそこで王様になれるよ」

「何が良くて何が悪いなんて、誰にわかるんだ?」という疑問形は、「事柄の善悪など誰にもわからない」という結論を含意している。しかし「一般論の国の王様」は、結論を直截に語ることから生じる責任に耐えることができない。だから疑問形で、自分の意見を暗示しようとする。

無差異性の凡庸な地獄を観念的に否定し、第一の態度は架空の超越性、絶対性の彼方に舞いあがろうとする。高度消費社会の無差異性を肯定する第二の態度は、ケセラセラの相対主義にしか行き着かない。二つの態度のいずれも、高度消費社会の新しい「リアル」に適応することには失敗している。

ところで式は、レイプ犯の少年たちを超能力で大量殺戮した藤乃を念頭に、「まるで自分について問いただしているよう」に、「おまえはどうなんだ。どんな理由があっても人殺しはいけない事なんだろ」と幹也に尋ねる。「……うん。けど、僕は彼女に同情する。正直にいって、彼女を襲った連中が死んだ事に何の感情も浮かばない」と応じた幹也に、式は「意外だ。オレ、おまえの一般論(傍点引用者)を期待してたのに」と洩らす。

作中で日常の側に位置する少年は、むろん絶対性や超越性への倒錯的欲望とは無縁だ。また、『羊をめぐる冒険』の主人公のような「一般論の国の王様」でもない。黒桐幹也という少年は、凡庸な日常世界に第一の態度も第二の態度もとろうとはしない。

戦闘を宿命化された少女と、それを傍観するしかない無力な少年というセカイ系的な構図を、『空の境界』もまた踏んでいるようだ。しかし、そこに微妙なずれがあることを見逃してはならない。セカイ系的な構図には、「日常＝平凡な少年」と「非日常＝戦闘美少女」という具合に「日常－非日常」の対項性が曖昧に残存している。この図式では日常の側に分類されてしまう幹也だが、日常の項から逸脱する個性もまた無視できない。物語の結末近くで式の第三人格は、幹也という人物を次のように了解する。


平凡な当たり障りのない人生。

けれど社会の中でそういう風に生きていけるのなら、それは当たり前のように生きているのではない。

多くの人々は自分から望んでそんな暮らしをしているわけではない。特別になろうとして、成り得なかった結果が平凡な人生というカタチなのだ。

だから――初めからそうであろうとして生きるコトは、何よりも難しい。

なら、それこそが〝特別〟なこと。


幹也は、荒耶のように「自身が特別であろうと」するわけではない。いや、絶対的な差異性に憑かれた荒耶だけでなく、相対的な差異化に狂奔する日常人もまた「自身が特別であろうと」足掻いている。「特別になろうとして、成り得なかった結果が平凡な人生」なのだとしたら、「初めからそうであろうとして生きる」少年こそ「〝特別〟」ではないのか。

日常と非日常の境界が空無化し、両者が混在しはじめた世界を正確に映す鏡として、作者は黒桐幹也を描こうとしている。ようするに幹也とは、無差異性の凡庸な地獄に適応したニュータイプなのだ。新しい「リアル」をキャラクター的に体現する幹也が、荒耶や式の活躍を支えるのでなければ、『空の境界』が伝奇小説の新地平を拓くことも不可能だったろう。

Ⅱ 『容疑者Xの献身』論争

『容疑者Xの献身』は難易度の低い「本格」である

本稿と同様、「ミステリマガジン」二〇〇六年三月号に掲載される二階堂黎人のエッセイを要約すれば、「本格でない『容疑者Xの献身』が、本格として評価されているのが問題だ」ということになる。しかし、外見上は本格の要件を満たしているからこそ『容疑者Xの献身』は、探偵小説ジャンルにとって無視できない「問題」なのだ。この作品は一応のところ本格探偵小説だが、本格としての難易度が高いわけではない。適正に判断して初心者向けの水準だろう。難易度の高い技に挑戦し、みごとな成功を収めたとは評価できない作品に、ジャンルの専業的作家や評論家や中核的読者など、昔なら「探偵小説の鬼」といわれたような人々が最大限の賛辞を浴びせかける。この異様な光景に、『容疑者Xの献身』をめぐる最大の「謎」、あるいは最大の「問題」が見出されなければならない。

本書を一〇九頁まで読み進めた時点で、筆者は真相の八割以上を「論理」的に特定しえた。「論理」とは、歴史的に蓄積されジャンル的に共有されている探偵小説的論理性のことで、かならずしも数学的論理性を意味しない。探偵小説的な「論理」や「事実」や「真理」の理解も、二階堂と筆者は異なるようだが、この点についてはあらためて述べたい。

一〇九頁の時点で未解明だった一割か二割は、盗まれた自転車をめぐる詳細など、この時点では読者に提供されていないデータから導かれる補足的な部分にすぎない。基本線としては、探偵役の湯川と犯人の石神が隅田川の河岸を歩く場面で、「謎はすべて解けた」。

二人のホームレスが見えてきたところで、犯人の石神は「いつもと同じ光景だ」と探偵役の湯川に告げる。作品の冒頭では三頁分もの文章を費やし、新大橋のホームレス三人のことが詳細に描写されていた。自己責任・格差社会の「負け組」に向けられる石神の視線は無機質で、地面を這う虫けらでも見るような冷たい距離感がある。『憎正殺人事件』を古典として読んだ本格読者には、既視感のある人物造形といえる。本格読者はディラードの先例から、数学者による異様な犯罪というモチーフを嗅ぎつけることだろう。こうした当て推量は正解かもしれないし、外れかもしれない。この時点では先のお楽しみというところだ。

作品の冒頭では三人いたホームレスのうち、ひそかに『技師』と呼んでいた第三の男の姿が見えないというのに、石神は「いつもと同じ光景だ」という。犯人の言葉は探偵役の湯川に向けられている。同時に、冒頭箇所を読んでいる読者に向けられたものでもある。『憎正殺人事件』を読んでいるかどうかは別としても、この決定的な箇所に引っかかりを覚えない読者は、本格初心者といわれても仕方がない。

『容疑者Xの献身』は、犯人側から物語が進行する正統的な倒叙法からは外れている。離婚した夫の富樫を靖子が殺害し、靖子に片思いをよせている石神が援助を申し出たこと、犯行を隠蔽するために靖子のアリバイを偽造する必要があると石神が判断したことなどを読者はあらかじめ知らされるが、石神による作為の詳細は不明のままだ。

三人称の視点人物は犯人側の靖子や石神に加え、探偵側の刑事草薙にも移動する。しかも作者は、かなりの程度まで靖子や石神の内面に立ち入りながら、最も肝心なところは伏せ続けるという詭計的な語りを採用している。『容疑者Xの献身』は変型された倒叙探偵小説だが、同時に変型された叙述探偵小説（叙述トリックによる本格探偵小説）でもある。

主として倒叙探偵小説の探偵小説的興味は、作中の犯人にも読者にも完璧と思われた犯行計画がどのように破綻するのかにある。完全犯罪計画の破綻は、むろん探偵小説的論理性の観点から必然的でなければならない。叙述探偵小説の場合も同様で、読者を欺瞞する詭計的な語りにも、それが詭計的であることを示す箇所が意図的に組みこまれていなければならない。いずれにしても再読した読者が、まえもって埋めこまれていた伏線や手がかりを再発見し、騙された自分に責任があると納得しうるように書かれていることが、本格探偵小説として評価されるための最低必要条件だ。

しかし変型された倒叙＝叙述探偵小説としての『容疑者Xの献身』の場合、事情は少し違っている。石神が靖子を救うために凝らした作為の全貌を、読者は探偵小説的な謎として探究しなければならない。倒叙＝叙述探偵小説の枠組みを使いながらも、その枠組みに探偵小説形式の「原形」である犯人対探偵の論理的対決を埋めこんでいる点で、『容疑者Xの献身』は「刑事コロンボ」以降の現代性が認められる。

あらかじめ犯人の正体を知らされている点で、われわれは「活用形」的な倒叙作品の読者ということになる。しかし作中の探偵役と同じように犯行の謎を追わなければならない点では、「原形」的な探偵小説読者でもある。

この構造的な二重性が『容疑者Xの献身』のミソだが、『十角館の殺人』を起点とした第三の波の熱意ある読者が騙されるような水準ではない。富樫殺しの場面を過ぎたところで大多数の読者は、この作品が変型された倒叙=叙述探偵小説であり、その枠内に湯川対石神、探偵対犯人の論理的対決を組みこんだ本格謎解き小説でもあることを了解したろう。読者に提起されている謎はフーダニットではなくハウダニット、いかにして石神が靖子の犯行を隠蔽したのかにある。しかも作者は、犯行の隠蔽がアリバイの偽造によってなされるだろうことまでを、富樫殺しの時点で読者に語っている。

一〇九頁を読んだ筆者は、富樫殺しの日付が伏せられている事実にあらためて注意を向けた。警察が富樫と断定する屍体は、三月十日の夜に殺害されている。しかし、犯人側の視点で描かれる場面では、富樫殺しの日付は明らかとされていない。日付の曖昧性は当初、リアリズム小説的な文体によるものとも思われた。近代小説では普通、出来事の日時をいちいち精確に書きこんだりはしない。しかしこの時点で、作者が日付をめぐる叙述トリックを仕掛けている可能性が無視できないものとなる。

十日の朝に発見された屍体は、顔や指紋を潰されていた。現場には衣類が半燃え状態で残され、盗難自転車も発見される。衣類は富樫のもの、自転車の指紋も富樫が宿泊していた安宿の指紋と一致する。このような現場の状況から、本格読者なら屍体の入れ替えという犯人の作為を疑って当然だろう。別人の屍体を富樫と見せかけるため、半燃えの衣類や自転車の指紋が偽の証拠としてばらまかれた……。

①作者が富樫殺害の日付を伏せていること、②ホームレスの『技師』が消えていること、③屍体の入れ替えが疑われること。主として以上の三項を探偵小説的論理性の次元で整合的に組み合わせれば、読者は容易に石神の作為を見抜くことができる。全篇の三分の一にも達しない箇所で真相が割れてし

まう以上、あとはサスペンス的な興味で残りの頁を捲るしかない。一応のところ本格ではあるが、初心者向けといわざるをえないゆえんだ。

時間順に③そして②は、作中の探偵役にも提供されるデータだが、富樫殺しの真相や靖子と石神の共犯関係などと同様に①は読者だけが知りうる。作中人物である湯川やワトスン役の草薙は、作者の詭計的な語りにかんして知る立場にないからだ。湯川は③と②から事件の真相を見破るが、石神に決定的な証拠を突きつけることはできない。しかし、読者の場合は①が核心的な「証拠」となる。

二階堂黎人は「湯川が結末で己の『推測』を語った際、決定的な証拠が存在しないこと」、「徹頭徹尾、『推測』と語り、『推理』とは言えない」ことを根拠として、この作品が本格ではないと結論する。「推理」に必要な「証拠」を法廷でも通用するような物証と解するなら、その条件を欠いた推理は探偵小説史上無数にある。先にあげた『僧正殺人事件』でも、ファイロ・ヴァンスは物証のない犯人を罰するためカップを交換したのではなかったか。①は物証ではないが、読者が推測ではない推理を組み立てる上で決定的な探偵小説的「証拠」である。二階堂が①を証拠として認めないのは、先に指摘した『容疑者Xの献身』の探偵小説としての構造的二重性を正確に把握しえていないからだ。

また、「叙述トリックでは、書かれていないことはすべて実現可能ともなってしまう危険性がある。この作品に関して言うと、見つかった死体が浮浪者のものであることは、冒頭その他の風景描写から『推測』することは読者にも可能かもしれない。だが、それが真実であるかどうかは、他のあらゆる可能性が排除された場合のみ、立証できるものだ」と二階堂黎人は主張する。

たしかに探偵役にとって、それは「推測」にすぎないだろう。だが探偵役が知らないデータを得ている読者の場合は、条件が根本的に異なる。問題の日の朝、『技師』が突然に姿を消したとしても、隣のホームレスさえ気にかけないだろうと石神は思う。同じ夜、石神は靖子のアリバイを偽造しなければならないと考える。文中で日付は明記されていないし、石神から靖子に視点が移動する箇所（七頁）で文章は一行あけられているから、両者は違う日の出来事かもしれないと読者は疑うべきだろう。叙述探偵小説である以上、空白の一行のあいだに、数日が経過していたという可能性も無視はできない。それが最大でも十日以内であることは、注意深い読者には確認可能であるが。

しかし物語が進行する過程で、二つの出来事が違う日に起きたという可能性は、謎解きに不可欠の要素として焦点化されることが一度もない。また、違う日の出来事だったことを示す証拠や伏線も、最後まで読者には提供されないままだ。「叙述トリックでは、書かれていないことはすべて実現可能ともなってしまう」と二階堂は心配する。しかし以上のような条件のもとでは、石神が『技師』を見た朝と靖子が富樫を殺した夜は別の日だったという可能性を、本格探偵小説の読者は無視してもかまわない。

では、富樫殺しの場合はどうだろう。探偵役の湯川にも読者にも、上記の②と③は論理的可能性にすぎない。発見現場の状況は、屍体の入れ替えという可能性を想定させる。富樫と入れ替えられた屍体が『技師』のものである可能性を、読者は一〇九頁、湯川も二五九頁の時点で想定する。

論理的可能性の域に封じられ「推測」しか語りえない湯川とは違って、読者は事件の真相を「推理」することができる。湯川にはないが、読者には与えられている手がかりが①だ。作者が富樫殺しの日付を意図的に伏せているという読者には明瞭な「事実」が、②および③から導かれる論理的仮説を裏づけ、それが「真実」であることを論理的に「証明」する。このことが他方、富樫殺しの日付をめぐる叙述に意図的な操作がなされている可能性を読者に提示する点で、『容疑者Xの献身』は一応のところフェアな叙述探偵小説といえる。

この作品が変型された倒叙＝叙述探偵小説であり、その形式に則して謎が提示されていることさえ踏まえるなら、初歩的な読者以外は物語の前半で真相を見抜くことができる。作中の探偵役と読者は、提起されている謎も違えば与えられる情報も違い、両者の立場は決して同一ではない。探偵役は「推測」しかできないにしても、読者には「推理」することが可能なのだ。むろん、ここでいう「事実」も「真実」も「証明」も、すべては歴史的に累積された探偵小説の世界でのみ成立する事柄にすぎない。人間の自由意思が介在する世界で数学的な論理必然性を期待することなど、原理的に不可能である。

本格探偵小説としては難易度の低い『容疑者Xの献身』が、探偵小説界で異様なまでの賞賛を集めている。どうして「探偵小説の鬼」たちは、初心者向けの作品を本格探偵小説の傑作として絶賛しうるのか。『容疑者Xの献身』が本格であるかどうかなど、本当は些末な問題である。真の「問題」は、「ホームレス」が見えなくなっている本格ジャンルの荒廃なのだが、すでに紙数が尽きた。この先は「勝者と敗者」で続けることにしたい。

勝者と敗者

東野圭吾『容疑者Xの献身』は二〇〇五年八月に刊行されている。時評の対象として不適切かもしれないが、『本格ミステリ・ベスト10』で一位になった事実を踏まえ、今回はこの作品を検討したいと思う。「『容疑者Xの献身』は難易度の低い『本格』である」でも述べたように、この作品は一応のところ本格形式に則しているが、初心者向けの標準作という評価が順当である。しかし第三の波を支えてきた作家や評論家の少なからぬ者が、昨年度の本格探偵小説の最高傑作として『容疑者Xの献身』を賞賛している。たとえば黒田研二は『２００６　本格ミステリ・ベスト10』のアンケートで「今世紀ベストワンと断言してもよいくらいの大傑作」と、佳多山大地は「見えない角度からのハイキックを側頭部に一発喰らい、夢見心地でテンカウントを聞いてしまいました」とコメントしている。この類の誇大妄想的な賛辞を、本格作家や評論家が洪水のように浴びせかけている光景はほとんど異様である。

『容疑者Xの献身』は、石神という人物が隅田川の河岸を歩くところからはじまる。新大橋で石神は、三人のホームレスに注目する。「白髪混じりの髪を後ろで縛っている」老人と、石神が『缶男』および『技師』と呼んでいる男たちの三人だ。新大橋付近の河岸には「休日でもあまり人が近寄らない」。「その理由はこの場所に来てみればすぐにわかる。青いビニールシートに覆われたホームレスたちの住まいが、ずらりと並んでいるからだ」。石神がホームレスに向ける視線は無機質で、観察はモノにたいするように冷静だ。石神にとって、ホームレスは路傍の石ころと変わらない。

新大橋のホームレスが二度目に描かれるのは、事件が起きたあとのことだ。探偵役の湯川が石神のアパートを訪れ、二人は隅田川の河岸を散歩する。新大橋付近では「白髪混じりの髪を後ろで縛っている男が洗濯物を干していた。その先には石神が『缶男』と名付けている男が例によって空き缶を潰していた」。第三のホームレス『技師』の姿は見えない。しかし、犯人の石神は探偵役に「いつもと同じ光景だ」、「この一ヵ月間、なにも変わっちゃいない」と事実に反した発言をする。詳細は「『容疑者Xの献身』は難易度の低い『本格』である」を参照して頂きたいが、この時点で本格読者は謎を解いてしまうはずだ。物語が三分の一にも達しない箇所（一〇九頁）で、読者に真相を見抜かれてしまう初心者向け作品を、はたして本格探偵小説の傑作と評価できるだろうか。

「本格」探偵小説として『容疑者Xの献身』を賞賛した評者は、おそらく一〇九頁の時点で真相に達しえなかったのだろう。アリバイの偽造、屍体の入れ替え、『技師』の消失、最初の事件の日付が意図的に伏せられていること、以上の四点を過不足ない形で組み合わせるなら、真相を導くのは容易である。本格読者の知能水準が急速に低下したのでなければ、回答はひとつしかありえない。このタイプの読者にはホームレスが見えないのだ。ただし社会的弱者が目に入らない読者を、ヒューマニズムの観点から批判しようというわけではない。「娯楽としての殺人」の放埒沙汰を、二〇世紀を通じて飽きることなく繰り返してきた探偵小説に、ヒューマニズム的な批判など見当違いというしかない。

殺人事件の産物である屍体Aの存在を隠蔽するため、屍体Bと入れ替えるというアイディアは、石神に八十年以上も先行してジュリアン・フリークという医者が考案している。石神が「欲しかったのは他殺体というピースだ。パズルを完成させるには、そのピースが不可欠だった」。「彼等が死んだとしても誰も気づか」ないだろうホームレスほど、ピースとして適当な「材料」はない。他方、フリークは「身元不明の浮浪者」が死亡するのを待って屍体Bを調達した。「私には、そんな無益な存在を無期限に永らえさせたところで無意味に思われた」という言葉からも想像できるように、フリークは浮浪者が死亡しなければ平然と殺害したろう。両者の発想の同型性は明らかだ。

フリークとは、アガサ・クリスティ『スタイルズ荘の怪事件』と並んで大戦間探偵小説の出発点を画した、ドロシー・セイヤーズの第一作『誰の死体?』の犯人である。この両作は、二〇世紀探偵小説が第一次大戦の廃墟から生誕した事実を明瞭に物語っている。フリークは壮年の精神医学者で、陸軍軍医部の幹部という経歴をもち、第一次大戦の戦場で多発した戦争神経症の研究者としても知られている。他方、探偵役のピーターは塹壕戦のトラウマに苦しむ復員青年だ。作中で探偵と犯人の対決場面は、シェルショック患者と精神医の対話として劇的に演出される。

ようするに『誰の死体?』とは、第一次大戦を惹き起こして多数の青年たちを大量死の戦場に送りこんだ壮年世代と、何百万という屍体を塹壕に築くことを強制された青年世代による、匿名の屍体をめぐる知的闘争のドラマなのだ。いうまでもなく「身元不明の浮浪者」の屍体は、第一次大戦で生じた膨大な匿名の死者のメタファーである。一方は匿名の屍体を利用しようと企み、他方はそのアイデンティティを確定するために死力を振り絞る。

『誰の死体?』では、〈ちぇるしー救貧院ニ該当者。身元不明ノ浮浪者ナリ。先々週水曜路上事故ニテ負傷。月曜院内ニテ死亡。同夕ふりーくノ指示ニヨリ聖るか搬入〉という電報を手にした時点で探偵は、そして慧眼な読者もまた真相に達する。この電報にあたるのが『容疑者Xの献身』では二度目にホームレスが描かれる場面だが、この作品を絶賛する読者は真相を見抜きえなかったと想定するしかない。両作を隔てる八十数年のあいだに、一体なにが変わったというのか。

『誰の死体?』の場合、大量死の戦場から這い出してきた戦争神経症の探偵役は、匿名の屍体と双生児的な関係にある。いずれもフリーク世代の社会的勝者によって利用され、ボロ屑のように使い捨てられた敗者なのだ。しかし『容疑者Xの献身』では、双生児的関係は二重のものとして設定されている。二十年以上も前の学生時代、石神と湯川は理系の「天才」を競い合うライヴァルだった。東大を思わせる「帝都大」の学生で、なにしろ二人とも「天才」なのだから、この時点ではともに社会的な勝者である。換言すれば、第一の局面で石神と湯川は双生児的関係にあった。

母校の助教授になった湯川と違って、石神はアカデミズムの敗者だ。一年前の石神は「数学しか取り柄のない自分が、その道を進まないのであれば、もはや自分に存在価値はない」とさえ思い自殺しようとしていた。石神の否定的な自己認識は、「彼等は一体何のために生きているのだろう、このまずっとただ死ぬ日を待っているだけなのか、彼等が死んだとしても誰も気づかず、誰も悲しまないのではないか」というホームレスにたいする認識と、無意味、無価値という点では変わらない。このようにしかホームレスを見ることのできない石神は、依然として勝者の尻尾を引きずっているのだが、いずれにしても第二の局面でアカデミズムの敗者とホームレスは双生児的関係になる。

どうして石神は、双生児的関係にあるホームレスの殺害者になったのか。自殺の寸前に靖子があらわれたからだ。「石神の生活は一変した。自殺願望は消え去り、生きる喜びを得た」。靖子という女性を発見し、「誰かに認められる必要はないのだ」、「誰が最初にその山に登ったかは重要だが、それは本人だけがわかっていればいい」と思いはじめた石神は、もうアカデミズムの敗者ではない。第三局面の石神は、究極の社会的敗者であるホームレスにたいし勝者の位置を占めている。しかし石神の勝者性は、危うい均衡の上に成りたってもいる。もしも靖子を失えば、かつてのように惨めな敗者に転落してしまうからだ。この危機感から石神はホームレスを殺害する。靖子を守ることで、石神は勝者としての地位を守ろうとしたのだが、はじめから勝者である湯川に犯罪を暴かれ、またしても敗者の地位に突き落とされてしまう。これが第四局面ということになる。

『容疑者Xの献身』という物語の現在は、第三局面の最後にあたる。謎解きが終わると同時に第四局面が到来し、物語は終わる。作中のいたるところで意図的な語り落とし《レティサンス》の技法が用いられているが、第二局面の隠蔽もそのひとつだろう。作者の詭計的な語りの結果、石神がロハス的な巷の数学者であることに一貫して充足していたと、読者は信じこまされてしまう。しかも第一局面の回想場面が、ともに勝者、強者である二人の対等性を読者に印象づける。このようにして「天才」犯人と「天才」探偵の対決ドラマが進行していくのだが、石神と湯川の双生児的関係の裏には、石神とホームレスの双生児的関係が隠されている。

『誰の死体?』では、勝者フリークが社会的敗者である「身元不明の浮浪者」を殺害し、被害者と無意味性や匿名性を共有する第二の敗者ピーターによって追いつめられる。「機関銃や毒ガスで大量殺戮され、血みどろの肉屑と化した塹壕の死者に比較して、本格ミステリの死者は、二重の光輪に飾られた選ばれた死者である。犯人による、巧緻をきわめた犯行計画という第一の光輪、それを解明する探偵の、精緻きわまりない推理という第二の光輪。第一次大戦後の読者が本格ミステリを熱狂的に歓迎したのは、現代的な匿名の死の必然性に、それが虚構的にせよ渾身の力で抵抗していたからではないか」(「大量死と探偵小説」/『模倣における逸脱』所収)と、かつて筆者は大戦間探偵小説について述べた。『誰の死体?』が、そのみごとな実例であることは指摘するまでもないだろう。

『容疑者Xの献身』を本格探偵小説の傑作として評価しがたいのは、たんに論理パズル小説としての水準が低いからではない。英米の大戦間探偵小説、日本の戦後探偵小説(第二の波)、そして第三の波へと引き継がれてきた探偵小説の精神的史核心を、この作品には認めることができないからだ。本格としての難易度の低さと、探偵小説的精神の形骸化は表裏一体である。

『誰の死体?』では、金縁眼鏡をかけた全裸屍体が無関係な家の浴室で発見される。この正体不明の被害者こそ、「犯人による、巧緻をきわめた犯行計画という第一の光輪」で燦然と彩られた特権的な死者だ。しかも匿名の屍体は、この謎を「解明する探偵の、精緻きわまりない推理という第二の光輪」を最終的には与えられる。『容疑者Xの献身』でも一見、第一の光輪は屍体に付与されているようだ。旧江戸川の堤防で発見される「顔のない屍体」は探偵小説の定型そのものだし、そこには「天才」犯人による「巧緻をきわめた犯行計画」が込められている。しかし道具として使われた匿名の屍体は、「精緻きわまりない推理という第二の光輪」で飾られることがない。提供されるのは初歩的で安直な推理にすぎないからだ。このことは翻って、第一の光輪も幻影でしかない事実を暴露してしまう。容易に見抜かれるような計画では、被害者の屍体を華麗に装飾することはできない。

自分の推理を語ったあと、湯川は石神にいう。「その頭脳を……その素晴らしい頭脳を、そんなことに使わなければならなかったのは、とても残念だ」と。また靖子は「あたしも償います。罰を受けます。石神さんと一緒に罰を受けます。あたしに出来ることはそれだけです」と石神に詫びる。湯川が惜しみ、靖子が謝罪するのは犯人の石神にであって、「パズルのピースとして使われた、名無しの権兵衛さん」は最後までパズルのピースのままだ。石神の行為を湯川は、「この世に無駄な歯車なんかないし、その使い道を決められるのは歯車自身だけだ」という言葉で告発する。しかし、湯川の言葉はおためごかしでしかない。その空洞化が探偵小説の前提であるヒューマニズムの理念を、ご都合主義的に持ち出しているにすぎないからだ。『容疑者Xの献身』という作品には、「現代的な匿名の死の必然性」に「虚構的にせよ渾身の力で抵抗して」いる印象が致命的に稀薄である。

叙述トリックの傑作は、読者の無意識に構造化された社会的信憑を破壊する。見えない人間が結末で姿をあらわす瞬間、それまで自分には見えなかったという事実に読者は衝撃を受けるのだ。しかし、『容疑者Xの献身』の謎解き場面で『技師』が登場しても、目の前にあるものが見えていなかった事実に読者は驚こうとしない。たんに最後のピースが提出され、パズルが完成したと思うにすぎない。二一世紀社会にふさわしい犯人の異様性や残酷性も、「純愛」の悲劇というわざとらしい演出によって隠蔽されてしまう。作者に導かれ、読者は「現代的な匿名の死の必然性」を自動的に追認するだけだ。

英米の大戦間探偵小説と日本の戦後探偵小説は、世界戦争と大量死の二〇世紀前半を背景として誕生した。第三の波は大量死の裏返しである大量生に、無意味で匿名的な存在性格を再発見することから生じている。前者は二〇世紀前半の大量死社会への、後者は「豊かな社会」を達成した世紀後半の大量生社会への異和と反感を、多かれ少なかれ前提として共有していた。おのれの似姿として匿名の死者＝生者を直視し、虚構的であろうともその復権を企てることが二〇世紀探偵小説の根本精神だった。ホームレスが見えない読者の激増は、探偵小説の精神がすでに空洞化し終えたことを暗示している。年季の入った探偵小説読者であれば、御手洗潔をはじめ大量生の時代に異を唱えた、ヒッピー的な探偵キャラクターに馴染んでいるはずだ。このタイプの場合、なにしろ明日はわが身かもしれないのだから、ホームレスが見えないわけはない。御手洗に感情移入した読者にしても同じだろう。しかし、事実として二〇世紀は終わった。

グローバリズムとネオリベラリズム、規制緩和と自己責任、「勝ち組」と「負け組」、小さな政府と格差社会などのキイワードで語られる二一世紀社会では、競争の敗者や弱者は社会から排除され放置される。二一世紀社会を生きる人間は、社会的悲惨や荒廃も見て見ぬふりでやりすごさなければならない。見て見ぬふりが無意識化されると、最後には見えないようになる。究極の「負け組」であるホームレスに、石神が向ける無機質な視線に抵抗を覚えない読者なら、『技師』が消えている事実に違和を感じないのも当然だろう。過去十年ほどで土台から変容した社会意識を正確に測定し、ホームレスの見えない読者が急増していることを意識して『容疑者Xの献身』を構想したのなら、作者の計算は的中したことになる。補足的には、感動症候群にとりつかれ「泣ける話」を麻薬のように求め続ける嗜癖的読者の存在も、作者は周到に計算している。

この作品では、うらぶれた下町の情景がリアリズム小説の筆致で描かれるため、読者は鮎川哲也や松本清張の一九五〇年代作品の世界にでも迷いこんだ気分になる。そのため見逃されがちだが、『容疑者Xの献身』には二〇〇〇年代的な社会と個人の諸様相が、さまざまな角度から織りこまれている。平成大不況下に急増したホームレスの存在は、その一例にすぎない。夫のDVと母子家庭、ストーカー、大学再編と高学歴ワーキングプアの増加、などなど。教室で最初に顔を合わせた湯川に、石神は「おたく、物理学科志望といったな」と語りかける。作者は自覚的に、オタクをめぐる主題まで組みこんでいるのかもしれない。石神とは、一言でいえば「数学オタク」なのだ。

こうした点で『容疑者Xの献身』を、二一世紀探偵小説の試みと評することもできるだろう。「確かに何かが変わり始めているようだ。私たちの日常の生活の中で、光の部分はいっそうまばゆく輝き、暗い影の部分はいっそう黒々と淀んできているように感じられる。（略）光と影のコントラストの強まりとは、端的にいえば社会の中での格差や不平等があらわになりつつあるということを意味している。成功者はしばしば自分ひとりの才覚によって大きな富と栄誉を手にし、逆にひとつ歯車が狂えば生存すらおぼつかなくなって青いシートで夜露をしのがなければならなくなるかもしれない」（『多元化する「能力」と日本社会』）と本田由紀は指摘する。勝者から敗者に転落した男が、隣室の女に片思いをよせることで絶望から立ち直り、またしても敗者に転落しないため究極の敗者であるホームレスを殺害するが、一貫して勝者の立場を与えられている探偵によって敗北の淵に突きおとされる。本田由紀が素描した二一世紀社会の現実を、この作品は正確に反映しているかもしれないが、たんに反映しているにすぎない。ホームレスが見えない社会への違和や批判は、拭い去られたように消失しているのだ。

二一世紀社会のリアルから生じ、それに抜きがたい違和を表明しているのが脱格系であり、ライトノベル系ミステリの先端だろう。この点で、二〇世紀探偵小説や第三の波を正統的に継承しているのは、これらの若い作家たちである。しかし彼らの作品の場合、この時代のリアルを掴みとりえた度合いに応じて本格形式は自壊している。「普通の本格」や「端正な本格」という曖昧なスローガンで脱格系を排除した流れの果てに、おそらく『容疑者Xの献身』の無条件的な賛美がある。この作品を本格探偵「小説」として、ようするに論理パズル小説には還元されない部分で賞賛する評者にしても結局は同じことだ。

二〇世紀的な大量死＝大量生社会のリアルを体現した探偵小説形式が耐用年限に達し、もはや二一世紀社会のリアルを掴みえないのであれば、本格は静かに滅びなければならない。ホームレスが見えない社会に違和を覚えない読者を対象に書かれ、その態度を追認し合理化するだけの小説は外見だけ「本格」であろうと、すでに探偵小説の精神を喪失した抜け殻にすぎない。

環境管理社会の小説的模型

一九九一年のソ連邦解体から十四年が経過した。ベルリンの壁が崩れた翌年に『ユートピアの冒険』を書き下ろし、社会主義の崩壊直後から雑誌連載していた文章を『国家民営化論』（九五年）にまとめて以降、筆者は社会思想関係の著作を刊行していない。

ちなみに『国家民営化論』文庫版まえがきでは、結論的に次のように述べている。

ラディカルな自由主義の理論は、さらに深められなければならない。とはいえ、基本的な方向性は明瞭だろう。

リベラリズムでも新保守主義でも、社会民主主義の新形態としての「第三の道」でもない、独立生産者の自由な連合という方向で、人類の二一世紀社会を展望すること。グローバル経済の潜勢力を歴史的前提に、可能なかぎり国民国家の敷居を低くすることから出発し、今後数世紀という時間的射程で、世界国家の君臨なき世界社会の形成をめざすこと。

マルクス主義に主導された二〇世紀社会主義の実験は失敗に終わったが、独立生産者の自由な連合というアナキズムの夢は、いまなお追求されるべき現実の課題である。

以上のような立場は、現在も基本的には変わらない。しかし、社会主義の崩壊以降十五年のあいだに、『国家民営化論』でアウトラインを描いた「ラディカルな自由主義」の社会批判や社会構想に、空隙や限界が目立ちはじめた事実もまた否定できない。予測を超えていたのは、日本社会のネオリベラリズム的再編の急激な進行である。一九七〇年代のサッチャリズム、八〇年代のレーガノミックスを歴史的起点とするネオリベ的「改革」の理念は、冷戦の終結と経済のグローバル化に後押しされて九〇年代以降、この国でも急速に影響力を拡大した。

バブル崩壊と不況の到来は当初、たんなる景気循環の一局面と見なされていた。それが二〇世紀的な日本資本主義の基本構造から生じていることを誰の目にも明らかにしたのは、九八年危機だったろう。前年には北海道拓殖銀行や山一証券など大手金融機関の連続破綻が社会を揺るがせ、実質GNPはマイナス成長に押し戻された。回復基調にあるとの景気判断から消費税増税を強行した橋本自民党は参議院選挙で敗北し、小渕政権が誕生する。公共投資による景気浮揚という旧自民党的なバラマキ政策を踏襲した小渕政権は、国債の濫発による財政赤字の山を築き、国民的な閉塞感はさらに亢進していく。「改革なくして成長なし」の連呼で国民的な支持を獲得した小泉首相のもと、ようやく日本でもネオリベ的「改革」路線が定着する。

山田昌弘は『パラサイト社会のゆくえ』で、自殺、青少年の凶悪犯罪、セクシャル・ハラスメント、児童虐待、不登校、失業率と非正規雇用などが九八年前後に急激に増加し、その後も高どまりしている事実に注意を促した上で、「一九九八年大不況をきっかけとして、何か、社会意識、特に、若者や青少年の社会意識に『構造的変化』が生じたと判断してもよい」、「それは、『未来の不確実化』というべきものである」と指摘した。

一九九五年に『国家民営化論』を刊行したあと、筆者は探偵小説論を批評的な仕事の中心としてきた。探偵小説とは二〇世紀が生み出した固有の、ある意味では倒錯的な小説形式である。二〇世紀型の日本社会が二一世紀型に再編成される転換点の一九九八年に、探偵小説をめぐる仕事の集大成として『探偵小説論Ⅰ、Ⅱ』は刊行された。二〇世紀が日本で終焉を迎えた時点でも二〇世紀小説＝探偵小説をめぐる議論に熱中し、劇的な社会的変貌の意味を問う作業は棚上げされてきた。

知的な怠惰といわれても仕方がないが、しかし、社会思想的な領域に関心が薄れていたことにも理由はある。英米で第一次大戦後、日本では第二次大戦後にジャンル形成を遂げた事実からも窺われるように、探偵小説は世界戦争の衝撃から生じた二〇世紀的な小説形式である。

二〇世紀は前半と後半に質的に分割される。簡単にいえば前半は世界戦争の時代で、後半は「ゆたかな社会」（ガルブレイス）の時代だ。後半でも冷戦という形で世界戦争は継続されていたし、「ゆたかな社会」を達成したのはアメリカ、西ヨーロッパ、日本など西側先進諸国に限られるが。この点からすれば、世紀の前半と後半を機械的に対立させることはできない。膨大な産業予備軍を構造的に抱えこむ一九世紀資本主義システムの危機が、植民地の再分割をめぐって第一次大戦争を惹き起こした。第一次大戦とロシア革命を画期として、二〇世紀は完全雇用の実現をめぐる体制間競争の時代となる。この競争は、第二次大戦では枢軸国（ドイツ、日本）と連合国（アメリカ、ソ連）の世界戦争として爆発し、ファシズム的な国家統制経済にケインズ＝フォード主義のアメリカとソ連型社会主義の同盟が勝利を収めた。二〇世紀後半になると、第二次大戦の勝者であるアメリカ型およびソ連型の完全雇用社会が、政治軍事的には米ソ冷戦に集約される形で体制間競争を展開し、一九八九年の社会主義崩壊にいたる。

英米でも日本でも探偵小説は、世紀前半の世界戦争と大量死の時代に隆盛を見た。世紀後半の「ゆたかな社会」と大量生の時代に入るや、ジャンル的に衰亡したという事情も共通している。ただし日本では、一九八七年の綾辻行人『十角館の殺人』を起点に、九〇年代を通じて今日まで新しい探偵小説運動（江戸川乱歩を代表作家とする戦前探偵小説を「第一の波」、横溝正史や高木彬光などによる戦後探偵小説を「第二の波」とすれば、「第三の波」といえる）が精力的に展開されてきた。世紀前半の世界戦争と大量死の経験が生じさせた探偵小説形式を、当初「新本格」と呼ばれた二十代の新人たちは方法的に刷新し、世紀後半の「ゆたかな社会」の意味的な飢餓感に応えうる新しい小説形式に鍛え直したのだ。大量生の時代の新しい探偵小説の意味を問う作業に、筆者の九〇年代は費やされたといえる。

八〇年代末からの探偵小説運動には、否定神学性やアイロニカルな思想と行動を特徴とする二〇世紀精神のゾンビのようなところがある。第三の波が潮流形成をとげるのは、社会主義崩壊の年として記憶される一九八九年なのだ。精神史的に二〇世紀が終焉した年に確立された第三の波は、経済、社会、政治、軍事などの諸側面で二一世紀的な新システムがグローバルに形成される九〇年代に、いわば遅れてきた二〇世紀精神として最盛期を迎える。こうしたタイムラグの謎にかんしては『探偵小説と二〇世紀精神』で解明を試みているので、関心のある読者には参照をお願いしたい。

九八年危機という転換点を前後して、第三の波にも無視できない屈曲が生じはじめる。二〇〇三年に本格ミステリ大賞を受賞した『GOTH』の乙一をふくめ、輩出した二十代の新人作家の多くが探偵小説形式から逸脱する傾向を示しはじめた。乙一をはじめ、佐藤友哉、西尾維新などの脱格系新人は八〇年代生まれで、平成大不況の九〇年代に少年期を過ごしている。十歳前後に阪神大震災とオウム事件を体験し、酒鬼薔薇聖斗のA少年とは同年代で、少年時代からインターネットとケータイを使いこなした最初の世代でもある。否定神学的な二〇世紀精神から身体感覚や社会感覚のレヴェルで切断され、一九九八年前後に「若者や青少年の社会意識に『構造的変化』が生じた」事実を体現する最初の二一世紀世代ともいえる。

本田由紀は『多元化する「能力」と日本社会』で、山本直樹「なんだってんだ7days〔家庭の事情の巻〕」の「大学出てサラリーマンになって（略）老後送ってあとは　死ぬしかないんだよ　あらかじめ決められたレールの上を走るだけでさどこにも出口はないんだよ」という台詞に、「一九九〇年に描かれたこの台詞を今読み返して隔世の感にかられる者は多いだろう。『あらかじめ決められたレール』？　そんなもののリアリティはすでに失われてしまった」とコメントしている。

私たちは、希望とあきらめ、チャンスと落とし穴の絶え間ない交錯の中で日々の暮らしを送るようになってきている。この生活においては、ほんの十余年前の日本社会においては存在していた、将来への「確実さ」の感覚や、それに伴っていた一種の閉塞感は、なりを潜めつつある。

本田が指摘するところの、完全雇用社会が保証した「将来の『確実さ』への感覚」は、その裏側に「一種の閉塞感」を必然的に育んだ。高度経済成長の初期に三島由紀夫が『鏡子の家』で、大江健三郎が『日常生活の冒険』で描いたように。この「閉塞感」が六〇年代ラディカリズムの基盤となる。青年ラディカリストが旧左翼と対立したのも当然だろう。「ゆたかな社会」の一層の高度化を要求する旧左翼にたいし、新左翼的な青年ラディカリストは完全雇用社会の「閉塞感」を闘争の原動力としていた。

綾辻行人らに先行し、少なからぬ影響を与えた連城三紀彦や島田荘司など（第二の波と第三の波の中間という意味で「二・五波」といえる）が、六〇年代カウンターカルチャー世代であることは偶然でない。あの「閉塞感」を後進の綾辻らも共有し、それを絶妙に表現しうる器として探偵小説形式を再発見したのだ。しかし乙一や佐藤友哉や西尾維新の作品に、同じような「閉塞感」を見出すことはできない。九八年の転換点を通過して以降に作家となった八〇年代生まれの青年には、そもそも『あらかじめ決められたレール』？　そんなもののリアリティはすでに失われてしまっ」ている。とはいえ新世代作家たちが二一世紀社会に充足し、それを単純に肯定しているとはいえない。佐藤友哉や西尾維新、米澤穂信や桜庭一樹の作品を一読すれば明らかであるように、カルスタ左翼やマルチチュード派による凡庸なネオリベ社会批判では捉えられない鋭角的な違和や悪意を、これら新世代作家はポスト完全雇用社会に向けている。

この数年、脱格系をはじめとする二十代新人の小説を読みながら、その土壌をなしている二一世紀社会について正面から思考しなければならないと感じはじめていた。それはまた「自由」という主題を根本的に再思考すること、『国家民営化論』で提起したラディカルな自由主義の空隙を埋める作業でもあるだろう。

小泉政権のネオリベ的「改革」に、筆者は奇妙な苛立ちと不全感を覚えてきた。完全雇用と「豊かな社会」を達成した二〇世紀の体制イデオロギーは、労働権の主張など一九世紀社会主義の言葉と理念を裏側から密輸入していた。同じことが二一世紀の体制イデオロギーである新自由主義とアナキズムにもいえるのではないか。たとえばリバタリアンとは、歴史的にはバクーニン主義者を意味した。「自由」の理念をめぐるラディカルな自由主義と新自由主義の、簡単にいえば「自業自得の潔さ」を格率とするラディカルな自由主義と、ネオリベ的な「自己責任」論の原理的相違を明確にしなければならない。

ここでは、東野圭吾『容疑者Xの献身』を主に論じることにしたい。この作品を検討することで、探偵小説論を焦点とした過去十五年ほどの仕事と、社会思想的な領域の作業との有機的な繋がりも見えてくるはずだ。

東野圭吾は一九八五年の江戸川乱歩賞受賞作『放課後』でデビューしている。探偵小説作家としての世代は、先にあげた連城三紀彦や島田荘司と綾辻行人以降の「新本格」世代の中間にあたる。デビュー作は本格探偵小説だし、その後も本格作品を断続的に書き続けてきたが、第三の波の全盛期では傍流的な位置を占めたにすぎない。サスペンス小説『白夜行』で人気作家の地位を築いた東野は、幾度か直木賞にノミネートされ、二〇〇五年度下半期の『容疑者Xの献身』で第一三四回直木賞を受賞する。注目しなければならないのは、この作品が『白夜行』のようなサスペンス小説でなく、論理的な謎解きを主眼とする本格探偵小説である点だ。

本格作品の直木賞受賞には木々高太郎『人生の阿呆』（一九三七年）、戸板康二『團十郎切腹事件』（一九六〇年）という先例があるにしても、稀有であることは間違いない。第三の波最大の人気作家は京極夏彦だが、直木賞を受賞したのは怪談をモチーフにした時代小説『後巷説百物語』である。またSF作家の半村良も、直木賞受賞作は風俗小説の『雨やどり』だ。探偵小説やSF小説など近代小説の規範から逸脱する二〇世紀的なジャンル小説にたいし、この賞は傾向として排除的といえる。近代小説というよりも、昭和初期に菊池寛がシステム化した「純文学－大衆文学」制度というべきかもしれない。大正末期から昭和初年代にかけて興隆した大衆文芸でも、探偵小説は無視できない存在だった。にもかかわらず、菊池に主導された文学制度から探偵小説（この時代にはSFも探偵小説に含まれていた）が排除された力学は、文学史的にも興味深い主題をなしている。

『容疑者Xの献身』は「純愛」ミステリとして多数の読者を獲得し、ミステリ界でも高い評価を得た。たとえば『このミステリーがすごい！』や「週刊文春」のミステリーベスト10で二〇〇五年度の第一位を獲得し、本格探偵小説を対象とする『本格ミステリ・ベスト10』でも一位に選出された。この三冠獲得は「史上初の快挙」である。

探偵小説界と直木賞の評価が一致したわけだが、この事態を、ようやく探偵小説が近代小説の世界に居場所を与えられたと喜ぶべきだろうか。この作品に向けられた探偵小説界の賞賛に、筆者は「勝者と敗者」（「ミステリーズ！」二〇〇六年二月号）で反論を試みている。「勝者と敗者」では、探偵小説としての『容疑者Xの献身』を論じた。本稿では二一世紀社会をめぐる主題との関連で、この作品を検討することになる。

『容疑者Xの献身』の舞台は隅田川ぞいのうらぶれた下町だ。さえない風貌の私立高校教師、石神哲哉が住んでいるアパートは次のように描かれている。「建物は薄汚れた灰色をしていた。壁に補修の跡がいくつかある。二階建てで、上下四つずつ部屋があった」。印象としては老朽化した木造アパートで、間取りは2K。

石神は隅田川の岸を歩いて通勤している。途中の「新大橋の近くには休日でもあまり人が近寄らない。その理由はこの場所に来てみればすぐにわかる。青いビニールシートに覆われたホームレスたちの住まいが、ずらりと並んでいるからだ」。いつも目にする三人の「ホームレス」の前を通り過ぎ、石神は『べんてん亭』という店で弁当を買う（ちなみに英語の「ホームレス」は災害などで住居を失った被災民を含む。「ニート」と同様、日本で使われる「ホームレス」は原義と異なるため、本稿では「野宿者」とする）。弁当屋では花岡靖子が働いている。片思いをよせている隣室の女の顔を見る目的で、石神は毎朝のように『べんてん亭』に立ちよる。

リアリズム小説の筆致で描かれる下町の光景は高度成長期以前、一九四〇年代後半や五〇年代の東京に通じるような雰囲気を漂わせている。探偵小説読者であれば鮎川哲也『黒いトランク』、松本清張『点と線』などの五〇年代作品を連想するだろう。しかし五〇年代なら「ホームレス」でなく「浮浪者」、「弁当屋」ではなく「総菜屋」である。

敗戦直後の上野の地下道をはじめ、五〇年代まで東京には野宿者が数多く見られた。六〇年代になると、野宿者やその予備軍は山谷のドヤに集中する。高度経済成長の余波で、建設現場を主とする日雇い労働の需要が急増したからだ。平成大不況の十年を通じ、また隅田川ぞいには野宿者が増えはじめる。人員整理と同義である「リストラ」が、全業種で日常化する一九九八年以降、完全雇用社会の裂け目から野宿者が量産されはじめた。この時代、野宿者は「ホームレス」と呼ばれるようになる。『べんてん亭』は個人営業の「小さな弁当屋」だが、昔ながらの「総菜屋」ではない。かつて夕食を調理する時間的余裕がない労働者家庭のため、揚げ物も商う食肉店などの「総菜屋」が営業していた。昼食の弁当は主婦が手作りするのが普通で、コンビニとファストフードのチェーン店が日常生活にシステム化される時代、一九八〇年代以降に普及する家事のアウトソーシングという新たな事態が、清洲橋の「小さな弁当屋」の社会背景をなしている。

「浮浪者」でなく「ホームレス」、「総菜屋」でなく「弁当屋」が存在する二〇〇〇年代の東京が舞台であるのに、作品の雰囲気は古色蒼然として一九五〇年代の東京を思わせる。リアリズム小説的な筆致が、そうした印象をさらに強めている。石田衣良や伊坂幸太郎のようにいまの都会を描くことも、むろん作者には可能だったろう。年代設定と、醸し出される時代的雰囲気に齟齬が生じることを承知の上で、作者は主人公を「薄汚れた灰色」の木造アパートに住まわせる。独身の高校教師の経済力なら、もう少し見栄えのする住居を選ぶこともできるはずだが。

数学教師の石神は、職場である私立高校の教壇に立つ。森岡というバイク好きの生徒に「微分積分なんて一体何の役に立つんだよ」と問われ、たとえば「レーサーをバックアップしているスタッフ」は「どこでどう加速すれば勝てるか、綿密にシミュレーションを繰り返し」ているが、「その時に微分積分を使う。本人たちに使っている意識はないかもしれないが、それを応用したコンピュータソフトを使っているのは事実だ」と答える。

哲学や数学が応用科学や実用的なテクノロジーの基礎にある。微分積分がなければ「それを応用したコンピュータソフト」も存在しえない。哲学や人文学には興味がない様子の石神だが、教室では古典的な教養主義者として振る舞おうとする。しかし、森岡のいう「俺たちみたいな馬鹿」に教養主義的な説得が通じるわけがない。「数学を本当に理解できるのは、ほんの一握りの人間だけで、高校の数学などという低レベルなものの解法を全員に覚えさせたところで、何の意味もない」、「こんなものは数学ではない。もちろん教育でもない」という自己嫌悪に、石神はかられることになる。

学歴エリート向けと大衆向けの、戦前日本の二本立て教育システムでは、森岡のような生徒に微積の授業は強制されない。「微分積分なんて一体何の役に立つんだよ」という生徒の不満は、ドイツ式からアメリカ式に再編成された戦後の教育システムの産物である。とりわけ高校進学率が急増する一九六〇年代以降、森岡のような不満は教室の底辺に淀みはじめた。完全雇用社会の経済的基礎は、フォード主義的な大量生産体制にある。フォード主義的な工場システムは、標準的に規格化された従順な労働者を大量に要求する。

どんな生徒も微積分を学びたいはずだ、学びたい生徒が理解できるように教えることが教育であり、教師の使命だというような戦後的な教育理念は、皮肉な形で完全雇用社会の要求に応えたのである。たとえ授業が理解できなくても、理解しようと無意味な努力を自分に強制し、とにかく終業のベルが鳴るまで我慢強く机の前に坐り続けること。これこそ、フォード主義的労働者を大量生産する最も効果的な規律訓練システムだ。完全雇用体制が安定的に維持された六〇年代から八〇年代にかけて、森岡のような不満が教室に生じはじめていたとしても、それが生徒の反抗として表面化することは阻まれていた。

しかし完全雇用社会の崩壊後を生きる森岡のような生徒に、かつてのような終身雇用と年功序列が保証されたフォード主義的労働者の道は閉ざされている。今日ではファストフード店の店員に典型的な、非正規の低賃金労働者という道しか残されていない。である以上、学校という場で規律訓練を内面化し、従順な主体として自己形成する根拠も森岡からは失われている。教師の石神に公然と、「微分積分なんて一体何の役に立つんだよ」という抗議の声を突きつけるのも当然だろう。「ゆとり」や「個性尊重」を掲げたネオリベ的教育政策は、森岡に非正規・不安定・低賃労働者以外の道を与えることはないにしても、微積の授業をめぐる不満は解消するに違いない。

開国と文明開化からはじまる西欧化、近代化の結果、寄生地主制など「半封建的遺制」を残存させながらも日本は、イギリスやフランスやドイツを手本とした近代的階級社会を一応のところ完成するにいたる。この時期（大正期）が、一九世紀的教養主義の最盛期だったのは偶然でない。大正期を代表する西欧的教養人、芥川龍之介の自殺を象徴的な起点とする戦前昭和は、大正教養主義の急激な没落をもたらした。

日本が対岸の火事としてやりすごした第一次大戦が、欧米では二〇世紀の到来を告げたのである。産業予備軍として潜在的失業者を大量に構造化した一九世紀的階級社会は、二〇世紀的な完全雇用社会、総中流社会に根本的に再編されなければならない。この社会再編がロシアでもドイツでも、「革命」として推進された歴史には根拠がある。一九世紀的な植民地大国で、第一次大戦では戦勝国の地位を占めたイギリスとフランスは昔日の夢にまどろみ続けたが、大戦後のベルサイユ体制から疎外されたロシアとドイツでは、世界戦争の戦略的主体である二〇世紀国家の形成が急速に進められた。

一九二九年の大恐慌を起点とする世界資本主義の危機は、日本にも波及する。ようやく成熟を見た明治国家体制と近代的階級社会は土台から揺らぎ、ロシアやドイツの「革命」に照応する二〇世紀国家の樹立が「昭和維新」として呼号された。満州国での実験で自信を得た革新官僚と陸軍統制派は、「高度国防国家」あるいは「国家総動員体制」の樹立をはかる。明治国家の二〇世紀的再編として誕生した戦時天皇制国家だが、ナチズムやボリシェヴィズムよりも効率的なケインズ＝フォード主義体制のアメリカに徹底して叩きのめされる結果となる。

第二次大戦に敗れた日本では、戦時天皇制に抑圧された一九世紀的教養主義がアナクロニズム的に復活し、一九五〇年代には二〇年代を超えるほどの社会的影響力を獲得した。いうまでもなく社会的な土台部分で進行していたのは、戦時天皇制とは違う形で完全雇用社会を実現する過程だった。原爆投下に象徴されるようにアメリカニズムも、絶滅収容所国家に帰結したナチズムやボリシェヴィズムと基本的には同質の、異様に過酷で残忍な二〇世紀的性格を刻印されている。アメリカを参照例とした戦後昭和期の日本は、ナチズムを模倣した戦前昭和期と、世界戦争の時代を背景に完全雇用社会をめざした点では基本的に連続しているのだ。

しかし五〇年代に復活を遂げた教養主義は、この点を致命的に見誤った。社会的な土台で進行しているのは、かつての抑圧者である戦時天皇制を継承した戦後復興、高度経済成長の過程だった。しかし丸山真男に代表されるような、左翼的あるいはリベラルな教養主義者に先導された戦後民主主義は、これを完全雇用社会の実現という点で支持した。結果として実現された「ゆたかな社会」が、逆説的にも丸山的な教養主義の基盤を解体していく。

オートレースに使われるコンピュータソフト（実用的なテクノロジー）は微分積分（数学的な知）が支えている、だからバイク好きの森岡は数学を学ぶ必要があるのだという石神の教養主義は完全雇用社会以前のものだが、完全雇用システムが順調に機能している時代であれば、石神の説教も相応の効果を発揮しえたろう。しかし「ゆたかな社会」の崩壊後を生きなければならない少年に、石神の言葉は説得力をもちえない。「ホームレス」や「弁当屋」をめぐる一九五〇年代と二〇〇〇年代のずれは、このように教師石神と生徒森岡の関係に展開され再現されている。

石神という時代錯誤的なキャラクターに見合うものとして、作者は一九五〇年代的に古色蒼然とした雰囲気を意図して演出している。とりあえず、そう考えることができる。

高度成長期以前的な雰囲気の薄汚れたアパートに住み、教室では教養主義的な説教をするしかない石神とは、たんに時代遅れの数学教師なのだろうか。『容疑者Xの献身』で探偵役を務める大学助教授の湯川学は、石神を次のように評する。

「天才なんて言葉を迂闊には使いたくないけど、彼には相応しかったんじゃないかな。五十年か百年に一人の逸材といった教授もいたそうだ。学科は分かれたけど、彼の優秀さは物理学科にも聞こえてきた。コンピュータを使った解法には興味がないくちで、深夜まで研究室に閉じこもり、紙と鉛筆だけで難問に挑むというタイプだった」

物理学で大学院に進んだ湯川は母校にポストを得て、数学科の石神は変転の末、低偏差値の私立高校教師として意にそまない暮らしをしている。アカデミズムの勝者と敗者の運命は、どこで分かれたのか。

これまでの文脈でいえば、応用科学者、実験科学者と原理的な数学者という研究者としての立場の相違がある。「この世のすべてを理論によって構築したいという野望は二人に共通したものだったが、そのアプローチ方法は正反対だった。（略）石神はシミュレーションが好きだったが、湯川は実験に意欲的だった」。たとえ理論物理学であろうと、核兵器の開発に道を拓くという効用はあった。しかし物理学者に数式や証明を提供した数学者は、原則として効用や実利性と無縁だ。大学院時代に湯川が考案した『磁界歯車』を、「某アメリカ企業が買いにきたという話」がある。企業の利益に結びつきやすい応用科学者は大学でも優遇される。しかし数学研究者のポストは、もともと大学では稀少なのだ。

一九六〇年代以降の完全雇用社会でもすでに空洞化していた教養主義が、大学という特殊な環境では例外的に温存され続けた。しかし、教養学部の解体に典型的である大学改革は九〇年代に加速され、国立大学の独立行政法人化で完成する。小説の設定として時代背景に多少の齟齬があるにしても、物理学者の湯川がアカデミズムの勝者に、数学者の石神が敗者になることには蓋然性が認められる。

こうした点との関係では、湯川と石神のコンピュータにたいする態度の相違も無視できない。コンピュータに言及される場面は、本書では先の「コンピュータソフト」をめぐる箇所と、次のような箇所にとどまる。

応用物理学者の湯川は、コンピュータなしに研究を進めることができない。しかし石神は、コンピュータを使った数学の証明は「その証明が正しいのかどうかを完璧に判断する手段がない。確認にもコンピュータを使わなければならないなんてのは、本当の数学じゃない」と考える。二一世紀社会は、情報技術とインターネットを基礎として構築されている。情報技術社会への柔軟な適応力という点でも、湯川が勝者に、石神が敗者になることは必然的だった。

もう一点、コミュニケーション能力という問題も無視できない。学生時代から湯川は「博学で、数学や物理学以外のこともよく知っていた。石神が内心は馬鹿にしている文学や芸能についても詳しかった」。他方、石神は「数学以外には関心がない」青年だった。佐藤俊樹は「『ガリ勉』の絶滅は新たな不平等社会の象徴だ」(「エコノミスト」二〇〇三年九月三〇日号)という文章で、「独創的な発想、視野の広さ、コミュニケーション能力」が求められるポスト完全雇用社会、ネオリベ社会では「脇目もふらず必死に勉強してよい成績をとるというガリ勉人間の価値は下がる」、「対人コミュニケーション能力に欠けるガリ勉はサービス産業にはあまり向かないし、多人数の部下をうまく操縦しなければならない管理職にも不向きなことが多い。こうした職種や役職にうまく適応できず、そのまま『能力がない』人と評価されがちだ」と指摘している。

数学的天才である石神を、たんなる「ガリ勉」とは評せないにしても、数学の難問を解くため一心不乱に鉛筆を握り続ける点ではガリ勉と共通する。とりわけ対人コミュニケーション能力の欠如という点で、「『能力がない』人」と評価された可能性は充分にある。サービス産業として生き延びなければばならないネオリベ社会の大学では、教授とは「多人数の部下をうまく操縦しなければならない管理職」以外のなにものでもない。アカデミズムの敗者という石神の運命には、ガリ勉的な対人コミュニケーション能力の欠如も影響していた可能性がある。

以上のような事例からも、石神を時代遅れの教養派として描こうとする作者の意図は疑いがたい。完全雇用社会以前的な教養主義者が、その崩壊以降のネオリベ社会に不意に放りこまれ不適応性を露呈している。作中に瀰漫する五〇年代的な雰囲気は、このような石神のキャラクターに照応するものだ。

もう一点、探偵小説としての文脈でも、時代遅れのリアリズム小説的な雰囲気には積極的な意味が見出される。一般に探偵小説とリアリズムは相性がよくない。密室や館や生首など探偵小説で定番の道具立ては、リアリズム小説的なリアリティに背反するからだ。「お化け屋敷」と、松本清張が古典的探偵小説を非難した所以である。『黒いトランク』や『点と線』のメイントリックはアリバイをめぐるもので、「顔のない屍体」のような空想的なトリックはリアリズム本格に馴染まない。という「常識」を刷りこまれた本格読者に、もしも『容疑者Xの献身』を五〇年代的なリアリズム本格と思いこませることができれば、石神が仕掛けたファンタジックなトリックは巧妙に隠蔽されてしまうだろう。探偵小説として見れば、作中の古色蒼然とした雰囲気もまた読者を誤導する「赤い鰯《レッドヘリング》」である。この手に引っかけられた読者は、一九世紀的なリアリズム小説と、二一世紀に書かれたリアリズムを擬態する小説を見分けられなかったのだ。しかし一九世紀的なキャラクターとして描かれる石神と、石神が置かれた二一世紀的な環境との落差に違和感を覚えた読者には、作者の騙しの技巧も無効でしかない。

朴念仁の石神が密かに片思いをよせている靖子は、離婚後も執拗につきまとい金をせびり、母娘の貧しい生活をおびやかし続ける富樫を、不運な経緯から殺害してしまう。事件を知った隣室の石神は、靖子を警察の追及から救おうと決断する。そのために必要なアリバイを偽造すべく、石神は第二の殺人を計画的に実行する。

刊行直後の『容疑者Xの献身』は、「純愛」ブームに棹さした出版社の販売戦略（たとえば宣伝用の内容紹介は「数学だけが生きがいだった男の純愛ミステリ／天才数学者でありながらさえない高校教師に甘んじる石神は愛した女を守るため完全犯罪を目論む」）が成功し、かなりの注目を集めることになる。作者も積極的に協力したとおぼしい出版社の「純愛ミステリ」営業路線を、中核的な探偵小説読者とは異なる大多数の一般読者は、さほどの違和感なく受容したようだ。波多野健は「『容疑者Xの献身』は本格か？」（「ミステリマガジン」二〇〇六年四月号）で、石神の犯罪を「無意味な生に強制的に終止符を打つ、自決行為としての殺人」と捉えている。

「数学しか取り柄のない自分が、その道を進まないのであれば、もはや自分に存在価値はないとさえ思った」石神は、一年前に縊死自殺を企てた。「台に上がり、首をロープに通そうとしたその時、ドアのチャイムが鳴った」。靖子が娘の美里と一緒に、引っ越しの挨拶にあらわれたのだ。「何という奇麗な目をした母娘だろうと思った。それまで彼は、何かの美しさに見とれたり、感動したことがなかった。芸術の意味もわからなかった。だがこの瞬間、すべてを理解した。数学の問題が解かれる美しさと本質的には同じだと気づいた」。この体験が石神に生きる力を与え、「論文を発表し、評価されたいという欲望はある。だがそれは数学の本質ではない。誰が最初にその山に登ったかは重要だが、それは本人だけがわかっていればいいことだ」という境地をもたらす。だから「あの母娘を助けるのは、石神としては当然のことだった。彼女たちがいなければ、今の自分もないのだ。身代わりになるわけではない。これは恩返しだと考えていた」。

「誰が最初にその山に登ったかは重要だが、それは本人だけがわかっていればいい」という境地は、古典的な教養主義の理想とするところだろう。哲学（知の純粋性という点で数学もそれに準じる）を頂点に人文学が上層を占め、中層は個別諸学が、底辺には実用的な技術学《テクノロジー》が位置する知のピラミッドは、近代の大学の学部編成を長いこと規定してきた。ただし先にも述べたように、哲学や人文学の覇権は一九世紀の終焉と同時に揺らぎはじめ、二〇世紀を通じて無用の長物として扱われ、二一世紀の今日では大学から追放されようとしている。

「教養」の原義は自己形成《ビルドウング》である。底辺から頂点にいたる知的な上昇過程は内面的な自己形成の過程に二重化され、教養主義は「人格の陶冶」を最終目標として掲げるにいたる。大正教養主義は、明治の立身出世主義にたいする反撥として形成された。しかし、若き教養主義者が群れをなしていた旧制高校でも、「文学や思想書の読書という行為」が「僕はたんなる優等生なんかじゃないと叫ぶための有効な手段」（高田里惠子『グロテスクな教養』）と見なされていた事実は否定できない。しばしば槍玉にあげられる俗流教養主義者とは区別して、内面性の探究と自己完成を真摯にめざすタイプを「教養家」としよう。数学を実利や名誉欲の手段として扱うのは、教養としての数学にたいする裏切りである。石神が到達した境地は、数学を通じて「人格の陶冶」を実現し、俗流教養主義者ならぬ真の教養家の地平に達したことを示している。と一応のところいえるのだが、この点に関係して波多野は次のように述べる。

石神の首吊り自殺は、その瞬間にドアをノックして引っ越しの挨拶に現れた母娘によって、自殺の契機を失って未遂に終ったが、実はこの人物はこのとき既に死んでいる。その後の石神は、死んでいるのに生き続けるために、無理矢理、靖子に恋慕しているという幻想を大切にはぐくんで、生きている理由に仕立ててゾンビ生活を続けていたとわたしは思うのである。だから、「純愛」とか、石神が靖子を本当に愛したとかいうことはなかったはずである。（略）殺人の隠蔽を取り仕切ることは、確実に、石神に死に場所を作る行為――せっかく死ぬのだから、死ぬ一環として人助けでもしてやろうという殺人――に踏み出させたのである。

波多野が読みとる石神像は、どう見ても一九世紀的な教養家ではない。「数学だけが生きがいだった男の純愛」という、多数の一般読者が感涙にむせんだらしい物語は、誤読にすぎないとして全面的に否定される。波多野の石神像は、三島由紀夫が繰り返し描いた二〇世紀の観念的ラディカリストを思わせるものだ。空虚な情熱に追われ破滅めがけて突進する以外にない、二〇世紀的なロマン主義青年である。

リチャード・ローティのアイロニー論を援用する論者の多くは、「アイロニカルな没入」をポストモダンな、本稿の文脈ではポスト完全雇用社会に特有の時代精神と見なしている。しかし、こうした理解は正確ではない。三島の美的天皇主義にも明らかであるように、「アイロニカルな没入」は典型的な二〇世紀精神なのだ。不可能であるしかない「革命」に、不可能であるからこそ空虚な情熱を傾注し自己解体した六〇年代ラディカリズムもまた。

波多野にいわせるなら、石神とはアンドレ・マルロー『人間の条件』に登場する中国人の極左テロリストのような、無根拠に決断し破滅に向けて突進する二〇世紀青年である。第一次大戦の殺戮をかろうじて生き延びた二〇世紀青年は、すでに「死んでいるのに生き続け」なければならない。ルカーチやハイデガーとは違って、第一次大戦を戦うには生まれ遅れたマルローやJ・P・サルトルにしても同様だ。サルトルの実存的行動主義に影響された六〇年代ラディカリストにしても。「死んでいるのに生き続ける」ことを強いられた果てに、劇的に演出された「死」が渇望される。すでに「死んでいる」石神は、劇的な破滅を求めて殺人者に志願した……。

金をせびるためアパートに押しかけてきた富樫を、靖子が殺してしまうのは三月九日の夜だ。隣室の女を警察の捜査から守るため、石神は富樫の屍体を処分し、靖子のアリバイを偽造しなければならない。翌日の夜、石神は新大橋の野宿者を旧江戸川の岸辺に連れ出して殺害する。顔と指紋を潰された屍体だが、警察は着衣などから富樫であると信じこんだ。探偵小説で「顔のない屍体」と称されるトリックを、ようするに石神は仕掛けたわけだ。この大胆不敵なトリックは、先にも述べたようにリアリズム小説の筆致で描かれる旧時代的な雰囲気になじまない。

石神は靖子と美里に、三月十日の夜、映画を観たあとカラオケ店で時間を潰すように命じる。屍体の入れ替えにより富樫殺害の日を一日誤認させることで、靖子は確実なアリバイを獲得できる。謎解きの場面で探偵役は、しかし石神の「トリックには、もう一つ大きな意味がある」と指摘している。

「それは、万一真相が見破られそうになったら自らが身代わりになって自首する、という石神の決意を揺るぎのないものにするということだ。（略）誰にどう攻められても、彼の決意が揺らぐことはない。自分が殺したのだと主張し続けるだろう。当然だ。旧江戸川で見つかった被害者を殺したのは、彼に間違いないのだからね。彼は殺人犯であり、刑務所に入れられて当然のことをしたんだ。その代わりに彼は完璧に守れる。心から愛した人のことをね」

石神が野宿者を殺害したのは、「顔のない屍体」による入れ替えトリックに必要な屍体を手に入れるためだけではない。もうひとつの「動機」を千街晶之は、「殺人を犯すことによって殺人犯としての意識が生じるのではなく、逆に、殺人犯としての不退転の意識を自らに芽生えさせるために殺人を犯す――という倒錯した発想は、チェスタトンや連城三紀彦の優れた短篇にも通じる逆説的論理である」（「逆説的論理の伝統の連続性」ｅ－ＮＯＶＥＬＳ「週刊書評」）と評価する。

しかし「殺人犯としての不退転の意識を自らに芽生えさせるために殺人を犯す――という倒錯した発想」に、千街が認めるような「逆説的論理」の斬新性はあるのだろうか。浅間山荘事件で警官を射殺した連合赤軍の青年は、敵を殺害しうる主体となるため、死にいたる「総括」を先行して演じていた。総括死の実態はリンチ殺人である。連合赤軍事件では、あの「倒錯した発想」が凡庸な事実として生きられた。『木曜の男』のチェスタトンが二〇世紀的な観念的倒錯のドラマを先取りして描いた意義は大きい。連合赤軍の青年と同じ時代の雰囲気を呼吸した連城三紀彦が、その観念的倒錯に通じる「逆説的論理」を探偵小説作品に埋めこんだことも評価に価する。しかし社会主義は崩壊し、ラディカリストの二〇世紀精神もまた過去の遺物と化した。チェスタトンや連城三紀彦の「逆説的論理」を機械的に反復したにすぎない作品が、この時代の評価に堪えうるわけはない。

千街の評価は過大というしかない。とはいえ石神の「倒錯した発想」が、連合赤軍事件で最悪の結末を露呈した二〇世紀の観念的ラディカリズムに通底する事実は見逃せない。世界戦争の戦場で生誕し、豊かな社会の「閉塞感」を糧としてグロテスクに成長した二〇世紀の観念的ラディカリズム。観念的ラディカリストという波多野の石神像は、千街が着目した「倒錯した発想」からも裏づけられるだろう。

『容疑者Xの献身』は、ネオリベ社会に放りこまれた時代遅れな教養家の「純愛」の悲劇を描いているのか。それとも石神は二〇世紀的な観念主義者で、「純愛」と見えたものは無根拠な決断、アイロニカルな没入の産物でしかないのか。前者は、この作品を「純愛」ミステリとして歓迎した大多数の一般読者のものだろう。また後者の視点から、波多野や千街は『容疑者Xの献身』を探偵小説としても評価する。

探偵役の湯川は石神のトリックを見破るが、確固とした物証を掴むことはできない。やむなく湯川は、靖子に自分の推理を語る。「石神はあなたを守るため、もう一つ別の殺人を起こしたのです」。想像外の真相に衝撃を受けた靖子は自首を決意し、靖子の身代わりとして出頭し逮捕されていた石神に、警察署の通路でひれ伏す。「あたしも償います。罰を受けます。石神さんと一緒に罰を受けます。（略）あなたのために出来ることはそれだけです。ごめんなさい。ごめんなさい」。靖子を守るための計画が最終的に破綻したと知って、石神は号泣する。「獣の咆哮のような叫び声を彼はあげた。絶望と混乱の入り交じった悲鳴でもあった。聞く者すべての心を揺さぶる響きがあった」。
波多野や千街と同じ探偵小説評論家の大森滋樹は、「本格探偵小説と黒い美談」(「ミステリマガジン」二〇〇六年四月号)で、この作品を「ひとを殺して女を口説く話」、「裏返された『電車男』」と見る独自の視点を提起している。

だから最大のサプライズは洗脳(?)された靖子が自白し、石神の前でひれ伏すシーンである。もし、ひとのこころをもてあそび、意のままにあやつることが罪ならば、これこそが石神の意図した犯罪であり、殺人はその予備段階にすぎない。作者はこの犯罪を成就させるため、全体を理知的に構成した。その結果、ここでもたらされる感動には、なにかいびつで歪んだものが含まれるのだ。まるで「黒い感動」とでもいうべきものが。

靖子の「こころをもてあそび、意のままにあやつ」ろうとした石神とは、はたして何者なのか。大森によれば「石神は筋金入りのストーカー、変質者であり、友人の湯川や警察を巧みに操り、ついには靖子を陥落させた超犯人」である。このような石神像は一九八〇年代アメリカ、次いで九〇年代日本で流行したトラウマ、サイコ、シリアルキラーの三題噺という点で共通する、サイコサスペンス小説の主人公に酷似している。たとえばトマス・ハリス『レッド・ドラゴン』のダラハイド、日本では東野圭吾『白夜行』のヒロイン雪穂が典型だろう。「変質者」の犯罪を「純愛」の糖衣で包む発想は、

『白夜行』と『容疑者Xの献身』に共通するともいえる。

統計的に増加しているわけではないのに、青少年の犯罪が社会的な注目を集めている。転機は一九八九年の宮崎事件だろう。九七年には酒鬼薔薇事件が社会に衝撃を与えた。以降、西鉄バスジャック事件から佐世保の小六女子殺害まで、青少年による「異様な犯罪」が頻発している。サイコサスペンス小説の流行の背景には、米日ともに、旧来の犯罪観では了解困難である「異様な犯罪」の頻発がある。それはまた、二〇世紀的な完全雇用社会の崩壊と無関係ではない。同じ「異様な犯罪」でも少年ライフル魔事件や永山則夫事件など一九六〇年代の少年犯罪には、秋山駿が「渇いた心の語るもの」(『考える兇器』所収)で論じているように、六〇年代ラディカリズムと共通の根が認められた。いずれも「豊かな社会」が裏側で育んだ「閉塞感」と意味への飢餓から生じているのだ。日本赤軍のテルアビブ事件に触れて、秋山は「われわれのなかのあるタイプの青年が、自分を過激な行動にゆだねていくその発条には、必ずこの三つのもの――生の直接性と、果てまで行こうとする意志と、絶対を問うということ、その三つのものへのひどい渇きがある」と述べていた。しかし、宮崎事件以降の「異様な犯罪」は性格が根本的に異なる。

安定と繁栄の代償として生の意味を収奪する完全雇用社会への反抗は「反社会」的だが、宮台真司が指摘するように、九〇年代以降の「異様な犯罪」は「脱社会」的である。六〇年代の犯罪少年には「社会」という壁が「敵」として見えていたが、宮崎事件以降は視界から「社会」が消滅しているようなのだ。

この点に着目したのが、蔓葉信博「一騎当千」(「ミステリマガジン」同前)の石神像だろう。「石神とその隣の母子だけを包む私的な小状況と、数学という観念で人類を見下ろせる世界地平とが重なり合うこの作品から、しばしば指摘される《セカイ系》的な構造を見出すことはたやすい」と蔓葉は語る。新海誠の自主制作アニメ「ほしのこえ」に代表されるセカイ系作品では、少年少女の私的な小状況と世界の破滅をめぐる妄想的な大状況が直結し、両者の中間に位置するべき社会領域が完璧に消失している。秋山瑞人『イリヤの空、UFOの夏』や高橋しん「最終兵器彼女」でも、作品空間の構成は同型的だ。

大森滋樹も『容疑者Xの献身』を「裏返された『電車男』」と評していた。社会領域を消失したオタク的精神の体現者として石神を捉える点で、大森と蔓葉の観点は共通している。「筋金入りのストーカー、変質者」もセカイ系的なオタク精神も、完全雇用社会が崩壊した時代の産物だが、オタクとしての石神像には作品的な根拠がある。学生時代にはじめて湯川と出逢った石神は、教室で「おたく」と呼びかける。四色問題の証明を「おたくもやったことがあるのか」と。設定では一九八〇年代のことだが、この時代に「おたく」という言葉は一般的でない。おそらく意図して、作者は石神に「おたく」といわせているのだ。

第一の観点では、時代遅れの教養派として石神は捉えられた。第二の観点は、同じ人物を観念的ラディカリストと位置づける。第三の観点から導かれる石神像は現代的なサイコキラーであり、あるいはセカイ系的なオタクである。この三者を、それぞれ一九世紀、二〇世紀、二一世紀の時代精神に対応させることもできる。あるいは完全雇用社会以前、完全雇用社会、完全雇用社会以後としても。むろん、読者の石神像は他にも多種多様に存在しうるだろう。三人の石神の像は、本稿の主題に則して任意に抽出されたにすぎない。

石神の「机には、膨大な量の計算式を書いた紙が並んでいた。それらの計算式と格闘するのが、学校から帰宅した後の彼の日課だった」。巷の数学者である石神が一九世紀的な教養家なら、俗世を超越し崇高な精神世界に飛翔するため数式に取り組んでいることになる。二〇世紀的なアイロニスト、観念的ラディカリストであれば、数学に根拠はないことを自覚しながら「あえて」数学に没入しているのだろう。二一世紀的なキャラクターと理解するなら、石神はたんなる数学オタクである。数学への情熱はオタク的情熱であり、2D美少女の代わりに数式に萌える珍種のオタクという解釈が導かれる。

「純愛」ミステリとして『容疑者Xの献身』を読み、感動した大多数の読者は、暗黙のうちに第一の石神像を共有しているはずだ。でなければ「数学だけが生きがいだった男の純愛ミステリ」という内容紹介は説得力をもちえない。このタイプの読者は、『二十歳のエチュード』の原口統三のような教養家として石神を捉えたのだろう。一九四六年に動機なき自殺をとげた一高生の原口は、内面的理想を妥協なく追求し死の淵に迷いこんだ「純粋な魂」の体現者と見なされ、死後のことだが戦後教養主義のスターにのしあがる。年齢や性格や風貌は違うにしろ、もしも石神が原口統三のようなタイプであれば、悲劇に終わる「純愛」の主人公として申し分ない。

アイロニカルに数学に没入し、間接的な自殺として野宿者殺人を実行する男は、「純愛」ドラマの主人公という役割から逸脱する。「筋金入りのストーカー、変質者」としての石神は「純愛」と無関係、むしろその反対物というしかない。石神が数学オタクであれば、セカイ系作品の主人公のような「純愛」キャラと見ることは可能かもしれない。しかし大多数の読者は、美少女ゲーム「ＡＩＲ」に泣いた少年たちのように、『容疑者Ｘの献身』に「感動」したわけではないだろう。

作者が描く石神像の重点は、一応のところ第一にある。作品空間に漂う一九五〇年代的な雰囲気やリアリズム小説のスタイルも、第一の石神像を説得的に描くため導入されている。時代遅れで不遇な「天才」の、不器用だが誠実な「純愛」の悲劇として『容疑者Ｘの献身』を捉えた大多数の読者が、根本的な誤読を犯しているとはいえない。内面描写を含めて作中では量的にも、第一の石神像を裏づけるような記述が大部分だ。

しかし、複数の評者が抽出した第二、第三の石神像も完全に無根拠とはいえない。そうした読みを支える描写も作中には散見される。個々の描写だけでなく、あの大トリックを平然と仕掛ける人物設定それ自体が、第一の石神像を裏切るものだ。とすれば、「作者の真意」はどこにあるのか。

大森滋樹は「この作品を単純に純愛物語として読むことも可能だ。しかし一方で、『純愛なら何をしても許される』という風潮に対し、本格探偵小説的歪みで問題を突きつけてもいる」と評する。野宿者を殺しておいて、なにが「純愛」だというメッセージを作品から読みとるわけだ。また蔓葉信博は、この小説が「今の『泣ける小説』の流れを受けて一般読者には感動的作品として」捉えられることを計算しながら、同時に「本格推理小説の読者には後味の悪い小説として読まれることを狙った実に戦略的な小説なのではないか。いってみれば、これは双方に対する東野圭吾からの壮大な嫌味なのだ」という。

いずれも、『容疑者Ｘの献身』をたんなる「純愛」ミステリとして読むことに否定的だ。それは作品の表層にすぎず、深層には皮相な「純愛」ブームを批判する「作者の真意」が込められている……。このような発想は「作者－作品－読者」の垂直的な構造を前提とし、読者は作品を正確に読むことで「作者の真意」に到達できるという一九世紀的、近代文学的な水準を脱していない。とはいえ、自由な読みに向けて開放されたポストモダンなテキストとして、この作品を位置づけることもできそうにない。謎の解明と唯一の真相をめざす本格探偵小説として書かれている以上、この作品を二〇世紀的な文学理論の枠内に回収することは困難である。

近代文学的な評価では、この作品は失敗作といわざるをえない。少なくとも石神という人物の造形にかんしては。なにしろ第一の石神像と矛盾する記述や設定が、作中のいたるところに散乱しているのだ。作品の冒頭で新大橋の野宿者を見る石神の態度は、モノにたいするように無感動で冷たい。いかなる共感も欠いた克明なまでの観察は、監視カメラの映像に似ている。あるいは監視カメラの背後に存在する、ネオリベ社会の匿名の「作者」、「管理者」だろう。

二一世紀的な監視者《モニター》という印象の石神だが、『べんてん亭』で靖子を前にすると初恋に悩む中学生のようになる。学校では生徒に教養主義的な説教をするし、靖子の元夫殺しを知った瞬間、例外状態での決断者という二〇世紀のヒーローを演じはじめる。人物像は多方向的に分裂し、近代小説の主人公としてリアリティが欠如していると批判されても仕方がない。問題はむしろ、近代小説の規範を金科玉条とする直木賞の選考委員から、この作品を「純愛」ミステリとして受容した大多数の読者までが、こうした人物像の分裂に少しも違和感を覚えようとしない事実にある。この奇妙きわまりない事態に近代文学的な「作者の真意」を対置しても、なんの意味もない。

三人の石神のうち、誰が真の石神なのかをめぐる評論家たちの意見対立もまた、この作品にとって本質的な問題ではない。侃々諤々の論争を繰り広げる評者たちを、「作者」は無関心に、むしろ侮蔑的に見下ろしている。「作者の真意」が君臨すべき王座は、はじめから空虚なのだ。どのように読もうと読者は例外なく「作者」の掌の上で、そこから逃れることは原理的に不可能である。

このような「作者の権力」は、近代文学的なそれをはるかに超えている。近代文学的な作者は、創造者の権利として作品の真実を所有したにすぎない。だから二〇世紀の読者には、テクストを脱構築し、「作者の真意」を暴力的に読み壊してしまう可能性が与えられた。しかし『容疑者Xの献身』のような小説は脱構築的な読みを許さない。「作者の真意」が不在である以上、換言すれば作品として構築されていない以上、脱構築することなど不可能だろう。

石神という人物の異様性は、「ひとを殺して女を口説く」ところにあるのではない。それなら、若い女を拉致監禁して「愛」を要求するジョン・ファウルズ『コレクター』の主人公や、その子孫であるサイコサスペンスの「筋金入りのストーカー、変質者」たちと基本的には変わらない。

三人の石神のそれぞれに根拠があるとしたら、この人物は多重人格者というしかないだろう。一九世紀人、二〇世紀人、二一世紀人という三人格が同居した解離的人物としての石神。しかしトラウマと多重人格もまた、二〇世紀の終末期に流行したサイコサスペンスでは定番である。異様なのは、作中の石神が記憶の脱落に見舞われることもなく、易々と複数の人格を使い分けることにある。さらに異様なのは、解離なき解離、人格的に統合された多重人格とでもいうしかない奇怪な人物像を、大多数の読者が疑問もなく受け入れてしまった事実だ。記憶喪失者（解離性健忘）や多重人格者（解離性同一性障害）をはじめ、解離的なキャラクターを描いたミステリ作品は無数にある。しかし『容疑者Xの献身』では主人公が解離的なのではなく、作品それ自体が解離的である。対立する複数の石神像は、いわば多重人格者の交替人格のようなものだ。複数の交替人格が同じ身体を共有し、同じ精神的外傷から派生するように、同じテキストから複数の解釈が並列的に生み出される。ある石神像を「真実」と思いこんだ読者は、無自覚のうちに交替人格の役割を務める、正確にいえば務めさせられる。

繰り返すが、『容疑者Xの献身』を、多様な読みに向けて開放された自由なテキストとして捉えることはできない。このテキストは読者から自由を剥奪するからだ。

『CODE』のローレンス・レッシグは、インターネットを管理する目的で導入されるゾーニングとフィルタリングについて論じている。ネットに氾濫するポルノ画像を子供が見ないようにするためには、厳重な個人認証をアクセスの前提にすればよい。未成年と認証された個人は、ポルノサイトに到達できない仕組みだ。これがゾーニングである。

ゾーニングの場合、アクセスを拒否された子供は自分が拒否されたことを知っている。アンダークラスをゾーニングした大都市のスラムも同じことだ。自分が住む町にスラムが存在するという認識を、「健全な市民」が失っているわけではない。境界を越えて、そこに立ち入ろうとしないだけだ。他方、住人にスラムが見えないようにブロックする物理的、心理的システムも存在しうる。アンダークラスを空間的に隔離し、その事実を「健全な市民」に知らせなければよい。「健全な市民」の認知システムを改変し、視覚的に見えていてもアンダークラスの存在が見えないようにすることもできる。

たとえばジークムント・バウマンは『リキッド・モダニティ』で、ある南欧の都市での体験を語っている。空港に出迎えにきた「教養があって、豊かで、夫婦ともども専門職についた地元の名士のお嬢さんで、大学の講師をしている若い女性」は自分の運転する車で、バウマンを都心のホテルまで二時間もかけて案内する。しかし帰路、タクシーで空港に向かうと十分もかからずに到着することができた。「若い女性」は空港からホテルまで最短コースを選んだと信じていたが、実際はスラム地域を大きく迂回していたのだ。「わたしを案内してくれた女性が、市の中心を走る道路は迂回できないといったのは、嘘ではないだろう。（略）彼女は本気で、正直だった」。

彼女の地図には、タクシーがわたしを乗せて通った、「危ない地域」の醜い通りは記載されていないのだ。わたしの案内人の心の地図では、本来、書きこまれていなければならない場所が、ただたんに、空虚な場所とされているのである。

これが心理的ブロックだ。同じことがインターネット上のフィルタリングでは、さらに完璧に実現されうる。「ソフト作者たちは、レーティングに応じてフィルタをかけるソフトの開発を競い合う。（略）たとえばキリスト教右派のレーティングがほしければ、かれらのレーティングシステムを選べばいい。（略）自分向きのレーティング機関を選ぶことで、ソフトウェアがフィルタをかけてくれるコンテンツを選べることになる」。この場合はまだ、あるレーティングを選択しているという自覚はある。キリスト教右派のユーザーも、進化論者のサイトが存在していることは知っているだろう。自分のパソコンで検索しても、たんに引っかからないだけであることを。しかしフィルタリングは、それ以上の効果を発揮しうる。「ゾーニングというのは、自分の中に自分を制限するシステムを組み込んである。サイトがだれかをブロックしたら、その個人がそれを知らずにすますことはできない」。

フィルタリングはちがう。もしコンテンツを見られなければ、なにがブロックされたかはわからない。少なくとも原理的には、コンテンツはどこか上流でＰＩＣＳフィルタによりフィルタをかけられ、そして人はそんなことが起きているとは必ずしもわからない。

フィルタリングは、バウマンの案内人に刷りこまれた心理的ガード以上の効果をもたらす。子供はフィルタを通過しないポルノサイトにアクセスできない。ポルノサイトが存在すること自体も知りえない。従って、自分がポルノサイトにアクセスする可能性を奪われていると認識することもない。ポルノサイトでも天安門事件のサイトでも同じことだ。

比喩的にいえば、「純愛」ミステリとして『容疑者Ｘの献身』を読んだ読者は、原口統三のような教養家としての石神像に向けてフィルタリングされている。五〇年代的な雰囲気をはじめ、その他もろもろで構成されたフィルタが他の石神像を排除してしまう。読者は自動的に「純愛」ミステリの回路に流しこまれるしかない。

こうした第一タイプの読者はフィルタリングされたネットユーザーと同様に、異なる石神像や異なる読みがありうることを知らない。では、少数の経験を積んだ読書家の場合はどうだろう。評論家など小説を精読する能力と習慣がある第二タイプの読者は、いわばゾーニングされる。連合赤軍事件を同時代人として経験した二〇世紀的な個人認証には、倒錯的な観念主義者としての石神像が提供される。ポスト完全雇用社会的な個人認証であれば、オタクとしての石神像に導かれる。これらと異なる個人認証を提出すれば、また異なる石神像が得られることだろう。

どのゾーンに案内されようと、他のゾーンが存在するという事実それ自体を知らないわけではない。波多野健や千街晶之が、大森滋樹や蔓葉信博のように『容疑者Xの献身』を読むことも可能であることを認識しうるように。しかしゾーニングの対象である以上、他のゾーンに移動することは原理的に禁じられている。波多野と大森の対立的な石神像は交わることがないし、メタレヴェルで統一されることもない。たがいに「作者の真意」や作品の「客観的な意味」はこれだと主張しあい、永遠の平行線を辿るしかない。

ところでレッシグは、管理《コントロール》=監視《モニタリング》技術としてのフィルタリングにたいし、現実世界にかんしては割合に楽観的なようだ。

実空間では、この問題についてあんまり心配する必要はない。フィルタリングはたいがい不完全だから。ホームレス問題をどんなに無視したくても、銀行に行くときにはいやおうなくホームレスたちに直面することになる。いくら不平等さを無視したくても、空港まで運転する途中で荒れた近隣をどうしても通るから、アメリカがいかに不平等な国かは思い知らされる。（略）実空間では、わたしのフィルタリングの好みなんかおかまいなしに、それらがわたしの関心を要求する。

サイバーリベラリストのレッシグだから、このように語るのではないだろうか。バウマンの体験談が示すように、「空港まで運転する途中」でも「荒れた近隣」を通らないタイプが実際に存在する。スラムは心理的にフィルタリングされていて、バウマンの案内者は空港からの近道があることに気づかないのだ。

「勝者と敗者」でも指摘したように、本格探偵小説としては難易度が低い『容疑者Xの献身』に多数の本格読者が賞賛を浴びせたのは、野宿者が見えないからにすぎない。「ホームレス」が見える読者なら、この小説のトリックは物語の前半で容易に見破ることができる。いうまでもないだろうが、「純愛」のため無関係な野宿者を絞殺し、屍体を損壊する石神の行動をヒューマニズムの観点から批判したいわけではない。二〇世紀を通じて「娯楽としての殺人」の放埒沙汰を繰り広げてきた探偵小説に、ヒューマニズム的な批判など無意味だろう。

パズルが必要とする交換可能なピースを調達するため、石神は野宿者を殺害する。石神の無慈悲さは、第一次大戦の塹壕戦から生じた二〇世紀精神のものだ。異様なまでに非情な人物を、探偵小説は繰り返し描いてきた。この点で石神のキャラクターは、ダシール・ハメットのハードボイルド小説までを含めた二〇世紀探偵小説の正道といえる。『探偵小説論Ⅰ、Ⅱ』で検証したように、人間を交換可能なパズルのピースとして扱う発想は、塹壕を大量に埋めた無意味な匿名の屍体の山に由来する。世界戦争の死者も、かろうじて生き延びた者も交換可能なモノにすぎないという非情な現実から出発した二〇世紀探偵小説の精神は、第三の波まで正統的に引き継がれてきた。

匿名の交換可能な存在であることに目を付けて、石神は野宿者を屠る。匿名の交換可能な存在とは、大戦間探偵小説が凝視し続けた塹壕戦の死者そのものではないか。たとえ虚構世界であろうと、探偵小説の精神は「ホームレス」を注視するはずだ。ところが『容疑者Xの献身』では、専業的な探偵小説読者の多くが難易度の低い謎に惑わされている。その根拠は明白である。東野作品を賞賛した読者は、バウマンの案内者のように野宿者が見えていなかったにすぎない。この指摘は『容疑者Xの献身』肯定派を逆撫でしたようだ。

しかし、繰り返していうが、石神のトリックを見抜けない探偵小説読者は、バウマンの案内者と少しも変わるところがない。新宿駅の地下道を歩けば厭でも野宿者は目に入る、「ホームレス」が見えていないわけはないという程度の根拠で、この批判を免れることはできない。「勝者と敗者」では、「ホームレスが見えない社会に違和を覚えない読者を対象に書かれ、その態度を追認し合理化するだけの小説は、外見だけ『本格』であろうと、すでに探偵小説の精神を喪失した抜け殻にすぎない」と結論している。

『容疑者Xの献身』は「探偵小説の精神を喪失した抜け殻」だが、二一世紀社会が必然的に産出した小説である事実は疑いえない。本稿の読者に、その理由はすでに明らかだろう。

『容疑者Xの献身』の「作者」は全能である。神にも匹敵する存在として作品世界に君臨した近代小説の作者の権力さえ、「作者」の権力の全能性には敗北を認めざるをえない。二つの権力の相違は、近代的な国民国家の権力と、ネグリ＝ハートのいわゆる〈帝国〉の権力との歴史的落差に照応している。

しかし、現実の作者である東野圭吾を、「作者」という怪物的な権力者と思い違えてはならない。エンターテインメント作家に徹し、複数のジャンル小説を巧みに書き分ける才能から、しばしば東野は「職人」的な作家であると評されてきた。販促用に「純愛」ブームを利用しながら、本格探偵小説としても新味を出そうという「職人」的な努力が幾重にも交錯した結果、偶然のような化学反応を起こしたのだろう。レッシグによれば、ゾーニングやフィルタリングには「TCP／IPプロトコルのレベルでではなく、アプリケーション空間のレベルでネットに新しいアーキテクチャを導入する必要がある」。プログラムを組むのは、コンピュータの世界でも「職人」的な仕事なのだ。

「情報自由論」で東浩紀は、「アーキテクチャ」による支配のシステムを、近代的な規律訓練型の権力とは異なる環境管理型権力として捉えている。『容疑者Xの献身』とは、まさに環境管理社会の模型である。この作品を評論家として、趣味的に肯定したり否定したりしている場合ではない。『容疑者Xの献身』を縮小模型とするネオリベ的な二一世紀社会から、どうしたら逃れうるかをわれわれは真剣に思考すべきなのだ。二〇〇五年の「二大一人勝ち」が、九月総選挙における小泉自民党の歴史的大勝と、各種ベストテン企画で首位を独占した『容疑者Xの献身』だという冗談には、おそらく冗談以上のものがある。

ベルトコンベアは停止した――コメンテイトとクリティックの差異

「ミステリマガジン」二〇〇六年三月号から連載されてきた、『容疑者Xの献身』をめぐる「誌上討論」も、今号（二〇〇六年一二月号）で最終回である。しかし、議論が尽くされたとはいえない。この作品が直接間接に提起している問題群は、二一世紀探偵小説を模索する論者のあいだで、今後も繰り返し論じられていくことだろう。紙数の制約もあり、「誌上討論」に寄稿されたすべての文章に言及することはできない。印象に残った何篇かに限定し、問題提起者として簡単にコメントしたい。

前回の「誌上討論」に、佳多山大地は「長いお別れ」という文章を寄稿している。タイトルは、直接には故宇山秀雄氏にたいしての言葉だが、「宇山さんが亡くなられたのと同じ年に『人狼城』の作者とのあいだに修復しがたい溝ができたことは残念でありません」とあるように、『容疑者Xの献身』否定派の二階堂黎人にも比喩的に向けられている。二階堂批判に続いて、「一方、笠井氏による『X』批判にも僕は同じえません」とも書かれている。笠井も二階堂と同様、「お別れ」の言葉を告げられていると読むべきだろう。

宇山氏と同様、笠井も自分にとっては「死んだ」。少なくとも、死者と変わらない絶対的な懸隔が生じたことを言明せざるをえない……。迂遠だが、ようするに決別宣言である。実際の死者を隠喩的に利用して、生者に決別宣言をするという姑息な流儀に、わたしは抵抗を覚えざるをえない。

第六回の「赤い鳥の囀り」で有栖川有栖は、「笠井氏は二階堂説を『自分の望む議論のきっかけ』に利用している」（傍点引用者）と述べている。人物Aが人物Bを、自分の都合のために「利用している」と断定することは、Aの言動にたいする断罪以外ではない。一般的な見地からも、他人を「利用」対象に貶めることは道義的非難に値する。もしもAとBが旧知の関係であれば、Aは狡猾な卑劣漢と目されてもやむをえない。

二〇〇六年版『本格ミステリ・ベスト10』（十二月刊行）で東野作品が一位に選出された直後に、わたしは『容疑者Xの献身』評価をめぐる問題提起をしなければならないと考えた。どの媒体で、どのように書こうかと思案しているうちに、HPで二階堂黎人が「この作品は本格ではない」という趣旨の論陣を張りはじめる。翌月の「ミステリマガジン」に「『容疑者Xの献身』は難易度の低い『本格』である」を書いたのだが、すでに提起されている二階堂説を無視するわけにはいかない。二階堂黎人にも所説を商業誌で公にすることを勧め、わたし自身は二階堂批判を掲載することにした。二階堂説にたいする見地を明らかにしなければ、本題に入れない立場に置かれてしまったからだ。本題のほうは、「勝者と敗者」や「環境管理社会の小説的模型」で一応のところ論じた。

もしも二階堂黎人による提起がなければ、はじめから自分の『容疑者Xの献身』批判を展開しえたわけで、不本意な迂回を強いられたことになる。それを有栖川は笠井による二階堂説の「利用」だという。

しかし、笠井が二階堂黎人を「利用」したという客観的な証拠を、有栖川は提出できないはずだ。ようするに、有栖川の笠井非難は憶測によるものにすぎない。論争の場では、憶測による人格攻撃は許されない。もしも報復として、わたしが憶測による人格攻撃をはじめれば、論争は不毛な泥仕合に堕してしまう。いうまでもないが、そのようなことをする気はない。有栖川も、論争の最低限のルールはわきまえるべきだろう。

「赤い鳥の囀り」の結論は、以下のようである。「『X』を認めず、本格形式が自壊した脱格形作品こそがむしろ探偵小説の根本精神を継承している、と判定せざるをえないなら、本末転倒、笠井氏の理論が本格ミステリを捉えそこねている可能性がある。評論は、小説の前には立たないのだから」。

「……と判定せざるをえないなら」という仮定は無意味である。笠井は「判定する」と確言しているのだから。従って有栖川の結論は、笠井の二〇世紀探偵小説論は「本格ミステリを捉え損ねている」ということになる。言葉を荒立てないという配慮なのか、佳多山と同様に迂遠にすぎる。「長いお別れ」というような不正確なレトリックを弄する必要はない。佳多山は笠井と「決別する」と、有栖川は「二〇世紀探偵小説論は愚論である」と宣告すればよい。

立場の相違が明確化されたから議論が成立しないとは、わたしは思わない。議論とは本来、友人知人関係など直接の人間関係を前提としない、意見が対立する他人同士が交わすものだ。立場の相違を人格的対立と同一視し、意見が対立した以上は人格攻撃も許されると思いこむ自堕落さが、ようするにムラ的なのである。

ところで佳多山は、笠井による「大量死＝大量生理論による『X』批判は、一種の政治批判・社会運動と結びつけられ」ているが、「『X』の評価がこのような政治信条の問題と直結されることに拭いがたい違和感をおぼえ」ると批判している。同じような誤読、誤解は他の論者にも少なからず見られた。たとえば北村薫は、本格ミステリ大賞に『容疑者Xの献身』を推した際のコメントとして、「登場人物達は、全てチェスの駒である。その中の一個が盤面から払われたことで、作者の非情を云々するのはお門違いもいいところだ」と書いている。石神がトリックのためにホームレスを殺害したこと、作者が石神にホームレスを殺させたこと自体を、「非情」として問題視したような主張など、わたしは寡聞にして知らない。

わたし自身は「勝者と敗者」で、「社会的弱者が目に入らない読者を、ヒューマニズムの観点から批判しようというのではない。『娯楽としての殺人』の放埒沙汰を、二〇世紀を通じて飽きることなく繰り返してきた探偵小説に、ヒューマニズム的批判など見当違いというしかない」と、わざわざ念を押している。

たぶん北村は、笠井のものを含めて『容疑者Xの献身』論争に関連する文章を、ほとんど読んでいないのだろう。論争に無関心なら読む必要はない。ただし、その場合は文筆家の節度として、一知半解な言及を慎むべきではないか。

幾度も書いてきたように、二〇世紀探偵小説は戦場の大量、匿名、無意味な死者を凝視するところから生じた。第一次大戦における「大量、匿名、無意味な死者」に該当する、その世紀を隔てた子孫として、われわれの時代は「ホームレス」に典型的なアンダークラス、管理社会から排除された者たちを抱えこんでいる。大量死を目撃しなければ、二〇世紀探偵小説は発生することがなかった。大量死の死者を存在形態において継承するアンダークラスやホームレスを視ようとしない作品は、二〇世紀探偵小説の抜け殻にすぎない。

以上のような主張のどこが、「政治批判・社会運動と結びつ」くといえるのか。佳多山は笠井を、文学的価値を政治的効用に還元するスターリン主義文学理論の信奉者であるかのように偽装し、その上で凡庸な文学主義的批判を向けている。「『本格の魂』は、偉大な古典的形式をクリエイティヴに再構築しようとする後発者の技術《スキル》にこそ宿る」という具合に。

この点も繰り返し論じてきたが、第一次大戦の大量死から成長した政治思想として、直接的にはボリシェヴィズムとナチズムが、間接的にはアメリカニズムがある。また芸術運動としては大戦間モダニズムが。フォルマリズムなどロシア・アヴァンギャルドの一部は極左派として弾圧されたが、他の一部はスターリン体制に合流した。ドイツ表現主義にも似たようなことがいえる。ブレヒトのような一部は亡命の道を選び、他の一部はナチズムの二〇世紀性に共鳴することになる。芸術思想としてもボリシェヴィズムとナチズムは、大量死の戦場から生じた二〇世紀精神を内化していた。

二〇世紀探偵小説はボリシェヴィズムやナチズムと、あるいはその文化形態と二〇世紀精神としての根底を共有している。探偵小説を恣意的に「政治批判・社会運動と結びつ」けて解釈したのは、むしろ『娯楽としての殺人』のヘイクラフトのような論者だろう。『探偵小説論・序説』や『探偵小説と二〇世紀精神』でわたしは、ヘイクラフト流の探偵小説＝反ファシズム文学論を批判している。

たしかに、ホームレスが視えないことは問題だ。しかしこの批判は、とりあえずネオリベラリズムと呼ばれている、ホームレスを管理や排除の対象とする二一世紀的な思想や制度には該当しない。ネオリベ的な視線は明らかに、ホームレスやアンダークラスの存在に向けられている。その視線が監視カメラのレンズであろうと、とりあえず管理し、排除し、抹殺し、可能であれば資源として利用すべき対象として。

二一世紀的なネオリベラリズムは、いうまでもなくホームレス的なものを見据えている。しかし、『容疑者Xの献身』を「偉大な古典的形式をクリエイティヴに再構築しようとする後発者の技術《スキル》にこそ宿る」というような空疎な言葉で賞揚する評論家は、ホームレス的なものを視界の外に押し出して平然としている。ホームレスを管理し、排除する二一世紀的な時代性には、当然ながら文化的側面があるだろう。ボリシェヴィズムにフォルマリズムの一部が、ナチズムに表現主義の一部が同伴したように。

繰り返すが、わたしはネオリベラリズム批判や格差社会批判の観点から、『容疑者Xの献身』を批判したわけではない。ネオリベ肯定、格差社会肯定の立場からでも、優れた二一世紀小説は書かれうるだろう。少なくとも哲学では、ナチズムに加担したハイデガー、ボリシェヴィズムのルカーチが左右から二〇世紀精神を代表している。ネオリベラリズム的な二一世紀性を肯定するを哲学や文学が、二一世紀精神の最高峰を極めることも可能性としては否定しえない。

二〇世紀精神の一形態である探偵小説が、不可避なものとして到来した二一世紀的な環境性に無自覚なまま、『容疑者Xの献身』を「後発者の技術《スキル》」云々の文学主義的な観点から絶賛してしまう無自覚性こそが根本的に批判されなければならない。佳多山大地だけでなく、濤岡寿子、円堂都司昭、鷹城宏、大森滋樹などの評論家も『容疑者Xの献身』を本格ミステリ大賞に推している。いずれも「古典的形式をクリエイティヴに再構築しようとする後発者の技術《スキル》」を評価する点で、佳多山と立場を共有しているようだ。田中博や千街晶之も同様の観点から、この作品に相対的に高い評価を与えている。

これらの論者は、ベルトコンベアを流れてくる玉子をL玉とかM玉とかS玉とか、サイズで仕分けることを主たる仕事と心得ているようだ。二〇〇五年度の「玉子」では、『容疑者Xの献身』が最も大きく、殻の色艶も形も、味もよろしかったというわけだろう。なにかの間違いで、ベルトコンベアを流れてきた駝鳥の卵を鶏卵と見違えたと、二階堂黎人は評論家を批判する。評論家たちはあれこれの理屈で、この作品は紛れもなく鶏卵だと反論したわけだが、議論の次元が低すぎるのではないか。

ようするに二階堂黎人は、評論家とはジャンルの従僕にすぎないと見下している。従僕なのに、主人の役に立っていないから問題だと。「評論は、小説の前には立たない。立てない」と明言する有栖川有栖も、この点では二階堂と大差ない。

批評《クリティック》は創作と等価の、自立した固有領域である。少なくともヴァレリー以降、日本では小林秀雄以降、そのようなものと位置づけられてきた。「小説の前には立たない。立てない」ような評論、ジャンルの従僕としての評論とは、玉子のよしあしを機械的に振り分ける点で、ジャンルの機能としてのコメンテイトにすぎない。主として書評や解説として書かれる、このようなタイプの評論が存在しうるのはベルトコンベアが順調に作動しているあいだのことだ。ベルトコンベアが動きをとめようとしている瞬間、危機《クリティック》の瞬間を的確に把捉するのは、いうまでもなく批評家《クリティック》の仕事である。この点で大多数の評論家は、クリテックでなくコメンテイターでしかない事実を、『容疑者Xの献身』論争を通じて自己暴露したといわざるをえない。

二〇〇〇年代に入って以降、脱格系の台頭から刊行点数の低下にいたるまで第三の波のポテンシャル低下と空洞化の危機は、見える者には無視しようがない形で進行してきた。本格界における『容疑者Xの献身』の絶賛は、ジャンル的な危機を見違えようのない形で顕在化したのだ。しかし評論家たちは、『容疑者Xの献身』を手慣れたコメント仕事の対象と見違え、批評的に向き合うことなくやりすごした。

第三の波が形成された直後に、わたしが探偵小説研究会の結成を呼びかけたのは、探偵小説を論じうる優れた批評家《クリティック》の誕生を願ってのことだ。しかし十年後、探偵小説研究会から育った書き手のほとんどが『容疑者Xの献身』評価を焦点に、危機を危機として自覚しえない論評家《コメンテイター》にすぎない事実を露呈した。小説家から「評論は、小説の前には立たない。立てない」と見下され、ジャンルの下僕にすぎないと侮蔑されてなお、小説家の夜郎自大な差別意識に真正面からの反論をなしえない書き手とはいったい何者なのか。残念ではあるが『容疑者Xの献身』をベルトコンベア上の玉子として相対評価した評論家とは、今後一線を画すことになるだろう。

有栖川有栖による笠井批判は、以下の二点にまとめられる。「第一に、『X』は本当に根本精神を失っているのだろうか？　読み方次第で、それは見出せそうに思える」。石神は「作中で最もよくホームレスを見た者であり」、だから「無名の路上生活者に、『技師』という侮蔑的ニュアンスのない理系的な名前を与えた」のだ。

数字に「侮蔑的ニュアンス」はない。ナチの絶滅収容所の囚人は、腕に数字を刺青され数字として扱われた。石神はホームレスを対等の主体と見なしていたと、もしも有栖川が主張したいなら、「技師」は固有名であるかどうかを検証すべきだろう。渾名も場合によっては固有名でありうる。しかし「技師」は固有名としての渾名ではなく、囚人の刺青としての数字と同格の指標にすぎない。だから石神は、有効活用できる資源として扱うことができた。

「第二に、探偵小説の根本精神は本格ミステリにとって必要不可欠なのものなのか、という疑問がある。『抜け殻ならば、書いても読んでもいけないのですか？』ということ」。幾度も述べてきたように、二〇世紀精神が二〇世紀探偵小説を成立させた。精神のない抜け殻を、二〇世紀探偵小説として評価することはできない。一九世紀に探偵小説が存在したように、二一世紀にも探偵小説は存続しうるかもしれない。しかしそれは、探偵小説形式が二一世紀精神を宿しえた場合のみだろう。「謎－論理的解明」として定式化される探偵小説の超一般的な形式性は、謎々やクイズ、論理パズルの類に還元されるしかない。

論理パズルの起源は古代文明の時代まで遡る。そのようなものとして探偵小説の不滅性を主張したいなら、誰も反対はしない。ただし探偵小説は「小説」であり、そして小説は近代の産物なのだ。小説は近代という時代、近代の人間や社会や歴史の上で成立した。探偵小説もまた同様だろう。

その作品を評価するに際して、「偉大な古典的形式をクリエイティヴに再構築しようとする後発者の技術《スキル》」が眼目になりうるのは、その形式を可能ならしめた時代や社会の連続性が信じられる範囲内でのことだ。形式は超歴史的であるという原理主義者には、通じようのない議論だろうが。なにしろ原理主義者は、カインのアベル殺しやオイディプス神話にまで探偵小説の歴史を遡らせるのだから。このような思いこみを、ニーチェなら遠近法的倒錯の産物と評するに違いない。

「誌上討論」の第三回「曖昧さへの視角」で巽昌章は、「石神がホームレスを観察する場面での『無機質』で『モノに対するように冷淡』な視線とは、石神という人物の造形以前に、まず何よりも、本格推理小説の本質によって規定されたものである」と述べている。また「『第三の波』の中では、綾辻行人から麻耶雄嵩、そして清涼院流水を経て佐藤友哉や西尾維新まで、人間の死に驚かず、人間が歯車に過ぎないという事実を淡々と受け容れる、いわば低体温、無感動の系譜が着々と作られてきた」と指摘し、『容疑者Xの献身』に見られる「冷酷さ」もそれを共有しているという。

巽による議論の自家撞着は明らかだろう。この作品や主人公が読者に喚起させる「冷酷さ」にかんして、巽は相異なる二種類の解釈を提出している。それは一方で、二〇世紀探偵小説に必然的なものであるといい、他方ではポスト二〇世紀的なものであるという。第一の解釈は、千街晶之の「時計仕掛けの非常」（探偵小説研究会機関誌「ＣＲＩＴＩＣＡ」創刊号）にも見られる。「石神の所業はひとでなしの極みである。それを批判することはたやすい。しかし、その非情さはネオリベ社会などといった外部を反映したものではなく、探偵小説そのものの中核にあらかじめ設置されていた時計仕掛けの爆弾だったのだ」。

巽も千街も『容疑者Xの献身』や、主人公の人物像の意味を取り違えている。千街は「非情」という言葉を、論を進める上でのキイワードとしている。ミステリ文学論で「非情」という言葉は、ハードボイルド作品を論じる際に多用されてきた。たとえばハメットが描いた「非情」とは、すでに人間ではないが、人間だった記憶を棄てることのできない過渡的な存在に固有の情状性である。人間の形をしているが人間ではないという点で、それを「人形」的ともいうことができる。

『探偵小説と記号的人物《キャラ／キャラクター》』や『探偵小説論Ⅰ、Ⅱ』で詳述してきたように、ハメットが対立したヴァン・ダインや大戦間本格もまた、「人形」の時代の「非情」を共有している。問題は『容疑者Xの献身』

の「非情」が、ハメットやヴァン・ダインに由来する二〇世紀探偵小説の「非情」と同一視できるかどうかにある。ここで「悲しみ」を覚えるのが人間（一九世紀的な主体）であるはずなのに、なにも感じない自分。このような自分をはたして人間といえるのか。という自問に呪われた人物が、探偵小説に限らず二〇世紀小説の普遍的な主人公である。巽や千街のいう探偵小説の「非情」もまた、同じ土壌から生じている。

しかし『容疑者Xの献身』や主人公の石神の「非情」は、二〇世紀的な人形としての「非情」とは異なる。喩えていえば、それは二一世紀的な動物としての「非情」ではないだろうか（この場合の「動物」にかんしては、東浩紀の『動物化するポストモダン』を参照のこと）。人形と動物の、二〇世紀と二一世紀の決定的な断層を千街は見逃している。

動物的な「非情」は、清涼院を先行者とする脱格系作家たちによって主題的に探求されてきた。この点にかんする巽昌章の評価は妥当である。しかし人形的な「非情」と動物的な「非情」のあいだに存在する深淵に、巽は無自覚であるようだ。簡単にいえば『容疑者Xの献身』という小説は、動物的に「非情」な主人公を、人形的に「非情」な探偵小説形式に押しこんで作られている。

とはいえ、二一世紀的に「非情」なキャラクターを描いているとしても、『容疑者Xの献身』を二一世紀探偵小説の可能性として評価することはできない。この作品における二一世紀的な「非情」性は、二〇世紀的な「非情」性としての探偵小説の形式性と背反的だからだ。前者は後者を、最終的には破壊してしまうだろう。

欲しいから取るのが「愛」である点で、石神と西尾維新『クビシメロマンチスト』のヒロインは性格的に同型である。欲求と対象とのあいだに距離がない以上、いずれも動物的な存在といえる。しかし二人の作者による、動物的なものへの態度は対極的だ。動物的なもの（二一世紀性）と批評的に向きあおうとして探偵小説形式（二〇世紀性）から逸脱してしまう西尾にたいし、動物的なものを易々と形式に回収してしまう東野。論評家《コメンテイター》は前者よりも後者のほうが、より「大きな玉子」だと判定した。しかし批評家《クリティック》のまなざしは、『容疑者Xの献身』ではなく『クビシメロマンチスト』のほうに二一世紀探偵小説の可能性を見出す。

「『X』を認めず、本格形式が自壊した脱格形作品こそがむしろ探偵小説の根本精神を継承している、と判定せざるをえないなら、本末転倒、笠井氏の理論が本格ミステリを捉えそこねている可能性がある」と有栖川有栖はいう。しかし、探偵小説の可能性を捉え損ねているのは有栖川のほうではないのか。時代と直面することを保身的に回避する、形式の趣味的な自己反復に未来はない。むろん探偵小説としての未来も。

III　探偵小説論の断章

探偵小説通史の古典的著作として評価の高いハワード・ヘイクラフト『娯楽としての殺人』だが、その政治イデオロギー的な側面にかんしてはさほど注目されることがない。読者の大多数がヘイクラフトの政治イデオロギーを共有し、イデオロギーがイデオロギーとして意識されない結果だろう。一九四一年に刊行された『娯楽としての殺人』序文の冒頭で作者は、「ナチ空軍《ルフト・ヴァッフェ》の大編隊が、気ちがいじみた凶暴な手をロンドン上空でふるいはじめた」（林峻一郎訳）時期に「この被爆中の首都からは、じつは公衆の要求にこたえて『空襲』図書館とでもいうべきものが新設され、そこでは探偵小説だけを貸しだしている」事実に読者の注意を促した上で、「この現象にふくまれている意味は、探偵小説にひそむ魅力というものについて、それだけでもすぐにもすぐれた評論を成りたたせうるものだ」と述べている。ヘイクラフトはドイツ軍による空爆に、探偵小説を愛読するロンドン市民を対置しているわけだが、その意味は、とりあえず第一章「時・1841―所・アメリカ」で次のように語られている。

「探偵小説の本質的なテーマは、犯罪を専門的に探偵するということ」である以上、「明らかに探偵というものが生まれるまでは、探偵小説というものもあり得なかった」。警察制度が未確立な前近代社会では、「非常に悪賢いものは罰せられないですんだ。犯人があまりに不敵なときには、他のてごろな容疑者があわれにも見せしめに絞殺されたり焼き殺されたり、または絞刑具《ギャロット》にかけられたりした。そして権威がやっと保たれていたのである」。

　この野蛮な方法は、全世界がいまでいえばちょうど戒厳令下といった状態で暮らしていたあいだは、もちろん有効だった。ところが近代文明とよばれる複雑な生活が発達してくると、こんな方法の欠点と野蛮さがしだいに明らかになっていった。理性的になったひとびとは、犯罪防止と消滅のためには、秩序だった方法での真犯人の逮捕と、真犯人の正しい処罰だけが、役立つことをさとりはじめた。

　それでしだいに拷問は証明に、神託は証拠に、拷問台や指ねじりは訓練された尋問者にと、かわっていった。

　そして尋問者が完全に出現したときに、探偵小説が、当然の帰結として、登場してきたのだ。

　第十五章「独裁者、民主主義者と探偵」では、第二次大戦直前のイタリアおよびドイツで探偵小説が禁止された事実が指摘されている。「探偵小説は本質的に民主的な慣習の産物」であるとしたら、それも当然のことだろう。「目ざめた土地の市民たちが、フェア・プレイと公平な裁判を当然の権利として期待し要求する」社会、ようするに探偵小説を生みだした近代社会は、「秘密警察《ゲシュタポ》や国家政治保安部《ゲー・ペー・ウー》システム」や「ドイツ国会火災《ライヒスターク・ファイアー》裁判や不合理なスターリン粛清《パージ》法廷などの恥を知らぬ詭弁の横行」と原理的に対立するからである。この章の結論部で作者は、「シャーロック・ホームズとルコックの、ルルタビーユとブラウン神父の、フィリップ・トレントとポアロの同国人が、冷酷無惨なヨーロッパの真のモリアーティの挑戦をうけたとき、デュパンとアブナー伯父とチャーリー・チャンの土地の精神が無関心でいられないのは、すこしも驚くにはあたらない！」と誇らしげに宣言している。

ヘイクラフトの図式は明らかだろう。アメリカやイギリスやフランスなど第二次大戦で連合国を構成したところの、近代的な司法制度および警察制度が完備された諸国においてのみ探偵小説は発生し、発展しえた。この場合、同じ連合国でもソ連は例外として扱われる。第二次大戦前夜の日本でも探偵小説は禁止されたのだが、それも当然のことで、枢軸諸国は探偵小説の土台である理性的な市民社会秩序を破壊し、「公認のギャング主義と力による支配」を国内体制としているからだ。ようするに『娯楽としての殺人』の作者は、第二次大戦とは民主主義とファシズムの世界史的な闘争であるという連合国側の政治イデオロギーを不可疑の前提として、その探偵小説史を構想したのである。

『娯楽としての殺人』が刊行されてから半世紀以上にもおよんで、このようなヘイクラフト説に根本的な疑義は呈されないまま今日にいたる。連合国と枢軸国の対立は第二次大戦後、米ソ冷戦に引き継がれるのだが、この時期にはヘイクラフト説を補強する新たな事例として、ソ連に探偵小説が存在しないという事実がしばしば指摘されたりもした。「フェア・プレイと公正な裁判」の確立された近代的な市民社会が探偵小説の歴史的前提である、従って秘密警察の支配するファシズム国家や社会主義国家で探偵小説が禁止されるのは必然的なのだという通説は、はたして妥当なのだろうか。

自由と平等を看板として掲げた市民社会の実体は階級社会であり、議会制民主主義はブルジョワジーの独裁を覆い隠すイチジクの葉にすぎないというマルクス主義的な市民社会批判は、ロシア革命がもたらした惨憺たる現実の前ですでに失効していた。しかし一九六〇年代以降、マルクス主義的な市民社会批判とは異なる近代批判が、さまざまな形で展開されはじめる。こうした試みの多くは、産業や人間や理性という近代的価値を疑わない点で西側の社会と東側の社会は同型的であるとし、両者を同時に批判しうる原理を探究した。その代表例としてミシェル・フーコーによる近代批判、たとえば『監獄の誕生』をあげることができる。

　探偵小説の土壌である近代的な市民社会秩序の破壊をもくろむ「冷酷無惨なヨーロッパの真のモリアーティ」として、ヘイクラフトは「秘密警察《ゲシュタポ》や国家政治保安部《ゲー・ペー・ウー》システム」を名指していた。第三帝国とソ連に共通する人権抑圧の社会装置として、悪名高いのが強制収容所である。しかし、ドイツやソ連の収容所とイギリスやフランスの監獄とは、どこがどのように異なるのか。囚人を拘禁する施設という点で、どちらも表面的には似たように見える。

　最大の相違は、監獄が違法者を対象とする刑罰の施設であるのにたいし、収容所は法外者を無差別的に拘禁する施設だという点だろう。違法者とは市民社会を構成する主体である。市民社会の法に違反した事実が裁判で認定され、違法行為に見合う刑罰を科せられる者。ようするに違法者は、法に反した限りで違法者なのだ。加えて、おのれの行為の意味を妥当に了解でき、責任能力があると認められることが違法者の前提である。反対側からいえば、市民社会を構成する主体として法秩序の形成に関与しうる者だけが、違法者として裁かれ処罰されうる。監獄とは、そのような違法者の刑罰の場なのだ。

しかし法外者は違う。たとえば第三帝国では、ユダヤ人はユダヤ人であるというだけの理由で収容所に拘禁された。違法者は意思や選択において違法行為を「なす《フェール》」結果、監獄に収監されるが、ユダヤ人の場合はユダヤ人で「ある《エートル》」だけで収容所に送られる。ユダヤ人であることは、いうまでもなく当人の意思や選択の結果ではない。「ある」こと自体が違法であるような存在とは、はじめから法秩序の外に追放されている者、すなわち法外者である。強制収容所が労働収容所であることは、その必然的な結果なのだ。監獄の刑罰機能は囚人の自由剥奪と孤立化が中心で、労働は矯正効果を期待して科せられるにすぎない。しかし収容所では、囚人は対価の必要がない最も安価な労働力として位置づけられる。囚人の自由剥奪および孤立化は独房への拘禁という形態で実現されるが、収容所では独房の存在は例外的である。

ソ連の収容所は第三帝国の収容所と比較して、性格が幾分か曖昧であるように見える。ソ連の場合には、殺人犯や窃盗犯など通常の刑法犯にあたる違法者も収容所に拘禁される。また法外者は反革命行為を断罪する刑法五八条に違反した者、ようするに違法者という外見をとる。ソルジェニーツィンが『収容所群島』で多数の具体的事例をあげているように、しかし五八条の際限ない拡大解釈は、あらゆる国民とその日常的行為が違反対象となるような極限にまで達した。いわば、ソ連国家は国民の全員を潜在的な法外者と位置づけたのである。社会主義国家における法外者の違法者化と違法者の法外者化は、第三帝国に見られた監獄と収容所という二重性の弁証法的止揚として捉えることもできるだろう。それはプロレタリア独裁権力における、司法と行政の分裂の止揚の一部でもある。第三帝国の収容所もソ連の収容所も、最終的には絶滅収容所にいたる。ユダヤ人や反革命犯で「ある」こと自体が、社会から収容所に排除されるに価する以上、排除は原理的に存在それ自体の排除に、すなわち絶滅に向かわざるをえない。

施設としての収容所も収容所の原理も、二〇世紀にはじめて生じたわけではない。なにを「なした」かではなく、そう「ある」だけで人間を拘禁対象とする施設には、近代的な監獄よりもはるかに古い起源がある。フーコーの『狂気の歴史』によれば、古典主義時代に整備された拘禁施設には、「一般法による受刑者、家庭の平安をみだし財産を濫費する子弟、放浪・無頼の徒」（田村俶訳）に加えて狂人、不具者、性病患者、さらに同性愛者までもが強制収容された。「ブルジョワ中心の都市《シテ》の闇のなかに、こうした異様な善の共和国が生まれたのであって、悪の領分に入っていると疑われるすべての者が、強制的にこの善の共和国に収容された」のである。「悪の領分に入っていると疑われるすべての者」とは、自覚的な行為を「なした」ためでなく、そのように「ある」こと自体が問題となる法外者に他ならない。

古典主義時代の収容施設では「読書・礼拝・祈禱・瞑想などの規則正しい日課が定められ」、次いで労働が強制された。「監禁施設における労働は、その倫理的な意味をおびる。安逸怠惰が反抗の絶対形式となったのだから、怠け者は、効果も収益もあがらぬ労苦のはてしない時のゆとりのなかで、強制的に働かされるようになる」。このようにして古典主義時代は、一方で非理性の側に分類される者を社会の外に追放し、強制＝矯正施設に拘禁する結果として、他方に理性人あるいは正常人というカテゴリーを析出するにいたる。正常人とは同時に法的主体である。近代的な法的主体が確立されてはじめて、違法者と違法者を処罰する施設としての監獄が生じる。

社会から「ある」ものとしての非理性を分離する古典主義時代の強制＝矯正施設が、その対極に理性が支配するところの近代的な法秩序の領域を生じさせた。このような法秩序を前提として犯罪行為を「なす」違法者が、さらに違法者の刑罰施設としての監獄が誕生する。しかし『監獄の誕生』で克明に明らかにされるのは、監獄の二面性である。監獄は違法者にたいする刑罰の施設であると同時に、ベンサムが構想した一望監視装置《パノプティック》に象徴される近代的な規律《ディシプリーヌ》＝訓練のシステムでもある。

順序としては、まず法秩序を犯した違法者が存在し、次に違法者に加えられる刑罰としての拘禁を効率的に遂行するために、規律＝訓練のシステムが確立されたということになる。違法者の犯罪行為に見合う刑罰を与えることが監獄という施設の目的であり、そのための手段として規律＝訓練をめぐる権力の精神的身体的技術が開発された。しかし、こうした目的と手段の整合的な関係は表面的なものにすぎず、監獄の実体に反している。なぜなら「規律＝訓練は一種の反＝法律」（田村俶訳）だからだ。「処罰する権力を一般化するのは、個々の法的主体における法の普遍的意識ではなく、一望監視方式の規則的な広がりであり、その限りなく緊密な網目である」。

一方で監獄は、違法行為を「なした」受刑者にかかわるように見える。しかし監獄という規律＝訓練のシステムは、「ある」ものとしての受刑者の精神と身体の全体にかかわり、それを調教し訓育しようとする。契約論的な法思想では、たとえば殺人行為でさえ倫理的な「悪」の領域には属さない。殺人者が罰せられるのは、他者を害しないという契約に応じたにもかかわらず、この契約に違反した限りにおいてなのだ。ようするに違法者は契約違反を問われ、裁かれ、罰せられるにすぎない。『罪と罰』の終章でラスコーリニコフが、「しかし、悪事とは何を意味するのだろう？　おれの良心は穏やかなものだ。もちろん、刑法上の犯罪は行った。もちろん、法の条項が侵されて、血が流されたにちがいない。では、法律の条項に照らして、おれの首を刎ねるがいい……それで沢山なのだ！」（江川卓訳）と考えるように。だが監獄は、受刑者の「おれの良心」までを管理しようとする。この点で監獄は、「道徳が行政上の指示をとおして重圧を加えるような、強制収容の場所」だった古典主義時代の強制＝矯正施設を正統的に継承している。人間の魂の領域までを管理の対象とするだけでなく、管理の精神的身体的技術を体系化している点でも。だから、監獄の二面性を目的と手段という関係で理解することはできない。

契約が法ならびに政治権力の理念的基礎だと想定しえた反面では、一望監視方式が強制権の、普遍的に広まった技術方式を組みたてていた。たえずその方式は、社会の法律的上部構造に深層部で働きかけつづけて、権力が自分に与えてきた形式上の〔法律的〕枠組に反して事実上の権力機構を機能させていた。自由〔の概念〕を発見した《啓蒙時代》は、規律・訓練をも考案したのだ。

両者は目的と手段というような外在的関係で結びついているわけではない。受刑者における「なす」と「ある」は、監獄において不可分である。違法行為を「なした」者を拘禁する監獄と、丸ごと「ある」人間を扱う収容所は機械的に対立するものではない。両者は不可分の相互補完的関係にあり、監獄には収容所の原理が内在的に組みこまれている。ヘイクラフトによれば探偵小説の社会的前提である「フェア・プレイと公正な裁判」は、ようするに近代的な法秩序は、監獄というシステムにおいて第三帝国やソ連の収容所と密通している。それは、第二次大戦中にアメリカが日系人を強制収容した事実からも窺われるだろう。日系人は違法行為において裁かれ、罰として拘禁されたのではない。日系人で「ある」という事実それ自体が、強制収容の唯一の理由とされた。収容所に拘禁された日系人は、ドイツのユダヤ人のように強制労働を科せられたわけでも、大量虐殺されたわけでもない。しかし収容者にたいする態度が比較的穏和であるか、極限的に過酷であるかという相違は原理的ではない。日本人であること自体を拘禁の根拠とする原理は、さしあたり近代的な法秩序の破壊であるように見える。しかし、こうした事態が示しているのは、近代的な監獄システムに収容所の原理が組みこまれていること以外ではないのである。

規律＝訓練のシステムとして受刑者の「ある」を扱う監獄は、たんなる違法者とは範疇的に異なる法外者の大群を、新たに非行者《デランカン》として創造する。フーコーのいわゆる非行者とは、簡単にいえば累犯者あるいは犯罪予備軍のことだが、「非行〔＝在監〕者が法律違反者と区別されるのは、前者を特色づけるために関与的であるのは、その犯行よりもその生活態度であるという事態にもとづいている」。拘禁を中心とした刑罰制度は、犯罪の初心者を職業的犯罪者と交じわらせ、累犯者を作りだし、犯罪者相互のネットワークの形成を促進する。非行者の存在は、監獄という規律＝訓練のシステムの失敗を物語るものだろう。しかし失敗は逆説的に成功に反転する。非行者という人間集団の産出は、密偵や密告者の組織化による犯罪予備軍の監視や、阻止できない違法行為を社会の被害が少ない方向に誘導することを可能とするからだ。さらに非行者は密告者という形でも、あるいは治安警察を補完する別働隊としても有効に使うことができる。全社会的な規模での規律＝訓練権力は、非行者の存在を活用して「社会全域の取締りが可能になる装置を組み立てる」のだ。このようにして「三つの項（警察＝監獄＝非行性）が相互に依存しあい、しかも決して中断しない回路を形づくる」。

「なす」をめぐる法秩序と犯罪司法、ようするに「フェア・プレイと公正な裁判」は、「ある」の領域に存在する警察＝監獄＝非行性と内在的な補完関係にある。警察＝監獄＝非行性のトライアングルは、市民社会に構造化された「収容所」ともいえるだろう。第三帝国における監獄と強制収容所の二重化は、不可欠のものとして市民社会に内在する「収容所」性を外在化し可視化した結果にすぎず、ソ連における監獄と強制収容所の弁証法的止揚は、市民社会において不可視である両者の補完関係を、露骨に形態化したものにすぎない。とすれば「探偵小説は本質的に民主的な慣習の産物である」とし、この小説形式をファシズムや社会主義の収容所国家に対立させるヘイクラフト説は、かならずしも自明ではない。

ところで『監獄の誕生』には、探偵小説の誕生にかかわる言及がある。探偵小説の発生に無視できない役割をはたしたといわれる『回想録』の著者フランソワ・ヴィドックの「重要性の根拠は、非行性が、それを制圧する一方でそれと協力して活動する警察装置にとって客体ならびに道具という多義的な地位を、ほかならぬ彼のうちに明瞭におびたという事実に存している」とフーコーは指摘し、さらに次のように続ける。

ヴィドックは、他の違法行為と分離された非行性が権力によって攻囲され、裏返しにされる、そうした契機を明示している。こうして警察と非行性との直接的で制度的な結合がおこなわれる。

犯罪行為が権力機構の歯車と化す、憂慮すべき契機である。（略）嫌悪すべき行為と統治権が同一人物のなかで対決していたシェイクスピア的な時代は終わったわけであり、やがて始まるのは警察権力の、しかも犯罪が権力と結ぶ共犯関係の、日常的な通俗劇である。

パリ警視庁を辞任したヴィドックは、出版社ツノンに勧められて回想記を執筆することにした。ヴィドック研究家のジャン・サヴァンによると、一八二七年に刊行されたツノン版『回想録』は、ベストセラーを狙ってヴィドックの原稿を波瀾万丈の読み物に改竄したものである。作者のヴィドックは激怒したが『回想録』は大反響を呼び、フランスで大量の読者を獲得したばかりか、同時期にヨーロッパ諸国でも翻訳版が次々と刊行された。二九年には、ヴィドック自身の手になるとされるフロマン編『ヴィドック伝』がルロゼイ社から刊行されている。『回想録』はルロゼイ版を原型とした異本が現在も読まれているが（三宅一郎訳の日本語版もおなじ）、同時代にバルザック、デュマ、ユゴー、ガボリオ、シュー、ポオなどに影響をおよぼしたのは、リライターのモリスおよびレリティエが改竄したツノン版である。

『回想録』の記述によれば、一七七五年にパ・ド・カレ県アラスでパン屋の次男として生まれたヴィドックは、十六歳で軍隊に入隊し五年目に除隊したが、書類の不備から脱走兵として逮捕投獄される。以後十年以上も脱獄と再投獄を繰り返しながら、犯罪社会の人脈や手口を隈なく知るようになる。非行者ヴィドックの誕生である。ヴィドックの経歴の特異性は、一八〇九年に密偵になることを交換条件として警察の追及をまぬがれた点にある。一年九ヶ月ものあいだ徒刑場に潜入し、囚人仲間から得た極秘情報を警察に提供したことを出発点に、一八一一年から二七年までパリ警視庁捜査局長を務める。三四年には私立探偵事務所を開設している。このようなヴィドックの経歴を、フーコーは「警察と非行性との直接的で制度的な結合」と特徴づけたわけだ。

ヴィドック本人の原稿をもとにしているとされるルロゼイ版でさえ、ほとんど冒険小説を思わせる波瀾万丈の内容である。さらに扇情的な加筆がなされていたツノン版『回想録』刊行から九年後、一八三六年にはエミール・ド・ジラルダンが「プレス」紙を創刊する。発行部数を拡張するためジラルダンによって考案された新企画が、新聞連載小説《フィユトン》だった。以後、フィユトンという小説の執筆および公表の新形式は、七月王政下のフランスを席巻することになる。フィユトン形式の流行は二〇世紀の初頭まで続いた。多種多彩なテーマやモチーフの小説がフィユトンとして書かれたが、とりわけ人気を集めたのが『回想録』に触発されたとおぼしい冒険小説や犯罪小説だった。代表作はウジェーヌ・シュー『パリの秘密』、アレクサンドル・デュマ『モンテ・クリスト伯』、続いてポンソン・デュ・テライユ「怪盗ロカンボール」連作、エミール・ガボリオ「ルコック探偵」連作、などなど。黒岩涙香に夥しい翻案作品のあるフォルテュネ・デュ・ボアゴベが、人気作家としてガボリオに続いた。

これらのフィユトンは、ガボリオ作品を例外として本来の探偵小説ジャンルには属さないとされる。犯罪者を主人公とし、あるいは犯罪社会を背景とする都市冒険小説と定義するのがジャンル的には妥当だろう。都市冒険小説の対極に位置するのは、アメリカ作家フェニモア・クーパーの『最後のモヒカン族』などの秘境冒険小説である。デュマ最後の小説『パリのモヒカン族』は、秘境冒険小説のサバンナや密林をパリの暗黒街に、主人公に襲いかかる蛮族を犯罪者に置換するというアイディアから生まれた作品で、フィユトンの第二の源流が秘境冒険小説であることを示している。いうまでもなく秘境冒険小説のサバンナや密林は、ロマン主義的な「ゲルマンの暗い森」の派生態である。近代的な現実に中世的な幻想を対置したロマン主義的想像力は、時間的な辺境を空間的な辺境に置き換える秘境冒険小説を経由しながら、「一九世紀世界の首都」（ヴァルター・ベンヤミン）であるパリに転生した（この点の詳細は、本論の筆者による『機械じかけの夢』を参照のこと）。

都市冒険小説として定義される犯罪小説の第一の源流は、これまでも述べてきたようにヴィドックの『回想録』である。目立たない痕跡を発見し追跡する辺境的なフレームという点で、『パリのモヒカン族』は『最後のモヒカン族』を下敷きにしているが、それを変装や一人二役という都市的要素で充塡するところでは『回想録』の影響が否定できない。加えて『パリのモヒカン族』には密室やアリバイなど、のちに探偵小説の基本パターンとして定着するだろう要素までがふくまれている。

フィユトンの形態における犯罪小説の発展にかんし、『監獄の誕生』は新聞の犯罪記事との対照で論じている。「犯罪本位の三面記事は過度冗漫な毎日毎日の筆致でもって、社会を碁盤割りにして見張る司法面と警察面の取締りの総体を人々の承認可能な事態に仕立てあげている。毎日その記事は正体を見せぬ敵に対する一種の内面的な戦いを物語っていて、その戦いのなかで、警戒や勝利についての日々の報告書といった働きをする」。これにたいし、同じ新聞紙面に連載される犯罪小説は三面記事と反対方向の役割を演じている。代表例は『パリの秘密』、次いで「怪盗ロカンボール」連作、最後に「輝かしい犯罪の、《華々しい盗み》の非行性のそれ（アルセーヌ・リュパン）」である。

探偵［＝警察］文学と結びついた三面記事が一世紀以上のあいだ生み出し続けたのは過度に多数の《犯罪物語》であって、そこではとりわけ非行性はきわめて卑近なものとしてと同時にまったく無縁なものとして、日常生活に永久に脅威を与えるものとして、だがその起源や動機や日常的でしかも異国的な姿を見せるその環境などの点では迂遠なものとして現われる。

ようするに「非行性を重要視し、それを誇張的な言語表現で現すことで、人々はそれを賞揚しつつも別扱いする一つの線でそれを取りかこむ」にすぎないとフーコーは指摘するのだが、このような批判はいかにも外在的で、ブルジョワ的な大衆小説や犯罪小説を非難するマルクス主義者の語り口に似ている。マルクス主義者の決まり文句は以下のようである。……たとえばロビン・フッド物語は、権力にたいする民衆の自然発生的な反感や反抗を「誇張的な言語表現で現す」結果として、読者に「それを賞揚しつつも別扱いする」よう強制する民衆の阿片にすぎない。

フーコーは近代における犯罪者の第一の典型として、規律＝訓練権力に加担するヴィドックを、第二に「特権階級の人々の一つの芸術へ移しかえられた、そうした違法行為」の象徴であるラスネールをあげた上で、第三に野性の反抗児ベアスを召喚する。「裁判所が法律違反として定めるあらゆる違法行為《アンフラクシオン》をこの被告は、生きいきとした力の肯定であるとくり返し表明した」。フーコーの見解を整理すれば、ヴィドック、ラスネール、ベアスに体現される三類型が多少のずれや重複をともないながら、次のような犯罪文学の三類型に照応することになる。

第一の類型であるベアス的な犯罪者には、古典主義時代の民衆的な刷《ビ》り物《ラ》などに登場するところの

「犯罪者の生涯と犯行をくわしく述べ、犯罪者自身に罪を白状させ、耐え忍んだ身体刑を細部まで語」るような犯罪物語が対応する。そこで「描かれる犯罪者は、手本にすべからざる模範にかんする表面的な道徳礼讃の裏では、戦いと対決についての思い出のすべてを保持している。（略）それは刑罰の実務をめぐる二つの攻囲（つまり、下層民と上層権力との）が出会う場所──犯罪とその処罰とその記憶をめぐっての一種の最前線であった」。

かつて民衆の人気を集めた犯罪物語は、次第に近代的な犯罪文学や探偵文学に置き換えられていく。「それらの刷り物《ビラ》のたぐいは、まったく別種の犯罪文学が発達するにつれて姿を消し」、「粗野な犯罪者の栄光が、身体刑のもたらす暗い英雄化が消え去るのである」。代わりに「犯罪が一つの芸術であり、もっぱら例外的な性質のみを扱う営みでありうるし、強者と権力者の奇怪さをあらわにし、しかも大悪人もまた特権者の一つの存在手段である、というこれらの根拠にもとづいて、犯罪が賛美される文学」が登場する。ようするに「暗黒小説から〔ド・〕キンシーにいたる、あるいは『オトラントの城』からボードレールにいたる、犯罪を美的に描きなおした」種類の作品である。

このような新型の犯罪文学が、第二類型をなすラスネール的な犯罪者に対応していることは明らかだろう。「それはまた、犯罪を我がこととして取り込む、納得できる形式による記述作業でもある。一見その書きものは犯罪の美と偉大さの発見になっているが、実はそれは、偉大さもまた犯罪を行なう権利を有していて、現実に偉大である人々の、それは独占的な特権になってさえいる点を強調したものである。美しい殺人は、取るにたらぬ違法行為をこそこそやる連中には不向きなものだ、というわけである」。

このジャンルには、『回想録』を源流としたフィユトンの多くが、あるいは『パリの秘密』から「輝かしい犯罪の、《華々しい盗み》の非行性のそれ（アルセーヌ・リュパン）」までが属するだろう。さらに犯罪文学の流れから、「ガボリオー以後の探偵文学」が生じる。「この文学が表現する犯人は、その策略、その機知縦横さ、極度に鋭いその知力の点で、嫌疑をかけられることのない人物になっている」。

しかも双方の純粋な精神——殺人者のそれと探偵のそれ——の戦いが、対決の基本的形式を組立てるようになる。（略）つまり力点が、犯行の自白の叙述から、ゆっくりした探索過程へ、身体刑の執行時点から、捜査の局面へ、権力との身体本位の対決から、犯人と捜査する者との知力の戦いに移っているのだ。（略）その文学では民衆はひどく単純な人物になっていて微妙な真実に対処する主役とはなりえない。この新しい文学様式には、もはや民衆の夢も、大がかりな処刑も存在しないし、そこでは人間は意地悪、だが、かしこいのだ。しかも処罰される場合にも人間は苦痛をなめなくていいのだ。かつて犯罪者をとりまいていたあの華々しい輝きは、この探偵文学によって別の社会階級へ移し替えられる。新聞雑誌もまた、その日常的な三面記事のなかで、軽罪《デリ》とその処罰を、叙事詩的な英雄らしさのない灰色の単彩描法で取りあげるだろう。分割が行なわれたのである。民衆は犯罪にたいする過去の誇りを棄てなければならず、偉大な殺人行為は賢者の沈黙の営みと化したのである。

フーコーによる、「民衆は犯罪にたいする過去の誇りを」剥奪され、犯罪記事は「叙事詩的な英雄らしさのない灰色の単彩描法」を採用するにいたったという批判に、たとえば「一八四六年のサロン」のボードレールなら次のように反論することだろう。「アントニーをギリシア風の外套あるいは左右色違いの服でもって詩的たらしめようと欲するていの人々」（阿部良雄訳）がアトリエや社交界を支配しているが、「偉大な色彩家《コロニスト》たちは、黒い燕尾服と、白いネクタイと、灰色の背景をもって、能く色彩効果を生み出すのである」以上、「現代の英雄のかぶっている皮、すなわち燕尾服」こそが今日では美的なのだ。絶対君主の時代の華美で色鮮やかな衣装を礼賛し、モノクロの燕尾服を侮蔑するのとおなじ倒錯が、絵画や芸術全般にも認められる。「私は、現代的な主題を手がけた芸術家たちの大部分は、公共のそして公式の主題、われらの戦勝だとかわれらの政治的英雄性だとかでもって満足してきた、ということに注意したい。（略）しかしながら、私的な主題でもって、はるかにもっと英雄的なものがあるのだ」。

優雅な生活や、大都市の地下を動きまわる無数の浮動的な人間たち、――犯罪者や囲われた娘たち、――の光景、「裁判所時報」や「世界報知」は、われわれに証明してくれる、われわれは自らの英雄性を識るためには目を開きさえすればよいのだと。

「裁判所時報」や「世界報知」に掲載される「叙事詩的な英雄らしさのない灰色の単彩描法」の記事が、烏のような「黒い燕尾服と、白いネクタイと、灰色の背景」に対応し、孔雀さながらに豪奢な絶対君主の宮廷衣装が、「かつて犯罪者をとりまいていたあの華々しい輝き」を描いた犯罪物語に対応することは明らかだろう。かつて犯罪物語の主人公が科せられた極度に残忍で「華々しい」身体刑は、絶対君主の権力の「華々しさ」と表裏の関係にあったからだ。これにかんしてフーコーは「法を犯すことで犯罪者〔＝法律違反者〕は君主の人格そのものを傷つけたわけであり、その人格こそが（略）被処刑者の身体につかみかかって、烙印を押しつけ、打負かし、痛みつけたその身体を見せつけるのである。したがって処罰の儀式は完全に《戦慄的》である」と述べている。

引用した文章の結論部で、ボードレールはバルザックの作中に登場する犯罪者ヴォートランを礼賛している。ヴォートランのモデルはヴィドックである。またボードレールは、エドガー・アラン・ポオのフランスにおける紹介者、翻訳者でもある。いうまでもなくポオは、世界最初の探偵小説「モルグ街の殺人」（一八四一年）の作者だ。また世界最初の長篇探偵小説といわれる『ルルージュ事件』（一八六六年）の作者ガボリオは、ポオとヴィドックの双方から影響を受けている。ヴィドックの『回想録』は犯罪小説の源流のひとつであると同時に、それとは範疇的に区別される探偵小説の原点でもある。

「モルグ街の殺人」でデュパンに、「例えばヴィドックは、たしかに勘も鋭いし、忍耐強い男だ。でも、無学だから、捜査に熱心になるあまり、いつも失敗ばかりしていた。あいつは、対象をあんまり近くからみつめるせいで、よく見えなくなるんですよ」（丸谷才一訳）と語らせているように、ポオはヴィドックに反対側から影響されて史上初の探偵キャラクターを創造した。という点で、第二類型とずれながら重複するところもあるが、「ガボリオー以後の探偵文学」には第三類型としてヴィドックを対応させることにしよう。

フーコーが指摘するように、犯罪文学とはジャンル的に異なる探偵文学の「犯人は、その策略、その機知縦横さ、極度に鋭いその知力の点で、嫌疑をかけられることのない人物」である。探偵小説は「謎-論理的解明」を基本的な構造とし、キャラクター論的には謎の提起者が犯人、解明者が探偵となる。ようするに探偵小説では、「双方の純粋な精神——殺人者のそれと探偵のそれ——の戦いが、対決の基本的形式を組立てる」のであり、興味の中心は「権力との身体本位の対決から、犯人と捜査する者との知力の戦いに移っている」。『回想録』に影響されたフィユトンのほとんどは犯罪小説で、探偵小説に分類されるのはガボリオ『ルコック探偵』、ガストン・ルルー『黄色い部屋の謎』、モーリス・ルブランの『怪盗紳士』や『八点鐘』などに収録された短篇が代表例で、かならずしも作例が豊富とはいえない。このようにアメリカで発生した探偵小説形式は、フランスでは傍流的な地位にとどまり、ウィルキー・コリンズ『月長石』、コナン・ドイルのホームズ連作、オースティン・フリーマンのソーンダイク連作、チェスタトンのブラウン神父連作など、第一次大戦の前夜までイギリスを舞台に書き継がれることになる。

しかし探偵小説が決定的な飛躍をとげるのは、筆者が『探偵小説論Ⅰ、Ⅱ』で詳述したように第一次大戦後の時代のことだ。群衆の時代の小説形式としてポオが発明した探偵小説は、世界戦争と未曾有の大量死を体験した世代に再発見され、二〇世紀的に異様な小説形式に転化していく。第一次大戦後に登場したアガサ・クリスティやドロシー・セイヤーズの、あるいはヴァン・ダインやエラリイ・クイーンの探偵小説は、一九世紀的な人間性や内面性を徹底的に破壊するラディカリズムという点で、

大戦間のアヴァンギャルド＝モダニズム芸術運動と並行的な関係にある。（註1）

ところで二〇世紀とは、世界戦争の世紀であると同時に強制収容所の世紀でもある。戦場と収容所の双方で、近代的人間は無差別的な大量死の運命を強制され、凡庸な匿名の屍体の山を築いた。拘禁施設は監獄に歴史的に先行し、その原理は監獄にも継承されているが、二〇世紀の強制収容所が絶対主義時代の拘禁施設とも近代的な監獄とも異なるのは、囚人の絶滅と大量死を必然化した点にある。人間を違法者（「なす《フェール》」者）でなく法外者（「ある《エートル》」者）として扱う収容所の原理は、非行者を大量に生産する点で近代的な監獄にも内在し、それを人格的に体現する人物がフーコーによればヴィドックである。またヴィドックは、「ガボリオー以後の探偵文学」に対応する第三の犯罪者類型でもある。

違法者を非行者に変える一九世紀の監獄システムが、探偵小説の誕生の背景にある。そして絶滅と大量死の二〇世紀が、この小説形式の発達を促した。法に支配された市民社会的な秩序が、探偵小説を生み育てたというヘイクラフト説の倒錯はすでに明らかだろう。

しかし、『監獄の誕生』における犯罪小説や探偵小説の批判にも問題がある。ヴィドックとラスネールに野性の反抗児べアスを、犯罪文学や探偵文学に犯罪物語という「民衆の夢」を対置しても無力だろう。「そこでは人間は意地悪、だが、かしこいのだ」、「偉大な殺人行為は賢者の沈黙の営みと化したのである」というような言葉で探偵小説を非難することに、積極的な意味があるとは思われない。かつて存在した「偉大な殺人行為」は、戦場や収容所に無意味な屍体の山を大量生産するためのテクノロジーに、不可逆的に変質したのである。

「双方の純粋な精神――殺人者のそれと探偵のそれ――の戦いが、対決の基本的形式を組立てる」とフーコーに定義されたところの本格探偵小説は、一九世紀的な非行者を前提として生じ、名前の剥奪と無差別性という点で非行者が全人口的な領域まで拡大したかのような、二〇世紀の大衆存在を作者および読者としてジャンル的に確立された。『狂気の歴史』や『監獄の誕生』は、近代批判として無視することのできない巨大な達成だとしても、フーコー理論が古典時代（一七、一八世紀）や近代（一九世紀）と質的に断絶した現代（二〇世紀）性を、どこまで的確に把握しえているかについては、あらためて厳密に検討されなければならない。（註2）

註1　この点にかんし、筆者は『探偵小説論Ⅱ』で次のように述べた。「探偵小説は（世界戦争の――引用上の註）死者に、二重の光輪を意図的に授けようとする。探偵小説の被害者は、機関銃で泥人形さながらに撃ち倒された塹壕の死者とは比較にならないほど、栄光ある特権的な存在である。なぜなら犯人は、狡知をつくして犯行計画を練りあげ、それを周到に実行するのだから。探偵小説における死者は、大量死をとげた戦場の死者とは異なる固有の死者、意味ある死者、ようするに名前のある死者である。／しかも犯人が死者に与えた第一の光輪に加えて、さらに探偵は事件の被害者に、第二の光輪をもたらす。狡知をつくした犯罪の真相を、探偵が精緻きわまりない推理で暴露する結末において、被害者の存在はさらに特権化されるのだ。このようにしてポオの創造になる『謎－論理的解明』を物語的骨格とした奇妙な小説形式は、第一次大戦後に到来した群衆の時代において、急速に発展するための条件が与えられた」。名前を奪われた二〇世紀的人間に、複雑怪奇な形で殺された被害者として無理矢理「名前」を回復させようとする探偵小説は、明らかに反動的か

つ倒錯的である。このような反動性と倒錯性は、しかし二〇世紀を生きた人間の必然でもあるだろう。革命と進歩の怒声にたいし、われわれは反動的であるしかない。正常であれ健全であれと規律＝訓練する権力にたいしては、倒錯的であるしかないのだ。

註2　内田隆三『探偵小説の社会学』は、『監獄の誕生』を援用した探偵小説論の試みとして注目されたが、犯罪小説から探偵小説が生じたという通説を前提として議論が組み立てられている点に疑問がある。たとえば内田は、フーコーの探偵小説論を踏襲し「探偵小説は、警察の監視する視線（不徳義）を、探偵という人物（正義）を媒介にして、人びとの私生活の領域にそっと内面化する権力のゲームに属している」と批判する。しかしアメリカで発生し、イギリスで発展した探偵小説形式の核心は、「監視」ではなく「推理」にある。「監視」小説は、一九世紀フランスの犯罪小説から二〇世紀アメリカの私立探偵小説に発展し今日にいたる。しかし「謎－論理的解明」を骨子とする本格探偵小説は、これとは別個の流れをなしている。「監視」小説も「推理」小説も、ともにヴァルター・ベンヤミンが注目したところの「個人の痕跡が群衆のなかに消えていく」都市的背景から生じてはいるが、その方向性は対極的なのだ。生真面目に痕跡を追い続けるなら、最後には真犯人に到達できるという確信が、「監視」する意思を支配し根拠づけている。この可能性が絶たれてはじめて、「推理」という奇妙な領域が生じるのだ。

たとえば『ルコック探偵』では、釈放された犯人を追跡する場面が前篇のクライマックスだが、最終的にルコックはこの追跡戦に敗北する。だからこそ、『ルコック探偵』を探偵小説としての探偵小説たらしめる「推理」領域が、必然的なものとして開かれた。ポオが暗示しているように、探偵の推理は詐欺師の口上に似ている。ようするに「推理」の原理は、「監視」でなく警察権力によるフレームアップ、「捏造」に対応するのだ。この核心を捉え損ねているため、第一次大戦以降に到来した探偵小説黄金期の分析も、内田の場合には中途半端なものとならざるをえない。探偵小説を批判するなら、警察的な「監視」でなく「捏造」との相互性が指摘されるべきだろう。一九世紀的「監視」から二〇世紀的「捏造」へ。この必然性を的確に捉えた小説形式として、大戦間探偵小説は特異な二〇世紀小説を達成しえたのである。

総じて内田の議論は、一九九〇年代における探偵小説批評の達成を、参照先を明らかにすることなく密輸入している。世界戦争の大量死と探偵小説の形式化、などなどの論点はすでに出尽くしていた。このような批評的蓄積を知らないで『探偵小説の社会学』を書いたのなら、たんなる不勉強や無知にすぎないだろうが、知っていて無視黙殺したとすれば書き手としてのモラルが問われる。松本清張が『火の路』で批判したような学者の厚顔と傲慢が、今日もまかり通っているとすれば問題だ。

探偵小説における幻想

探偵小説と幻想小説の小説構造は、一般に対極的であると見なされている。たとえばコナン・ドイル『バスカヴィル家の犬』では、旧家の伝説と魔犬にかんする幻想的な謎が、遺産相続をめぐる犯罪計画の産物として現実的に説明される。他方、ブラム・ストーカー『吸血鬼ドラキュラ』では、一九世紀イギリスの散文的な日常世界にトランシルヴァニアの吸血鬼が侵入する。結末でドラキュラは心臓に杭を打たれ退治されるにしても、吸血鬼に象徴される幻想性は最後まで作品世界に君臨し続ける。同様のことが、エドガー・アラン・ポオの「モルグ街の殺人」と「黒猫」にもいえるだろう。

探偵小説の場合、しばしば幻想的である謎は、結末で日常的な現実性の次元に解体される。幻想小説の場合、幻想性は散文的な日常世界に侵入し、最後まで現実性の次元に着地することがない。両者とも、「幻想–現実」の二項対立を作品の基礎に埋めこんでいるが、前者では「現実」が、後者では「幻想」が優位である。探偵小説では現実が幻想に勝利し、逆に幻想小説では幻想が現実に勝利する。

以上のような通説は、はたして妥当なのだろうか。たとえば『本格ミステリー宣言』および『本格ミステリー宣言Ⅱ』で島田荘司は、「本格ミステリー」を「幻想的な謎」と「論理性」の両極性において考察している。

「第一の『幻想味』に関しては、ミステリーのセンスからはずれない限り、とんでもないものであればあるほどよい。日常的常識のレベルから、理解不能のものであればあるほど望ましい。逆に第二の『論理性』は、徹底した客観性、万人性、日常性のあるものが望ましい。『本格ミステリー』とは、この両者に生じる格差、もしくはそこに現れる『段差の美』に酔うための小説である」(『本格ミステリー宣言』)。島田は次のように続けている。

「幻想味」と「論理性」、これは先人の言葉を借りて「詩美性」と「科学性」と呼んでもかまわないだろう。まったく相反する二つのファクターの織りなす、えもいわれぬ危うさ、犯人が及ぶ限りの力で構築した犯罪計画の、あるいは構築の途上不測の事態によって発生した、そのガラス細工のようなはかない輝きと、そして続く、探偵による崩壊のスペクタクルとを、読者は楽しむのである。

したがって「本格ミステリー」の作家は、完全な二重人格者でなくてはならない。初段階では、非日常的な狂気の詩人のセンスで、美しくも奇怪な城を築きあげ、次の瞬間にはこれをいっさい忘却した日常人にと舞い戻り、造った城をある種の諧謔性とともに、芝居がかって崩していかなくてはならない。

島田は結論的に、「筆者の考える『本格ミステリー』の条件とは、以下で終りである。この二つさえあれば、完全に『本格ミステリー』たり得ると信じる」と述べている。

島田「本格ミステリー」論は本格作家の一部に影響をおよぼし、冒頭に「とんでもない」、「日常的常識のレベルから、理解不能」な奇想を配した作品が少なからず書かれた。しかし提唱者による『奇想、天を動かす』や、近年では歌野晶午『ブードゥー・チャイルド』などを少数の例外として、ほとんどの試みは成功と評価できる水準には達していない。簡単にいえば、「夜中に幽霊を見た、しかし朝の光ではススキにすぎないことが判明した」という類の話が、「本格ミステリー」あるいは「奇想ミステリー」の名のもとに量産されたのである。

「本格ミステリー」論に影響されたとおぼしい作家の大多数は、島田荘司の主張を一面的に理解している。かならずしも島田は、「幽霊＝幻想」を「ススキ＝現実」に解体すればよいと述べたわけではない。島田によれば「幻想的な謎」は、たんに「客観性、万人性、日常性」の次元に解体されるのでなく、「客観性、万人性、日常性」のある「論理」によって解体されなければならないのだ。「幽霊＝幻想」を「ススキ＝現実」に解体しても、「本格ミステリー」は達成されない。両者は説得的な「論理」に媒介されていなければならないのである。

しかし島田荘司の主張にも、追随者のあいだに安直な誤解を生みかねない曖昧性が見られる。幻想的な謎は、論理において「客観性、万人性、日常性」の次元に解体されなければならない。ようするに「幻想－論理－現実」の三項図式として提起されるべきところが、『本格ミステリー宣言』では「幻想的な謎－現実的な論理」の二項図式に単純化されている。ようするに島田の議論では、論理の説得性と論理の「客観性、万人性、日常性」が曖昧に二重化されている。

このことは、島田荘司の実作にかんしても指摘できる。『アトポス』にいたる大作路線の出発点は『暗闇坂の人喰いの木』だが、この作品に埋めこまれた複数の「幻想的な謎」は、たとえば「屋根の上の屍体」や「人喰いの木」に代表される系列と、「巨人の階段」に代表される系列に分類される。前者の、しばしば機械的トリックの産物である謎の解明には、鮮やかな論理性が欠けている。この作品を中心的に支えているのは後者、たとえば「巨人の階段」という謎の解体のために導入される優れた論理性だ。「屋根の上の屍体」や「人喰いの木」の解明は、「幽霊＝ススキ」の水準を脱していない。しかし「巨人の階段」の場合は違う。「巨人の階段＝謎」と「直方体の家屋＝現実」のあいだには、読者を驚嘆させる独創的な論理性が介在しているのだ。

都筑道夫は『黄色い部屋はいかに改装されたか？』で、本格短篇はチェスタトンのブラウン神父シリーズ、本格長篇はエラリイ・クイーンの国名シリーズで完成したと述べているが、チェスタトンとクイーンは、探偵小説における論理性という点でも双璧をなしている。

ブラウン神父の推理の精髄は、「視点を変えること」にある。だまし絵では、はじめに見えた美女が視点を変えれば老婆になるように。都筑道夫は、ブラウン神父的な論理性を「論理のアクロバット」と呼んでいる。これにたいし国名シリーズにおける探偵エラリイの推理は、ある意味でジグソーパズルを完成する過程に似ている。ようするに因数分解的な論理性である。前者を短篇型、後者を長篇型に分類することもできる。いずれにしても探偵小説では、「謎＝幻想」と「解明＝現実」が、「論理」によって媒介されていなければならない。

島田荘司と綾辻行人の対談集『本格ミステリー館にて』には、探偵小説における「結末の意外性」をめぐる箇所がある。意外な犯人に代表される意外な結末に、本格作家として「最もこだわっている」という綾辻に、島田は次のように反論する。「本格を書く場合には、本格ミステリーをやる必要があると考えていますので、その場合は結末の意外性は結果であると考えています。早い段階での仕込み、というか前半の謎創りを徹底して、しかも、創造的に行なっておけば、結末の意外性は自然に導かれるはず、というのがぼくの基本的考えです」。

綾辻行人の主張は、大多数の探偵小説読者に共有されるものだろう。意外な結末に直面した読者は、いわば世界の絶対的な変容感に掴まれてしまう。見慣れた日常的な世界が、不意に見知らぬ貌を覗かせるという異様な体験。創造的な作品はジャンルと無関係に、世界が裏返されたような感触を読者にもたらして終わる。

現実を幻想が喰い荒らして終わる幻想小説なら、こうした体験を読者に供することもあるいは容易かもしれない。しかし「謎＝幻想」を「解明＝現実」に着地させなければならない探偵小説の場合、問題は決して単純ではない。幻想小説は、前提としてある小説構造に順接的である。作品の優劣は、着想や文体などに規定されるにすぎない。しかし探偵小説の作品的価値は、いわば小説構造に逆接的なのだ。

謎の解明、幻想の現実的な解体という小説構造にたんに順接的である作品は、優れた探偵小説とはいえない。ススキを幽霊に見まちがえたという類の、量産された凡百の「奇想ミステリー」の作例が疑問の余地なく例示しているように。

探偵小説では、平明な日常世界に不可解な謎が生じる。冒頭の幻想的な謎は、結末で散文的な現実性に解体される。しかし、このようにして再発見される現実世界は、決して出発点に置かれた日常世界と同じではない。第二次大戦の空襲体験者は、しばしば証言している。復興をとげて繁栄する都市の街並みの背後に、かつて目撃した廃墟の風景が不意に甦るのを感じて愕然とすることがあると。優れた探偵小説が、作品を読み終えた読者に再発見させる「現実」は、読み始めるときに安住していた「現実」ではすでにない。このとき世界は土台から変容しているのだ。しかも、この変容は外在的な性格のものではない。見慣れた街と見知らぬ街が読者の脳裏に、あたかも二重写しされた光景のように去来する。「謎－解明」として要約される探偵小説の構造は、幻想を現実性に解体することにおいて、現実自体を幻想化してしまうところに、隠された意味がある。

未知のものを既知のものに還元するシステムを、蓮實重彥は「物語」と呼んだ。蓮實の用語法は非常識で不適切だが、このようなシステムが存在することは事実だろう。警察官が作成する訊問調書、新聞記事、テレビのワイドショーで語られる毒にも薬にもない「良識」、などなど。幻想小説をふくめて「芸術」的なるものは、こうしたシステムに対抗するものと見なされてきた。

一九八〇年代のポストモダニストをふくむ芸術派や文学派が、探偵小説を「小説ではない」と非難し続けてきたことには根拠がある。謎を解明し、幻想を現実に解体する探偵小説は、未知のものを既知のものに還元する言説システムの典型として否定された。こうした探偵小説批判は妥当だろうか。

日常の外に奇跡がある、些末な現実の彼方に輝かしい異世界が存在するというロマン主義以来の常識を覆して、二〇世紀の探偵小説形式は、日常自体を奇跡に、現実自体を異世界に変貌させる可能性を見出したのだ。幻想は現実に解体されるが、結果として必然的に、現実は幻想化される。

探偵小説において、幻想に浸食される現実性（たとえば、密室で発見された他殺屍体を容認できない現実性）と、幻想を解体する現実性（たとえば、密室と他殺屍体が両立的であることを承認する現実性）は決して同一ではない。「モルグ街の殺人」を読み終えた者は、絶対に安全であると信じられていた石壁に囲まれ内部から閉じられた部屋が、そのまま石造の巨大な棺桶に転化してしまうという新しい「現実」に出会すのである。探偵小説における結末の意外性とは、このようにも異様な体験を意味する。それを支える決定的なファクターが、幻想を現実に解体する論理性だ。

探偵小説における幻想性は、さまざまな位相で語ることができるだろう。島田「本格ミステリー」論のように、作品の冒頭に置かれる「奇想」として。あるいは、ディクスン・カーの『火刑法廷』のような、結末で神秘的な謎は解明されても、なお神秘性は最後まで残留するというパターン。さらに、ブラウン神父シリーズなど作品空間のメルヘン性。架空の世界をワンセット創造してしまう点で、ハイファンタジーにも類比的な山口雅也『生ける屍の死』に代表される試みもある。

しかし探偵小説における幻想性は、探偵小説形式それ自体に深く内在している。探偵小説的幻想は、「謎－論理－解明」という構造自体に刻まれているのだ。いかにも幻想的な謎が冒頭で提示されなくても、作品空間を満たす雰囲気が幻想的でなくても、幻想性は探偵小説作品と切り離すことができない。探偵小説とは、幻想を論理的に現実に解体する結果として、現実それ自体を幻想に変貌させてしまう奇妙な装置なのだ。

S・S・ヴァン・ダインの『グリーン家殺人事件』（一九二八年）とエラリイ・クイーンの『Yの悲劇』（一九三二年）の影響関係は、『黄色い部屋はいかに改装されたか？』で都筑道夫が検証している通りだ。しかし都筑の論では、アメリカ本格探偵小説を代表する二人の作家が一九三〇年を挟んだ同時期に、ゴシック小説を思わせる古色蒼然とした館を作品の舞台として選んだ奇妙さはさほど注目されていない。ちなみに『グリーン家殺人事件』は作者のデビューから二年後で三作目、『Yの悲劇』は三年後で五作目にあたる。

都筑によれば「病的な雰囲気の一族のなかで、ゆがめられた幼い心が、書物に導かれて殺人を犯す、という物語」の基本骨格で両作は共通する。また『グリーン家殺人事件』ではアダが犯人の手に触り、おなじく『Yの悲劇』ではルイザが犯人の頬に触れる。「ほかにも、『グリーン家殺人事件』では暖炉が自動殺人装置の隠し場所になり、『Yの悲劇』では暖炉が犯行のきっかけになった書類の隠し場所、兼、秘密の通路になっている、という類似点も」ある。『Yの悲劇』でクイーンは、犯人や犯人として疑われる登場人物が、すでに死亡しているというトリックを用いている。『Yの悲劇』と同年に刊行された『エジプト十字架の謎』でも。このトリックを、『エラリイ・クイーンの世界』の作者ネヴィンズJr.は「バールストン先攻法《ギャンビット》」と命名した。ネヴィンズJr.は「バールストン先攻法《ギャンビット》」の

「標準的典拠（ローカス・クラシカス）」として、コナン・ドイル『恐怖の谷』をあげているが、『Yの悲劇』の場合は犯人が自分を被害者に見せかけるため、最初の事件で自分を拳銃で撃つ『グリーン家殺人事件』との照応も無視できない。

ヴァン・ダインの場合、第一作『ベンスン殺人事件』も第二作『カナリヤ殺人事件』も、未曾有の好況に湧いた一九二〇年代のニューヨークを事件の背景とし、前者ではウォール街の株式仲買人が、後者ではブロードウェイの女優が被害者に設定されている。

クイーンの場合も事情は似ていて、第一作『ローマ帽子の謎』では劇場、第二作『フランス白粉の謎』ではデパート、第三作『オランダ靴の謎』では大病院という具合に、砂のような都市群衆が集う現代的な空間で殺人事件が起きる。しかしヴァン・ダインは、また続いてクイーンも、発表当時でさえ読者に時代錯誤的な印象を与えたに違いない、古色蒼然とした館の連続殺人を描いたのだ。

同時代のイギリス探偵小説でも、アガサ・クリスティ『スタイルズの怪事件』をはじめとして、富豪の館や貴族のカントリーハウスが舞台になることは少なくない。それでもスタイルズ荘と、グリーン邸やハッター邸の印象は根本的に違う。血なまぐさい連続殺人事件は起きるにしても、あくまでスタイルズ荘の雰囲気は平明で日常的なのだ。ゴシック小説的におどろおどろしい、濃密な怪奇や恐怖の雰囲気は稀薄である。

イギリス探偵小説にグリーン邸やハッター邸の類似物を見出すには、おそらくコナン・ドイルのバスカヴィル館まで時代を遡行しなければならないだろう。イギリス探偵小説に登場する館は、ほとんどの場合、古典劇における三一致の法則にも類比的な探偵小説の構造に由来している。犯人と被害者をふくむ事件の関係者と、事件が起きる空間および時間を限定すること。

大戦間のアメリカ探偵小説に不意に出現したゴシック的雰囲気の館という問題は、日本における探偵小説の受容過程を考える上でも無視できない。わが国では長いこと、海外傑作のベストテンでは『グリーン家殺人事件』と『Yの悲劇』が上位を占めてきた。

小栗虫太郎の黒死館はグリーン邸の影響下に構想されたに違いないし、それは横溝正史による戦後の代表作にも、『本陣殺人事件』や『獄門島』に見られるように濃密な影を落としている。グリーン邸やハッター邸は、綾辻行人『十角館の殺人』を起点とする第三の波にも多大の影響をおよぼしてきた。

それにしても、過去のものと見なされていたゴシック様式の館が、どうしてまた大戦間アメリカ探偵小説の世界に不意に出現したのか。『グリーン家殺人事件』の舞台となる館は、たとえば次のように描写されている。

邸自体は二階半の高さで、その上に破風作りの尖塔と、煙突の先端がつき出ていた。様式は建築家たちが、多少軽蔑のひびきをもたせて、シャトー・フライボワイアンと呼んでいるものだったが、どんなにくさした呼び方をしてみたところで、灰色の石灰岩を畳みあげた、大きな正方形の館からにじみ出る、落ちついた威厳と、封建的な伝統の匂いは消し去るわけにはいかなかった。

訳注によれば「シャトー・フライボワイアン」とは「ゴチック式の一様式で建物全体が炎型に空に盛りあがったやかた」である。「不吉な予感が与える荒涼とした雰囲気が、屋敷全体に蔽いかぶさっているかのよう」だし、庭木は「からみあった黒い骸骨のよう」で、語り手は「うす気味の悪い、不吉な予感に寒けが身うちをよぎるのを感じ」てしまうのだ。

この館に住むグリーン家の人々について、「いわば自壊作用を受けている。（略）あまりにも長く地べたに転がしておいた果物のように、腐りかけの斑点が出てきている。思うに、金と暇がありすぎて抑制が少なすぎるんだね」と地方検事のマーカムは語る。「荒涼とした雰囲気」を漂わせるゴシック様式の館は、愛憎をわだかまらせて精神的に淀んだ一族を入れる建築学的な器としてたしかにふさわしい。

都筑道夫が指摘したように『グリーン家殺人事件』と『Yの悲劇』は、ともに「病的な雰囲気の一族のなかで、ゆがめられた幼い心が、書物に導かれて殺人を犯す、という物語」である。『グリーン家殺人事件』の場合「ゆがめられた幼い心」には、一家のシンデレラとしてメイドも同然に追い使われてきた犯人の生育史や家庭環境に加えて、遺伝的な要素も無視できないと探偵役のファイロ・ヴァンスは強調する。犯人の父親は「有名なドイツの犯罪人で、人殺しもやっており、死刑の宣告をうけたが、スッツガルトの刑務所を逃亡して、アメリカに渡った」。ようするに「犯罪の潜在的可能性が、あの女の血には伝わっていた」、「犯罪への動機が強力になると、遺伝的本能が頭をもたげたのだ」とヴァンスは指摘する。

たとえ「潜在的可能性」であろうと犯罪者の素質が遺伝するという類の俗説は、この作品の執筆当時でさえ疑わしいものと批判されていた。精神分析をはじめとする二〇世紀の心理学に興味を抱いていたヴァン・ダインが、ロンブローゾ的な前世紀の犯罪人類学や犯罪遺伝学を素朴に信奉していたとは思われない。

『グリーン家殺人事件』の犯人は遺伝子に導かれると同時に、「書物に導かれて殺人を犯す」ことに注目しよう。犯人の「悪魔的な計画の根源をつきとめるためには、まず、あかずの書斎のことを考えねばならぬ」ないと探偵役はいう。「書斎はあの女の隠れ家になった。くそおもしろくもない、単調な毎日の生活からの避難所になった」。犯人は「あの犯罪学の蔵書に目を通した。気に入ってしまった。(略)グロッスの偉大な便覧に行き当たり、図解、実例までついて、あらゆる犯罪の手口」に通暁することになる。

犯行の動機は、表面的には遺産の奪取である。しかしヴァンスが強調するところでは、犯罪者の「遺伝的本能」および「グロッスの偉大な便覧」の存在が、グリーン家の連続殺人事件には不可欠の役割をはたしている。犯人は遺伝子に操られ、書物に操られて残虐な犯罪を繰り返したのだ。作者は犯罪の原因を、いわば犯人の人格や意識の「外」に設定している。都筑道夫が賞賛するように、『Yの悲劇』のクイーンは「病的な雰囲気の一族のなかで、ゆがめられた幼い心が、書物に導かれて殺人を犯す、という物語」を『グリーン家殺人事件』から引き継ぎ、さらに高い水準まで引きあげた。都筑によれば『Yの悲劇』の構想のポイントは、「ゆがめられた幼い心」を犯罪に導く書物が、「未完の書物、ということ」にある。

完全な原稿にさえなっていないもの、推理小説を書くためのシノプシスです。「Yの悲劇」でも、一家のあるじは死んでいます。その死んだ男が、「グリーン家」の書斎と同じように、死後、密閉された研究室に、しまいこんでおいた推理小説のシノプシスが悲劇のもとになるのです。

作中作をトリックとして使うアイディアは、ニコラス・ブレイクの『野獣死すべし』に継承され、作者＝作品という近代的な自己同一性を解体する方向に展開されていく。近年では法月綸太郎が、『野獣死すべし』を参照しながら『頼子のために』を書いている。『グリーン家殺人事件』から『頼子のために』にいたる、テキストによる、あるいはテキストをめぐる犯罪を中心とした探偵小説的系譜については『ミネルヴァの梟は黄昏に飛びたつか？』で検討しているので、関心のある読者には参照をお願いしたい。

遺伝子や書物という人間の「外」にあるものが、あたかも人間を操るようにして犯罪をおこなわせる。両作とも「ゆがめられた幼い心」を描いているが、書物など「外」の存在に操られた犯人像の造形という点で、たしかに『Yの悲劇』は先行作『グリーン家殺人事件』を超えている。

ヴァン・ダインの第一作『ベンスン殺人事件』や第二作『カナリヤ殺人事件』の犯人は、自由意思で行動する自己完結的な近代人である。破産を免れるために、あるいは脅迫者を抹殺する目的で犯人は計画的な殺人を実行する。たとえば『カナリヤ殺人事件』の犯人は、「私は、愛するものたちを、不名誉や苦しみから救える、唯一の道を選んだ」と最後に告白する。「私は小学生ではありません。自分がとろうとしている行動の結果を計算し、そこに含まれている、いろんな要素をはかりにかけたあとで、危険をおかす決意をしたのです」と。

犯人は「小学生ではありません」というが、「小学生」とは責任能力を持たないか、あるいは不充分にしかもちえない者を意味する。心神喪失状態でおこなわれた行為が罪に問われないように、社会は犯罪者を責任能力が認められる限りでしか裁きえない。善悪の判断能力を持ち、自分の行為の意味を正当に把握している者だけが、この社会では犯罪者として扱われる。

犯罪をふくむ人間的行為の根拠を人間の「外」に求めるようとする発想は、古代や中世のものだろう。人間には抗しがたい運命に強制され、オイディプスが父を殺し母を犯すように。遺伝子と書物に導かれて犯罪に踏みこんでいく『グリーン家殺人事件』の犯人像は、ある意味で近代以前的である。ヴァンスが犯人を「いわば悪魔に憑かれていたようなものなのだ」と評するように、この人物は自己責任において行動する近代人とはいえない。「悪魔に憑かれ」て連続殺人を犯す近代以前的な犯罪者の棲み家には、モダニズム建築のアパートメントではなくゴシック様式の陰気な館がふさわしいのである。

ロンブローゾによれば犯罪者には一定の身体的特徴があり、それは原始人の特徴が隔世遺伝したものとされる。では『グリーン家殺人事件』の犯人は、一九二〇年代のマンハッタンに紛れこんできた原始人なのだろうか。第四作『僧正殺人事件』の犯人は、前作の犯人像を方法的に徹底化したところから生じている。この人物もまた近代人の範疇から逸脱しているが、かならずしも過去に向けてとはいえない。犯人はアインシュタインとハイゼンベルクの時代の物理学者であり、「僧正殺人」とは「価値の観念を抽象化して、それぞれの価値のあいだに通約性を認めない数学者の行為」なのだ。ヴァンスは犯人の精神構造を次のように分析する。

どこかの遠い天体に生物が存在するという理論だけで、地球上の生活は二義的な重要さしかなくなる。たとえば何時間も火星をのぞいてみて、火星の住民が、われわれ地球上の住民より数においてまさり、知恵において優れているというような観念をもてあそんでいたあとでは、この地球上のけちな生活問題に適応するように、自分を再調整するのが困難だ。

以上の箇所は、ドストエフスキイ『悪霊』のスタヴローギンの議論を念頭に置いて書かれたのかもしれない。……仮に「きみ」が、月で「滑稽で醜悪な悪事のかぎりをつくしてきた」としよう。「月のあるかぎりきみの名前に唾が吐きかけられるだろうことを確実に知っているわけです。ところが、きみはいまここにいて、こっちから月を眺めている。だとしたら、きみが月でしでかしたことや、月の連中がきみに唾を吐きかけるだろうことが、ここにいるきみになんのかかわりがあります」とスタヴローギンは問いかけるのだ。

ドストエフスキイが描いたスタヴローギンの極端な懐疑論的精神は、二〇世紀を覆うだろうニヒリズムと抽象的な暴力の歯どめない氾濫を不気味に予告している。グロテスクな「僧正殺人」は、いわばスタヴローギンの末裔による犯罪なのだ。ユダヤ人絶滅計画をナチス中枢で担った大量殺人者アイヒマンの罪が、あたかも煩雑な官僚組織の彼方に消失してしまうように、二〇世紀的な殺人者を自己責任の観点から裁くことはできない。

結局、ファイロ・ヴァンスは犯人を毒殺してしまうのだが、この結末は『Yの悲劇』でも克明に踏襲されている。マーカムは探偵役の行為を、「きみは法律を自分勝手に適用した」、「これは殺人だ」

と非難する。

「ああ、疑いもなくね」とヴァンスは浮き浮きとしていった。「そうとも――むろん。実にふらちきわまる……ねえ、うっかりすると、ぼくは逮捕されるのかい」

狂気じみて残酷なユーモアに彩られた、連続殺人事件の結末における以上のような奇妙な「軽さ」を、どのように読者は解釈するべきだろう。犯人に取り憑いた「悪魔」が古代や中世の産物であるなら、事件が近代的な法の守備範囲外であるとしても、探偵は神話的な「英雄」におのれを擬すことができる。しかし『僧正殺人事件』の犯人は、二〇世紀的なニヒリズムという「悪魔」に憑かれて連続殺人を犯したのだ。探偵役は近代的な法の範囲外で、犯人を死に追いやり事件の幕を引く。

社会契約としての法を尊重する近代人の枠から踏みだしてしまった探偵は、すでに聖杯探究譚の英雄ではありえない。結末における筆の「軽さ」は、作者の躊躇を示しているかのようだ。『グリーン家殺人事件』から『僧正殺人事件』にいたる過程で見えてきたのは、探偵もまた犯人と同型的なニヒリストであるしかない二〇世紀的な必然性なのである。

ヴァン・ダインは『僧正殺人事件』を超える作品を書きえていない。以降の作品で探偵役は、おのれの二〇世紀的な空虚を無内容な衒学で隠蔽し続けるばかりなのだ。探偵という存在の運命をはてまで追跡する困難な作業は、『Yの悲劇』で『グリーン家殺人事件』を超えたエラリイ・クイーンに引き継がれていく。

異様なワトスン役

アメリカで一九二〇、三〇年代に、本格探偵小説の第一人者と目されていたS・S・ヴァン・ダインだが、第二次大戦後は急速に忘れ去られた。作家としての運命には、後輩のエラリイ・クイーンと大きな違いがある。

日本でも、ヴァン・ダインの評価は長期低落の傾向にあるようだ。戦前には、たとえば「ヴァン・ダインの出現の結果は、探偵小説本道が餘りにもはつきりと指示されてもはや他の道を探す餘地がなくなつてしまつた」（浜尾四郎「探偵小説を中心として」）とまで絶賛された代表作『僧正殺人事件』だが、「EQ」終刊号（一九九九年）に掲載された「翻訳ミステリー　オールタイム・ベスト100」では、かろうじて十七位にランクアップされたにすぎない。ちなみに『グリーン家殺人事件』は四十二位。アガサ・クリスティが二作、エラリイ・クイーンが二作、それぞれベスト10入りしている事実と比較して、寂しい結果といわざるをえない。

ちなみに一九四七年の江戸川乱歩による「黄金時代ベスト・テン」では、第一位の『赤毛のレドメイン家』、第二位の『黄色い部屋』に続いて『僧正殺人事件』は三位にあげられていたし、一九八五年の週刊文春「東西ミステリーベスト100」でも九位を占めていた。

第三の波に属する若い作家のあいだで情熱を込めて語られる黄金期作家は、たとえばクイーンやディクスン・カーである。法月綸太郎による次のようなヴァン・ダイン評価が、今日では一般的といえるだろう。

だが、「推理小説論」の画期的な理念に比して、ヴァン・ダイン名義の実作は眼高手低の感を免れず、またその手法も不徹底であったといわざるをえない。（略）構成に技術的な失敗が多く、また人物描写と文章に精細を欠くために、歴史的な価値を除けば、あまり高く評価されていない。なかんずく彼の小説の根本的な弱点は、理論上は〈フェアプレイの原則〉を最重要視していながら、名探偵ファイロ・ヴァンスがひとりよがりで、時に説得力に欠ける容疑者の心理分析に頼って推理をする点である。（「初期クイーン論」）

以上のようなヴァン・ダイン評価に、根本的な異論があるわけではない。正確を期すなら、「『推理小説論』の画期的な理念」の提起に加え、『グリーン家殺人事件』におけるトリック小説とゴシック小説の結合という試みもまた、この作家の無視できない功績である。パリの雑踏を背景として生じた探偵小説は、イギリスの田園地帯のカントリーハウスを経由して、グリーン邸という反時代的なまでに重厚荘重な舞台を与えられたのである。クイーンの『Yの悲劇』や小栗虫太郎の『黒死館殺人事件』から第三の波の「館」ミステリにいたるまで、ヴァン・ダインが発明したコンセプトは後世に多大の影響をおよぼしている。

また『僧正殺人事件』では、犯罪の動機として二〇世紀的なニヒリズムが発見される。犯人を連続殺人に駆りたてる空虚な情熱は、不可思議な童謡殺人という事件の外見と、作中で一分の狂いもなく絶妙に均衡しているのだ。

瀬戸川猛資が「かの真犯人が誰をモデルに書かれているかも容易に想像がつくだろう。〈六十代の年輩〉〈ふさふさとした白髪〉といった風貌などそっくりではないか。当時、世界中のアイドルだった人物、アルバート・アインシュタインにちがいないのだ」(『夢想の研究』)と述べているように、現代数学や理論物理学の無底性を抱えこんで観念的に倒錯した犯人像には、否定できない二〇世紀的なリアリティが込められている。

先の引用箇所に続いて法月綸太郎は、「ヴァンスの説明は該博な知識をひけらかして推論の欠陥を隠そうとする傾向にあり、論理的に明白で首尾一貫しているとはいえない。ヴァン・ダインの小説が人気を得たのは、知的ゲームとしてすぐれていたからではなく、皮肉にも彼が切り捨てたはずのムード性、すなわち高踏的な雰囲気と装飾的なペダントリーを売り物にした作風が読者に喜ばれたからだった」とも指摘している。しかし、ファイロ・ヴァンスの気障で嫌味な饒舌には、もう少し深い意味があるのではないだろうか。

作中を右往左往して探偵役を盛りたてるキャラクターとして、ヴァン・ダイン作品には三人のワトスン役が配されている。地方検事マーカム、ヒース部長刑事、それにヴァンスの友人で顧問弁護士でもあるヴァン・ダイン。一人称の記述者という点では、第三の人物が本来のワトスン役といえる。

しかし、このワトスン役の影の薄さは尋常ではない。ほとんど常軌を逸している。たとえば『グリーン家殺人事件』が、「久しいまえから私にとって、ふしぎの的だったのは」と書きだされているように、作品の冒頭部分にはワトスン役による「語り」が設定されている。ただし、語られるのは事件の背景や人物紹介などで、記述者の主観性や内面性は完璧に排除されている。

背景説明や人物紹介が終わるとすぐに「ヴァンスと私」は、「フランクリン街とセンター街の角にある、古い刑事法廷ビルディングに自動車を乗りつけ」ることになる。しかし「私」の行動が記述されるのは、ヴァンスと一緒に「四階にある地方検事局の事務所」を訪れたところまでにすぎない。あとは延々と、ヴァンスとマーカムの会話が続く。そのあいだワトスン役は一言も口を挟まないだけでなく、二人の会話にたいする感想や印象さえ、なにひとつとして思い浮かべることがない。

基本的には、以上のような記述が作品の最後まで続く。物語が一人称で語られているという設定を、読者は読み進むあいだに忘れてしまいかねない。『グリーン家殺人事件』だけでなく、「マーダー・ケース」シリーズの全作品におなじことがいえる。

「紙のように薄い」ことで有名なロス・マクドナルドの私立探偵アーチャーと比較しても、はるかにワトスン役ヴァン・ダインの存在は薄っぺらだ。同時代に活躍したワトスン役、たとえばアガサ・クリスティのヘイスティングズには人格的な実質がある。少なからぬ読者が、軽率だが好人物のヘイスティングズにある程度まで感情移入できる。しかし『グリーン家殺人事件』や『僧正殺人事件』のワトスン役は、読者の感情移入をあたかも絶対的に拒んでいるようだ。

「語り」の人称問題は、探偵小説形式において本質的な意味をもつ。登場人物の内面にたいして透過的な、近代小説的な三人称視点で探偵小説を書くことは常識的には不可能である。物語の進行過程で犯人の内面、探偵の内面を記述してしまえば探偵小説形式は破壊される。最後の謎解きに収斂されるよう、探偵小説は周到に構成されなければならないからだ。

である以上、作者は一人称を選ぶしかない。しかし犯人および探偵の一人称もまた不可能だ。一人称の視点人物としてワトスン役が要請されざるをえない。

視点問題に重点をおく場合、探偵役の助手というワトスン役の属性は、かならずしも不可欠ではない。事件の関係者の一人、捜査側からは容疑者にふくまれる登場人物の視点で物語を記述することも可能だろう。ただしワトスン役が探偵役の助手や友人であれば、事件の関係者や容疑者だけでなく、探偵や捜査側の情報も読者に適切に提供することができる。

いうでもなく「ワトスン役」という用語法は、ホームズ物語の記述者であるワトスン医師に由来している。『グリーン家殺人事件』や『僧正殺人事件』の作者は、コナン・ドイルによって確立されたワトスン役の存在を無造作に反復するように見せかけながら、ここにも二〇世紀的な断絶を持ちこんでいるのだ。

探偵役ファイロ・ヴァンスのペダンティズムや過剰な饒舌は、この人物が抜け殻のように空虚でしかない事実を巧妙に覆い隠す。そうすることで作者は、ヴァンスが人間的な個性や明瞭な顔立ちを持つ近代小説的なキャラクターであるかのように、読者に見せかけている。

このような文脈からいえば、表情も内面も自分の意見ももたない没個性なワトスン役は、ファイロ・ヴァンスの空虚な本質を正確に映す鏡である。この奇妙なワトスン役は、同時に視点問題をめぐる探偵小説の古典的コードを宙づり状態に置く。

ヴァン・ダイン作品には、語るあたいする内面を所有した特権的な「私」は存在しない。結果として一人称は明瞭な輪郭を失って曖昧化し、擬似三人称的な記述に解体されていく。当然のことながら、擬似三人称に近代小説的な客観性や普遍性は保証されない。ようするに、バルザック的な神の視点ではありえない。一人称と三人称で截然と区分された近代小説の世界は、ヴァン・ダイン作品においてなにか異様なものに変貌している。

九二年危機と二人の新人――麻耶雄嵩と貫井徳郎

探偵小説の第三の波は、一九八七年の綾辻行人『十角館の殺人』を起点としている。ちなみに第一の波は江戸川乱歩を中心作家とした昭和初年代、第二の波は昭和二十年代で、中心作家は横溝正史、高木彬光、鮎川哲也など。

昭和三十年代には、松本清張『点と線』の社会的成功を皮切りに社会派ミステリの全盛期が到来する。以降三十年ものあいだ、「謎－論理的解明」を作品構成の主軸とした、大戦間の英米探偵小説や日本の戦後探偵小説を正統的に継承するタイプの探偵小説は、ミステリ界の主流から外れた場所で細々と生きながらえることになる。

綾辻行人に続いて八八年には歌野晶午、法月綸太郎が、八九年には山口雅也、北村薫、有栖川有栖、我孫子武丸などが登場し大きくうねりはじめた探偵小説復興運動だが、一九九二年の時点で最初のサイクルを終えたといわなければならない。この時期に、第三の波の初期を代表するシリーズ作品の多くが中断されているのだ。

たとえば綾辻行人の『黒猫館の殺人』が九二年で、本年（二〇〇四年）九月に『暗黒館の殺人』が刊行されるまで、十二年もの長期におよんで館シリーズは中断される。有栖川有栖の江神シリーズは『双頭の悪魔』で中絶。北村薫の円紫シリーズは『六の宮の姫君』で、島田荘司の御手洗シリーズは『アトポス』でいったん中断された。

一九九二年に前後して類似の事例は枚挙にいとまがない。我孫子武丸は九一年の『人形は眠れない』を最後に人形シリーズを中断。法月綸太郎の探偵法月も九四年の『二の悲劇』以降、二〇〇四年九月の『生首に聞いてみろ』まで長篇作品には登場していない。山口雅也のキッド・ピストルズを探偵役とするシリーズは、九五年の『キッド・ピストルズの慢心』が最後である。

第三の波の初期ステージを代表するシリーズ作品のほとんどが、このように一九九二年、幅を見ても九五年までに中断されている。江神や円紫や探偵法月と入れ替わるようにして登場したのが、二階堂黎人の二階堂蘭子（シリーズ第一作は九二年『地獄の奇術師』）や篠田真由美の桜井京介（同、九四年『未明の家』）である。『姑獲鳥の夏』を第一作とする京極夏彦の中禅寺秋彦シリーズも九四年のスタートだ。京極夏彦に続いて西澤保彦の匠千暁シリーズ（第一作は九五年『解体諸因』）、森博嗣の犀川創平シリーズ（同、九六年『すべてがFになる』）が開始される。

第三の波を代表する名探偵キャラクターの、ほとんど一挙的な交替現象が一九九二年から数年のうちに生じた。九〇年代を通して書き継がれた例外は、芦辺拓の森江春策シリーズ（第一作は九〇年『殺人喜劇の13人』）くらいだろう。九〇年代を通じて旺盛な活動を続けた有栖川有栖の場合でも、探偵キャラクターは江神から火村に交替している。火村英生の初登場は九二年『46番目の密室』で、江神二郎が退場した『双頭の悪魔』と同年のことだ。

シリーズ作品の中断は綾辻行人、歌野晶午、法月綸太郎、我孫子武丸、北村薫、山口雅也など、第三の波の創生期を支えた作家たちの急速な寡作化に帰結した。「九二年危機」の到来で、第三の波は失速や消滅の可能性に直面したともいえる。

一九九二年から数年間のうちに寡作化した作家には、それぞれ個人的な事情があったのだろう。新人時代は多作でも、作家的地位を確立するに従って作品数が減少する例は少なくない。「新本格」バッシングをはねかえし、探偵小説復興運動を軌道に乗せたところで一休みという気分になったとしても不自然ではない。とはいえ先にあげた複数の事例は、作家それぞれの個人的事情を超え、ジャンルの深部で無視できない地殻変動が生じはじめた事態を窺わせる。

九二年危機に最初に反応したのは島田荘司だろう。島田は一九九二年に刊行された綾辻行人との対談書『本格ミステリー館にて』で、「器の本格」批判を展開した。「冒頭において、事件舞台の閉鎖的状況つまり衆目から隔離された状況、そして早い段階での殺人、限定された登場人物、こういう人間関係の中で、一人の選ばれた探偵役が論理的に犯人を解明していき、最終的段階で犯人を指摘する。その結末は意外性が高い方が望ましい」という具合に、島田は「本格の器」を特徴づけている。幻想味と論理性、あるいは詩美性と科学性、「この二つさえあれば、完全に『本格ミステリー』たり得る」(『本格ミステリー宣言』)のに、コード化された周辺ルールを疑うことなく単調に反復し続けるにすぎない「器の本格」は、「本格ミステリー」の創造性を阻害すると島田は批判した。

「初期クイーン論」(一九九五年)の法月綸太郎は、九二年危機の意味するところを理論的に考察し、第三の波の少なからぬ作家たちに無視できない影響をおよぼした。エラリイ・クイーンの『ギリシャ棺の謎』や『十日間の不思議』などに典型的な、犯人による探偵役の「操り」問題として顕在化する探偵小説の困難性を、法月は柄谷行人『隠喩としての建築』を補助線として詳細に検討している。探偵小説空間に内属する探偵役は事件の真相に到達しえないこと、すなわち探偵小説は不可能であることを、後期クイーン的問題は露骨に照らしだしたのである。法月の場合、後期クイーン的問題の自覚とシリーズの中断や寡作化には直接的な関係があったようだ。

探偵小説形式の確立を第一次大戦の大量死との関係で考察した筆者の二〇世紀探偵小説論も、島田の「器の本格」批判や法月の後期クイーン的問題と同様に九二年危機を背景として提起されているが、これにかんしては『探偵小説論』三部作を参照して頂きたい。

九二年危機に直面したのは、むろん既成作家だけではない。混迷の渦中から作家として出発しなければならない立場だった新人もまた、この危機に鋭敏に反応している。その対極的な例が『翼ある闇』（一九九一年）および『夏と冬の奏鳴曲《ソナタ》』（一九九三年）の麻耶雄嵩、そして『慟哭』（一九九三年）の貫井徳郎だろう。

麻耶と貫井には、作家としての背景に共通点が少なくない。生年は麻耶が一九六九年、貫井が一九六八年で、有栖川有栖（五九年）、綾辻行人（六〇年）の十歳ほど年下という計算になる。ちなみに第三の波の中心作家は、主として一九六〇年代に生まれている。麻耶や貫井よりも遅れて、九〇年代半ば以降にデビューした作家の場合も五九年生まれが霞流一、柄刀一、加賀美雅之、六〇年が谺健二、六三年が乾くるみ、霧舎巧、六四年が殊能将之、飛鳥部勝則、光原百合、さらに柳広司（六七年）、大倉崇裕（六八年）、黒田研二（六九年）というような具合だ。メフィスト賞作家で七〇年代生まれは、舞城王太郎（七三年）、清涼院流水（七四年）、浦賀和宏（七八年）、北山猛邦（七九年）、八〇年代が佐藤友哉（八〇年）、西尾維新（八一年）。七〇年代、八〇年代生まれは脱格系、あるいはその先輩格で、北山猛邦を例外として第三の波を正統的に継承するタイプの作家はメフィスト賞から出ていない。メフィスト賞以外に目を転じても、『氷菓』の米澤穂信（七八年）があげられる程度だろう。

以上の年齢リストから確認できるのは、麻耶と貫井が、第三の波を支える六〇年代生まれ最後の世代ということだ。すでに十年以上の作家歴がある麻耶と貫井だが、第三の波では依然として最年少の作家である。

麻耶と貫井が十代後半の時期に『十角館の殺人』は刊行されている。二人の大学時代は、第三の波の創生期と重なるわけだ。「新本格」ブームを最初から体験していると同時に、エッセイやアンケート回答から窺えるように、筋金入りの本格マニアという点でも二人は一致している。京大ミステリ研で麻耶の後輩にあたる清涼院流水の世代になると、わずか五歳の違いでしかないが、すでに正統的な探偵小説史的教養は失われている。ようするに麻耶と貫井には、一方で古典的な本格マニアであり、他方で学生時代から「新本格」ブームを同時代的に体験したという世代的な二重性が共通点としてある。

この二人が新人として探偵小説を書きはじめる時期、本格ミステリ界は九二年危機を迎えようとしていた。麻耶と貫井の作家的出発点に、九二年危機はどのような影を落としていたのだろう。

麻耶雄嵩の第一作『翼ある闇』は、探偵小説史の記憶と引用で奇形的に自己増殖した異様な本格作品だ。島田荘司的な「器の本格」批判にたいする回答として、麻耶は『翼ある闇』を書いたのかもしれない。いわば、自覚的な居直りが麻耶の選んだ回答である。この作品では、探偵小説的な虚構性と遊戯性が限界まで徹底化されている。見立ての謎に象徴されているように、虚構の探偵小説世界が現実の日常世界を喰いつくしてしまう悪夢が、『翼ある闇』には込められている。第二作『夏と冬の奏鳴曲《ソナタ》』は、後期クイーン的問題への回答として読むことができる。この作品で麻耶は、探偵小説的真相それ自体を虚空の彼方に消失させた。

九二年危機が顕在化しはじめた時期の二作品は、危機を鋭敏に察知し、もう先行作家のように本格を書くことはできないという宿命を自覚した新人による、決死の飛躍の産物だった。麻耶雄嵩の実験は、清涼院流水という「スキャンダル」を生み出すことになる。さらに清涼院からは舞城王太郎、佐藤友哉、西尾維新など脱格系の潮流が誕生するだろう。本格と脱格の不安定に揺らぎ続ける境界面こそ、麻耶雄嵩に選択された特権的な棲息地である。

「新本格」の限界から出発した点では、貫井徳郎の場合も麻耶雄嵩と基本的に変わらない。しかし貫井の生存戦略は、結果として脱格系への道を拓いた麻耶とは対極的だった。

第一作『慟哭』は、島田荘司の「器の本格」批判を意識した作品のように見える。第四回鮎川哲也賞の応募作であるが、『慟哭』は探偵小説的なガジェットやギミックを欠いている。天才型の名探偵や閉鎖空間の連続殺人、密室や首なし屍体など島田のいわゆる「コード化された周辺ルール」の一切を、作者は意図的に作品空間から排除している。これにたいし、受賞作の近藤史恵『凍える島』は『十角館の殺人』や『夏と冬の奏鳴曲《ソナタ》』を踏襲した孤島もので、第三の波のトレンドを正確に反映した「器の本格」作品である。探偵小説ジャンルの当時の水準を考慮すれば、『凍える島』が鮎川賞を受賞し『慟哭』が選に漏れた結果も理解はできる。

探偵小説的な虚構性や遊戯性に距離を置いた『慟哭』は、登場人物も描写もリアリズムを基調としている。複数章の主人公は警視庁の佐伯警視だ。キャリア警察官の佐伯は、職場や家庭の些細な軋轢に悩まされながら、職業人として連続幼女殺害事件の捜査にあたる。佐伯のような人物が、第三の波の作品群で活躍する探偵役として異例であることは指摘するまでもない。

麻耶雄嵩が造形した『翼ある闇』の探偵役メルカトル鮎は、探偵小説では常識的な名探偵キャラクターを異様なまでに極端化し、パロディ化している。名探偵は無条件、無前提に名探偵であるわけではない。事件の真相を論理的に解明し、犯人を特定するという困難な作業に成功を収める限りで、名探偵は名探偵になる。しかし「銘探偵」と称することからも窺えるように、メルカトルは無条件、無前提に名探偵なのである。

『慟哭』の佐伯警視のような人物像は、リアリズムを基調とした警察小説や広義ミステリ作品では珍しくない。しかし、間違えてはならない。作者は、たんにリアリズムでミステリを書こうとしたわけではないのだ。佐伯とは、名探偵キャラクターをメルカトルとは反対方向に典型化した人物である。九二年危機の渦中から生まれた新人として、貫井は麻耶と反対方向の生存戦略を選んだ。結果として佐伯という探偵役が造形された。

リアリズムを基調とした広義ミステリ作品を擬態しながら、しかし『慟哭』が第三の波から生まれた探偵小説以外のなにものでもない事実は、作品の結末で疑問の余地ないものとなる。

作者が仕掛けているのは綾辻行人、我孫子武丸、折原一など第三の波の作家が多様に試みてきた叙述トリックである。このトリックは鮎川哲也に先例があるし、第二次大戦後のアメリカやフランスの傑作も紹介されてきた。としても、これが複数の作家によって頻繁に試みられ、ジャンルの中心的な位置を占めるようになったのは第三の波からだろう。

島田荘司の「器の本格」批判に応えて貫井徳郎が『慟哭』を構想したという解釈は、核心のところでは的を外している。この作品の探偵小説的な魅力は、幻想的な謎の現実的な解体という島田の「本格ミステリー」論と遠く離れたところにあるからだ。

第三の波は、英米の大戦間探偵小説や日本の戦後探偵小説の復興運動である。ただし、一九二〇年代や四〇年代の探偵小説を特権的な規範とし、その忠実な再現をめざしたわけではかならずしもない。探偵小説形式に固有の自己言及性やメタ化の必然性を自覚的に方法化し、その徹底化を意識するところに第三の波の際だった特徴がある。八〇年代後半に開始された探偵小説復興運動は、法月綸太郎が指摘するように同時代のポストモダニズムと共振していた。『慟哭』を探偵小説たらしめている叙述トリックも、もちろんポストモダニズム的な方法意識と無関係ではない。

叙述トリック作品は、犯人が仕掛けた謎を探偵役が解明するという探偵小説の古典的構図を逸脱している。しかし、それでも叙述トリック作品が探偵小説以外のなにものでもないのは、結末の意外性の極限的な追求がなされているからだ。むろん意外な結末は、周到に埋めこまれた伏線を前提とする。叙述トリック作品の場合でも、記述がフェアであることが厳格に求められる。

『慟哭』という作品は、九二年危機の渦中に登場した新人の自覚的な生存戦略に支えられている。貫井徳郎は探偵小説的なガジェットやギミックを意識的に排除し、人物や描写をリアリズムの方向で統一しながら、第三の波が探究してきた最も人工的で遊戯的なトリックを作品の根底に据えたのだ。

もう一点、『慟哭』に貫井徳郎という作家の独創性を見ることができる。奇数章の主人公は、黒魔術的な新宗教にはまり込んで幼女の誘拐殺人を続ける男だ。この男は刑事に「あなたはどうしてこんなことをしでかしたんですか。（略）新興宗教がまやかしだと知っていたはずでしょう」と問われ、「人は自分が信じたいことだけを信じるのです」と答える。

奇数章で執拗に描かれるのは、娘を失った男が激越な情念と異様な観念に呑みこまれていく戦慄的な光景である。リアリズムを基調としたミステリという平明な枠組みから、作者が執着する過剰な情念と観念は否応なく溢れだしていく。リアリズム的な擬態を裏切るのは、極度に人工的で遊戯的な探偵小説的トリックであると同時に、日常的リアリティからは妄想的と見なされるに違いない過剰な情念と観念でもある。

貫井徳郎は『鬼流殺生祭』と『妖奇切断譜』、『プリズム』と『被害者は誰？』などの本格探偵小説を書いている。前者は「新本格」に熱中した読書体験を、後者は探偵小説マニアとしての分厚い蓄積を窺わせる正攻法の本格作品だ。しかし貫井という作家の中心的な仕事と位置づけられるのは、『慟哭』を起点として『修羅の終わり』、『神のふたつの貌』、『殺人症候群』などにいたる作品群だろう。いずれもリアリズム小説の擬態、叙述トリックの大業、過剰な情念と観念をめぐる主題という点で『慟哭』の路線を深めた作品といえる。

ところで、第三の波を襲った九二年危機は克服されたのだろうか。九五年頃から探偵小説復興運動の主役は京極夏彦、森博嗣、西澤保彦などの有力新人に移行し、第三の波は衰えを見せることなく二一世紀を迎えた。

しかし、この二年ほどで明らかとされてきたのは京極、森、西澤を中心とした一時代の終焉という事態である。一方では、麻耶雄嵩を間接的な起源とする脱格系の台頭がある。他方では山口雅也『奇偶』、綾辻行人『暗黒館の殺人』、法月綸太郎『生首に聞いてみろ』など、九二年危機に直面し寡作化した先行作家の復活がある。

またしても転機を迎えたように見える第三の波だが、変化の徴候のひとつとして貫井徳郎の劇的な作家的成功にも注目しなければならない。『慟哭』の文庫版刊行にはじまる貫井読者層の一挙的な拡大は、第三の波の今後を予測する上でも無視できない現象だ。九二年危機に対応して登場した二人の新人のうち、麻耶雄嵩の路線は脱格系に帰結し、第三の波に多大の影響を与えつつある。

もう一人の新人だった貫井徳郎の路線はジャンル的に普遍化され、第三の波に新たな潮流を生み出していくのか、あるいは貫井個人の生存戦略の成功に終わるのか。第三の波の将来を予測する上でも、この作家から目を離すことはできない。

八〇年代ポストモダンと第三の波

日本社会が通過した一時代として、一九八〇年代後半を歴史的に振り返る場合、「ポストモダン」という指標は不可欠だろう。

一九七〇年代の二度にわたるオイルショックは、世界経済を震撼させた。しかし、オイルショックという試練を日本型経営システムや製造業のロボット化などで乗り越えることに成功した日本経済は、長期の景気低迷に悩み続ける西欧諸国やアメリカを尻目に、空前の繁栄を謳歌することになる。貿易黒字は際限なく累積し続け、日本は世界最大の債権国となった。自動車を代表例とする日本製工業製品の競争力は、世界経済のバランスを崩しかねない水準にまで達する。

円高誘導で、日本製工業製品の過激ともいえる競争力を人為的に削ごうとする一九八五年のプラザ合意は、日本社会に未曾有の富と繁栄をもたらした。いわゆる「バブル景気」である。急激な円高とタガの外れたような金融緩和は、際限ない株高と土地高に結果した。七〇年代後半から八〇年代前半にかけての好況は、主として製造業の輸出競争力に支えられていたが、八〇年代後半の躁状態にも似た好況は、投機的な思惑が国民規模で無際限に交錯し重畳して生み出されたものである。

日本の銀行は国際的なランキングの上位を独占し、日本資本は猛烈な円高を背景にマンハッタンの超高層ビルから、ハリウッドの映画会社までを次々と買い漁った。国内でも、都心の豪華マンションやドイツ製の高級車が飛ぶように売れ、過剰なまでの贅沢さを売り物とするホテルやレストラン、ブティックやディスコに消費者は長大な列をなした。反面、しばしば暴力団も介在した地上げが社会問題化する。

日本の近代百年とは、欧米に追いつき近代化を達成するため疾走し続けた百年である。バブル的繁栄による国民的多幸症のさなか、日本人はついに欧米を追いこしたと信じ、「ジャパン・アズ・ナンバーワン」の掛け声に酔いしれた。という点からは、八〇年代日本は近代以後《ポストモダン》の時代に、すでに突入したというべきだろう。バブル景気による消費文化の爛熟は、西武資本による渋谷街区の大改造をはじめ、都市の先端で華やかなポストモダン文化を開花させる。ポストモダニズムの思想的、風俗的流行もまた、その一環だった。

ラカンやフーコー、デリダやドゥルーズによるフランス現代思想の普及版としてのポストモダニズムは、浅田彰『構造と力』のベストセラー化で、すでに一九八四年から流行の兆しを見せていた。八〇年代後半には、この傾向が爆発的な勢いで拡大する。翻訳されたポスト構造主義の哲学書から、高橋源一郎のポストモダン小説やＹＭＯのテクノサウンド、糸井重里の広告コピーにいたるまで、バブル的な消費文化と結合したポストモダニズムの大流行は日本列島を席巻した。

また一九八〇年代の後半は、国際政治という場面でも巨大な変動が生じている。中国では市場主義的な改革解放が加速され、ソ連でもゴルバチョフ改革がはじまる。ゴルバチョフの新思考外交は、一九八九年の東欧社会主義政権の連続倒壊にいたる。そして九一年のソ連崩壊で、ロシア革命を起点とする国際共産主義運動は歴史的な終焉を迎えた。新ヘーゲル主義者でアメリカの高級官僚という経歴をもつフランシス・フクヤマは、リベラル・デモクラシーの世界史的勝利を讃え、「歴史の終焉」を唱えた。

ベルリンの壁が崩壊した一九八九年に、日本では昭和という一時代が終わる。この年、昭和天皇の死と並んで記憶されるのは宮崎事件である。この事件によって、「オタク」という言葉が社会的に流布された。同時に、ポストモダンな八〇年代の背後で進行してきた若者文化のオタク化にも、社会は注目せざるをえない結果となる。

ミステリ界に目を転じてみよう。十津川シリーズの西村京太郎、三毛猫ホームズや三姉妹探偵団シリーズの赤川次郎は、一九八〇年代前半に引き続いてベストセラーリストの上位を独占した。九〇年代に入ると、これに浅見シリーズの内田康夫が加わる。八〇年代、九〇年代を通じ、ミステリ系のベストセラー作家としては森村誠一の活躍も記憶に残る。

一九七九年の船戸与一『非合法員』、八一年の北方謙三『弔鐘はるかなり』、志水辰夫『飢えて狼』などを起点に、伴野朗、森詠、西木正明、佐々木譲、大沢在昌、藤田宜永らを加えて八〇年代前半には潮流形成を終えた「冒険小説・ハードボイルド」だが、八〇年代後半に入っても活況は持続された。この時期を代表する作品として、逢坂剛『カディスの赤い星』(一九八六年)、船戸与一『猛き箱舟』(一九八七年)、佐々木譲『ベルリン飛行指令』(一九八八年)などがある。

船戸与一、北方謙三、佐々木譲などの中心作家が六〇年代後半の新左翼運動を経験していることからもわかるように、八〇年代「冒険・ハード」潮流には、ミステリ領域に刻まれた六〇年代ラディカリズムの記憶という側面が無視できない。結果として、一九八九年にはじまる二〇世紀社会主義の歴史的崩壊は、「冒険・ハード」潮流に少なからぬ屈曲をもたらした。イラン革命の暗部を描いた船戸与一『砂のクロニクル』（一九九一年）は、第三世界のゲリラを主人公に戦後日本の空疎な繁栄を批判する「冒険・ハード」的方法の失調の自覚と、おそらく無関係ではない。また北方謙三は『武王の門』（一九八九年）を皮切りとして、軸足を時代小説に移しはじめた。八〇年代の「冒険・ハード」潮流は、六〇年代ラディカリズムの記憶も薄れた新世代作家の登場によって、二〇〇〇年前後から「ノワール」と呼ばれる新潮流に再編成される。「冒険・ハード」と「ノワール」を繋ぐ役割を果たしたのが、大沢在昌『新宿鮫』（一九九〇年）や馳星周『不夜城』（一九九六年）だろう。

一九六〇年代後半の「新青年」作家復権や七〇年代中頃の横溝正史ブームを背景に、一九七五年には探偵小説専門誌「幻影城」が創刊された。七〇年代後半には「幻影城」から、泡坂妻夫、連城三紀彦、竹本健治、評論家として中島梓などの本格新人がデビューする。中島は栗本薫名義の小説作品『ぼくらの時代』で、第二四回江戸川乱歩賞（一九七八年）を受賞した。「幻影城」新人は、それぞれ個性や傾向が異なるとはいえ、戦前戦後の探偵小説を思わせる反社会派的、反リアリズム小説的作風の点で共通している。

一九八三年の『死びとの座』まで旺盛に長篇作品を書き続けた鮎川哲也、なめくじ長屋シリーズや退職刑事シリーズの都筑道夫など先行作家の活動も含め、一九七〇年代後半に本格探偵小説は、長い冬の時代を終えたように見えた。しかし一九七九年の「幻影城」休刊にも示されるように、この本格復興運動は短命に終わる。八〇年代に入ると、「幻影城」新人は仕事の中心をSF、伝奇、ファンタジー、あるいは恋愛小説など中間小説の領域に移していく。

一九五〇年代の戦後復興から六〇年代の高度経済成長の時代は、産業社会の発展をめざす勤労の時代だった。産業社会と勤労の時代にはリアリズム小説が適合的である。社会派ミステリの形骸化を乗り越えた「冒険・ハード」潮流もまた、リアリズム小説という点では時代に棹さしたものといえる。反リアリズムを基調とする本格探偵小説がジャンル的に再確立されるには、時代の決定的な変化が必要だった。「幻影城」を発信源とした七〇年代後半の本格復興運動は、時代的な未成熟にも規定されて退潮を余儀なくされた。

この時期では最後の大型新人といえる『占星術殺人事件』(一九八一年)の島田荘司も、御手洗潔が探偵役を演じる本格シリーズを中断し、『寝台特急「はやぶさ」1/60秒の壁』(一九八四年)以降は吉敷竹史ものに向かう。反リアリズム的な本格探偵小説から社会派ミステリ、トラベルミステリの方向に足場を移したとはいえ、しかし島田は、「謎―論理的解明」のプロットと「お化け屋敷」的ガジェットを二本柱とする、エドガー・アラン・ポオ以来の探偵小説形式から離れることはなかった。『北の夕鶴2/3の殺人』(一九八五年)は、リアリズム本格の額縁に探偵小説的奇想を収めた傑作である。他方、短篇として御手洗シリーズも書き継がれていた。八〇年代の御手洗もの短篇は『御手洗潔の挨拶』(一九八七年)、『御手洗潔のダンス』(一九九〇年)にまとめられる。また一九八八年には、デビュー以前に完成していた御手洗もの長篇『異邦の騎士』が刊行されている。

「幻影城」時代と「新本格」時代のはざまでも、第三の波に繋がる試みはなされていた。島田以外には、乱歩賞作家としてデビューした『焦茶色のパステル』(一九八二年)の岡嶋二人、『放課後』(一九八五年)の東野圭吾が重要である。八〇年代後半、岡嶋は『99%の誘拐』(一九八八年)、東野は『鳥人計画』（一九八九年）などの傑作を生み出した。あるいは『人喰いの時代』（一九八八年）の山田正紀。SFでは作家的地位を確立していた山田だが、この作品で本格探偵小説に初挑戦し、一九九六年の女囮捜査官シリーズで名実ともに第三の波に合流する。SF作家による探偵小説としては、『富豪刑事』の筒井康隆も忘れるわけにはいかない。この時期に筒井は、「新本格」新人とも共通する着想で『フェミニズム殺人事件』（一九八九年）、『ロートレック荘事件』（一九九〇年）を完成している。

八〇年代を通じて練りあげられた探偵小説観を、島田荘司は一九八九年に評論『本格ミステリー宣言』、さらに吉敷もの本格長篇『奇想、天を動かす』として世に問う。また島田は講談社ノベルス編集部とタイアップし、本格新人の大量デビューを支援するプロジェクトの主導者となった。島田は我孫子武丸『8の殺人』（一九八九年）によせた推薦文で、本格探偵小説の危機を次のように訴えている。「日本のミステリー文化において、今、さまざまな理由から『本格』の命脈が風前の灯となっている。（略）本格の発想というしっかりした石垣があってこそ、推理小説という城は、さまざまなスタイルで覇を競うことができる。／ところが現在の日本の推理小説界で、この根本が、どうも忘れられかけている。社会派の台頭以降、（略）殺人さえ起これればそれでよいと思われているふしがある」。本格を本格たらしめるのはトリックである、「日本の推理小説文化全体を巨大な生物にたとえるなら、それは血液である」とし、次のように新人発掘の緊急性、必要性を訴えている。

現在の多くのプロ作家たちに、明らかにトリックのアイディアが枯渇する傾向があり、これをたっぷり持った若い才能がどこかにいるというなら、彼らは鉦や太鼓で推理文壇に迎えられなくてはならない。そうすることが、間違いなく日本の推理文化のためなのである。何故ならそれは新鮮な血液なのであり、日本の推理小説は、彼らによって延命の活力を与えられるからだ。

本格ジャンルの危機を超えるため、「若い才能」を大量に発掘しなければならない。このような島田の危機感が、「新本格」潮流の誕生に繋がる。この時期、島田荘司の推薦で講談社ノベルスからデビューした新人として、『十角館の殺人』の綾辻行人、『長い家の殺人』（一九八八年）の歌野晶午、『密閉教室』（同）の法月綸太郎、『8の殺人』（一九八九年）の我孫子武丸などがあげられる。綾辻、法月、我孫子は京都大学推理小説研究会出身の学生作家だった。先導役の島田荘司という作家、島田企画を歓迎した講談社ノベルス編集部の宇山日出臣、さらに運動の主役となる京大ミステリ研の本格作家志願者たち。これら三本の線の交差点に、第三の波の種が最初に播かれたともいえるだろう。

綾辻以下の講談社ノベルス「新本格」作家に、東京創元社デビューの北村薫や有栖川有栖などが合流した一九八九年の時点で、八〇年代後半の本格復興運動は第三の波として自立する。八七年と八八年は第三の波の発生期として位置づけられるが、一九九〇年代のジャンル的隆盛の予兆は、この時期にも明らかなものとして指摘しうる。

第三の波の起点である『十角館の殺人』には、記念碑的作品として顕著な特質が認められる。その第一は、作品を主題的に支える犯人の動機面だろう。犯人は、はたから見れば学生生活の些細きわまりない、しかし当事者には人生を決定するほどに重大なトラブルをきっかけとして、血みどろの連続殺人に走る。この動機は、汚職や疑獄事件などの社会派ふうの主題とは次元の異なる、徹底して個人的なものにすぎない。作中人物の大半が戦後的な勤労人＝社会人でなく、内外の探偵小説にマニア的に耽溺する趣味人＝学生であるという設定は、動機の非社会性と照応している。作中で主役を演じる趣味人＝学生タイプは、二年後の八九年に「オタク」として注目されるだろう、消費社会に適応した若者の新たな生存様式である。

国民が一丸となって近代化に邁進した一九六〇年代、七〇年代には、犯罪の動機にも高級官僚の汚職や企業の公害と環境汚染などの国民的大問題が、リアルなものとして投影されえた。しかし一九八〇年代のバブル的繁栄とポストモダンな消費社会の成立は、産業社会、勤労社会のリアリティを土台から掘り崩したのである。政治家や企業家の不正という国民的な大問題よりも、学校でのイジメや不登校、児童虐待などをめぐる個人的な小問題のほうが、はるかにリアルであるという時代が到来したのだ。九〇年代には、ミステリ界の全体がトラウマ、サイコ、シリアルキラーの方向にシフトしていくが、こうした趨勢を『十角館の殺人』は鋭敏に先取りしていた。

第二の特質は、この作品が孤島という閉鎖空間で起こる連続不可能犯罪、関係者の全員が探偵小説マニアという具合に、探偵小説的なガジェットやギミックを過剰に導入した点に見られる。しかも『十角館の殺人』は、英米の大戦間本格や日本の戦後本格では傍流として扱われ、欧米では第二次大戦後に部分的に試みられた種類の、一種のメタトリックを重点的に導入している。この着想を綾辻は、主として連城三紀彦から学んだようだ。という点からも「幻影城」時代の本格復興運動は、第三の波に多大の影響をもたらしたといえる。

一九八八年には東京創元社系新人の先駆けとして、折原一が『五つの棺』で登場する。折原も、続いて東京創元社からデビューする北村薫や有栖川有栖も、綾辻行人と同様に大学ミステリ研出身の作家である。「幻影城」世代の新人には、探偵小説以外の他ジャンル作品にも惹かれていた小説読者が多い。だからSFや伝奇小説、恋愛小説などに転進することも可能だったわけだが、第三の波の初期作家は、大学ミステリ研出身者を最右翼として、探偵小説を中心とした読書歴を窺わせるタイプがほとんどだ。ワセダミステリクラブに在籍していた折原も、その例外ではない。大戦間の英米本格や日本の戦後本格、第二次大戦後の新しい欧米ミステリまでを読破した若い作家志願者は、綾辻にしても折原にしても発想の共通性が無視できない。

折原の第一作『五つの棺』は、ディクスン・カーを意識した古典的な密室もの短篇集だが、この作家が本領を発揮するのは第二作『倒錯の死角《アングル》』（一九八八年）である。『倒錯の死角《アングル》』以降、折原は叙述トリックの第一人者として同傾向の作品を書き継いでいく。折原や綾辻による試みを、形式主義的探究が行き着いたバロック的頽廃の極致として無視しさるわけにはいかない。日本が一九八〇年代に到達した高度消費社会、ポストモダン社会という歴史的水準に照応するだろう犯罪の動機を、『十角館の殺人』は提出しえていた。たがいにハンドルネームで呼び合う、十年後のインターネット共同体を予見したともいえる設定がポイントである斬新なトリックは、社会が個人に解体され、その個人も固有のアイデンティティを剥奪されるポストモダン社会を、リアルに体現するものだった。

綾辻や折原が斬新なトリックという形で提起した問題は、九〇年代の第三の波に引き継がれていく。法月綸太郎は『密閉教室』で、学校という閉鎖空間における暴力の諸相を、古典的な密室トリックに託して描いた。事件の背景や動機という点で、この作品にも『十角館の殺人』と同様の指摘が可能だろう。九〇年代前半に整理され提出された、法月の「後期クイーン的問題」をめぐる提起は、綾辻や折原による新型トリックの歴史的意義を、八〇年代ポストモダニズムの思想方法を参照しながらラディカルに問い返すものだ。

『長い家の殺人』の歌野晶午は、ロックバンドの合宿で起こる不可能犯罪やヒッピー的な探偵役という設定で、八〇年代の消費社会、ポストモダン社会の空気を探偵小説に持ちこんでいる。『8の殺人』の我孫子武丸は、本格的な密室の謎にスラプスティックコメディを加味し、社会派ミステリ的な生真面目さを相対化している。しかし我孫子が作家的な達成を見るのは、初期の殺人三部作ではなく、一九九〇年の『探偵映画』、九二年の『殺戮にいたる病』だろう。この両作は綾辻的、折原的なトリックに挑戦した傑作である。

島田荘司の、「若い才能」を「鉦や太鼓で推理文壇に迎え」なければならないという情熱は、講談社ノベルス「新本格」作家の輩出をもたらした。しかも島田推薦でデビューした新人たちは、「新本格バッシング」を乗り越えて、コーディネーターの予想を上廻る成功をかちとる。八〇年代後半のバブル経済、高度消費社会の成立、ポストモダニズムの流行、などなどに示されたポスト産業社会、ポスト勤労の時代の到来が、第三の波の成立を後押しすることになった。

勤労の時代だった一九六〇年代、七〇年代には社会派ミステリが全盛をきわめた。戦後市民の営々たる勤労の成果として、八〇年代には「ジャパン・アズ・ナンバーワン」の時代が到来する。それに異を唱えたのが、「冒険小説・ハードボイルド」潮流だった。しかし社会派ミステリと「冒険・ハード」は、リアリズムミステリという点で大枠を共有している。戦後日本社会の近代化、産業化という趨勢に賛成、反対という立場上の対立はあるとしても、産業社会のリアリティを小説創作の前提とする点で、両者の立場は変わらない。

一九八〇年代の末期、ミステリ界では講談社「新本格」新人を標的とする「バッシング」が勢力を増した。「新本格バッシング」は、主として三つのパターンに整理される。第一は社会派的な立場を前提に、「新本格」の没社会性を非難するもの。第二はリアリズム本格の側から、「新本格」の空想性や遊戯性を攻撃するもの。第三は主として海外ミステリ愛好家によるもので、その源流は一九六〇年代の都筑道夫や小泉喜美子の「泥臭い探偵小説」批判まで辿ることができる。ミステリ評論家に則していえば、第一の代表例は長谷部文親、第二は縄田一男、第三は新保博久ということになるだろう。

一九八〇年代後半の、講談社ノベルス「新本格」を出発点とした第三の波は、八〇年代後半に顕在化する日本社会の歴史的変貌を絶妙に捉えることで、九〇年代には日本ミステリの主役となった。この点からは、第三の波は本格復興運動であると同時に、八〇年代以降のポストモダン社会のリアルを体現する新文学としても位置づけられる。しかも第三の波は、八〇年代的なポストモダニズム小説が失効する九〇年代を通じて、長期にわたる繁栄を持続したのだ。第三の波の探偵小説に、凡庸なポストモダニズム小説を超えるポストモダンな実質を保証したのは、探偵小説に本来的な形式主義、ラディカルなまでの形式主義だった。

八〇年代末の「新本格バッシング」は、第三の波の歴史的必然性を理解しないミステリ界守旧派の保身的対応として、今日では捉え返すことができる。しかし「新本格」批判は、ある意味で第三の波に内面化され、再生産されたのである。島田荘司は『本格ミステリー宣言II』で「新本格」の形式主義を手厳しく批判し、これに我孫子武丸が正面から反論した。二つの立場の対立は、島田と綾辻の対談書『本格ミステリー館にて』（一九九二年）にも窺うことができる。

敗戦の六年後に刊行された『野球殺人事件』の作者の正体は、推測こそさまざまになされてきたが、長いこと不明だった。作者名として記されている田島莉茉子は、逆に読むと「コマリマシタ」になるという洒落からも判るように、ペンネームであることは間違いない。『野球殺人事件』の作者の正体が公的に明らかにされたのは、埴谷雄高のエッセイ「署名本」（「群像」一九九三年九月号）においてである。

ある古書店の目録に、同書の説明として「埴谷雄高が別名での著書」とあった。おまけに岩谷書店版の『野球殺人事件』には、埴谷雄高という贋の著者サインまで書きこまれていることを知って埴谷は、「『野球殺人事件』を書いたのは大井広介である」事実を公にしなければならないと考えた。「『野球殺人事件』は筆者大井広介の努力と労苦を目のあたりにしているので、ニセの署名を許すことはできない。もし私も死んでいれば、このまま通ってしまっているであろう」。

埴谷の証言によれば、『野球殺人事件』の作者は大井広介である。大井は作中に、探偵役として「いま売出しの新進探偵作家坂田兵吾」を登場させている。坂田兵吾のネーミングが、坂口安吾を念頭においていることに疑いはない。他方、坂口安吾の『不連続殺人事件』には、「刑事仲間で『八丁鼻』といえば一目おかれている敏腕家」荒広介部長が登場する。あるいは「『カングリ警部』といえば、その道では全国的に名が知れている」平野雄高警部も。荒広介が荒正人と大井広介を、平野雄高が平野謙と埴谷雄高を合体させた名前であることも明らかだ。こうしたネーミングの背景にかんして、前記のエッセイで埴谷は次のように説明している。

（大井広介は——引用者註）戦時中、「現代文学」を主催し、その千駄ヶ谷の家でさまざまな遊びをおこなったなかで、坂口安吾、平野謙、荒正人たちと探偵小説の犯人当てをしたことが特筆される。（略）戦争中、テキストを読んでいる裡に、これは昔読んだことがある作品だと平野謙が思い出して書いた答案があまり見事に当たっているので、坂口安吾の身顫いがとまらなかったことは当時語りつがれていたが、戦後、こんどは横溝正史の『蝶々殺人事件』で私がこれまた見事な答案を書いたので、戦時中と戦後の「名探偵」を二人併せた平野雄高警部を迷探偵とすべき挑戦小説『不連続殺人事件』を、坂口安吾は書いたのである。

埴谷雄高が大井邸のミステリサロンに参加したのは、戦後のことだという。刊行当時から『野球殺人事件』の作者は、このミステリサロンのメンバーではないかと推測されていた。埴谷と大井の共作説が有力視されていたようだが、真相はすでに述べた通りである。

ここに名前のあげられた作家や批評家以外にも、戦後文学者には探偵小説の愛好家が少なくない。加田伶太郎のペンネームで探偵小説の実作を試みている福永武彦や、福永と共著でミステリエッセイ集『深夜の散歩』を刊行している中村真一郎など。ある時期まで日本では、ＳＦも探偵小説ジャンルの一部として扱われていたわけだが、SFまで枠を広げれば『第四間氷期』の安部公房や『美しい星』の三島由紀夫も、ここに分類できるかもしれない。

ところで大井邸ミステリサロンのメンバーには、無視することのできない共通点がある。戦後の新メンバーである埴谷雄高をふくめ、昭和初年代に非合法共産党運動に参加したか、共産党の周辺に位置していたという経歴である。国内亡命者の心情で大戦を通過したとおぼしいサロンメンバーは、大井広介を唯一の例外として、全員が第二次大戦直後に「近代文学」に結集し、戦後派の作家や批評家として注目を浴びることになる。

注意しなければならないのは、サロンメンバーに共通する以上のような経歴が、犯人当てゲームを可能ならしめたに違いないという点だ。たとえば大井広介は、「探偵小説の犯人あては、だいたい坂口、平野謙、私などの同好者が、同じ頃から探偵小説から遠ざかっていたので、その後の翻訳物を古本屋からみつけてきて、尻尾のほうをチョンぎって犯人のあてあいをやった」(「犯人あてと坂口安吾」)と証言している。問題は、サロンメンバーの全員が「同じ頃から探偵小説から遠ざかっていた」という点にある。この前提がなければ、既読作品に模範解答をよせる平野謙のようなメンバーが続出して、犯人当てゲーム自体が成立不可能だったはずだ。

学生時代の埴谷雄高のような知的モダンボーイは、多くが「新青年」的なモダニズム雑誌のファンで、訳出された英米黄金期の本格探偵小説を愛読していた。しかし、モダンボーイが左傾化してマルクスボーイになると、特高警察との苛烈な攻防に明け暮れるわけだから、当然のこととして探偵小説など読んでいる余裕は失われてしまう。埴谷の場合は、文学と訣別して共産党に入党した昭和四(一九二九)

年前後の時期に、探偵小説も読むのをやめたようだ。同じような事情を、おそらく他のサロンメンバーも共有していたに違いない。情報局の統制で探偵小説が禁止されるまで、一九三〇年代に翻訳刊行された作品にかんしては、ほとんどがサロンメンバーも未読だったのだろう。だから、大井邸の犯人当てゲームも成立しえた。

国内亡命者の心情を抱えて大井邸に顔を揃えた青年知識人は、どうして第二次大戦下に、再び探偵小説に熱中しはじめたのだろう。大井広介、平野謙、荒正人にかんしては、常識的な回答が可能であるように思われる。

民主主義的な法秩序を前提とする探偵小説は、市民的自由を抑圧した戦時天皇制国家と原理的に対立せざるをえない。だから探偵小説は禁止され、横溝正史も捕物帖を書くしかないような状況が到来した。こうした暗黒時代には、探偵小説に興じること自体が一種の「抵抗」だった。

近代主義的な発想が根強い大井、平野、荒の場合には、戦前共産党と戦時天皇制に共通する半封建的体質、前近代的な蒙昧と非合理主義にたいして、「理知の文学」である探偵小説が暗黙のうちに対置されていたともいえる。大井広介の『野球殺人事件』や、平野謙の松本清張論などを参照する限り、以上のように想定することは妥当だろう。

大井邸のミステリサロンにおいて、例外的な位置にあったメンバーが、いうまでもなく坂口安吾である。「現代文学」の同人という関係でサロンに参加したようだが、安吾は他のメンバーのような左翼的経歴をもたない。『真珠』の発禁事件を体験したにしても、「わたくしは自らの青春を棄てるとともに人間に絶望した。牢獄にゆくか、外国に逃げるか、それ以外に生きた青春を確保する純潔な手段はないように思われた。（略）わたくしたちの或る者は、そのころの自分たちを『国内亡命者』とよんでいた」（「第二の青春」）という荒正人のような閉塞感覚とは縁遠いところで、戦時下を生きていたに違いない。このことは評論の『堕落論』や、『白痴』などの小説作品を読めば一目瞭然だ。

ところで加藤典洋は、安吾の「日本文化私観」の文体を、ニュアンスのない語法や「白黒二様の簡明な世界、簡明すぎ、息苦しい世界」として特徴づけ、「これが帆足計のもの、岸信介のものといわれてもわたしは信じるだろう」と述べている。『探偵小説論Ⅲ』で詳しく書いているので、ここでは要点のみを記すが、問題は二〇世紀性の把握にある。

「文明と進歩」の一九世紀的な理念は、第一次大戦の苛烈な塹壕戦で死に絶えた。塹壕を埋めた血まみれの肉片の山から、二〇世紀精神が誕生する。この世紀を特徴づけるものは、政治的にはソ連とドイツの異様に過酷で非情な収容所国家であり、文化的には第一次大戦後のヨーロッパを席巻したモダニズムである。未来主義やダダイズムをはじめモダニズムの諸潮流は例外なく、一九世紀的な人間性と文化と美の死滅を主張した。英米の大戦間探偵小説もまた、この時代の文学運動として捉え返すことができる。

スターリニズムやナチズムの二〇世紀的な国家体制を参照例として、古色蒼然たる明治国家の現代化を推進しようとした革新官僚と、大戦間モダニズムを芥川龍之介のような近代主義を超える地点で捉えた坂口安吾のあいだに、二〇世紀性という点で共通する個性や文体が見られるとしても、少しの不思議もない。このような安吾の作家的個性は、半封建的な軍国日本において孤立し、「国内亡命者」の心情で生きていた荒正人や平野謙とは異なる探偵小説了解をもたらした。

荒や平野においては、半封建的な蒙昧や非合理主義に対立する「理知の文学」として近代主義的に了解された探偵小説が、安吾の場合には二〇世紀的なモダニズム文学となる。大井邸のミステリサロンには、このように近代人と現代人が無自覚的に同居していたのである。

「私はしかし探偵小説を愛好するのはその推理においてで、従って、私は探偵小説をゲームと解している。作者と読者の智恵比べ、ゲームというように」(「私の探偵小説」)と安吾は公言している。この観点から評価される作者は、「アガサ・クリスチー、次にヴァン・ダイン、次にクイーンというような順」になる。いずれも大戦間にデビュー、あるいは活動した英米作家である。

たとえばヴァン・ダインは、「探偵小説はふつうの意味での『小説』の項目に当てはまるものではなく、むしろ『なぞなぞ』の範疇に属するものである。つまりパズル、小説の形をした、複雑化し拡大されたパズルなのである」(「傑作探偵小説」)と主張し、探偵小説の二十則を提案した。後進のエラリイ・クイーンは、ヴァン・ダインの探偵小説＝パズル論を徹底化し、作品を問題篇と解答篇に分割し、両者のあいだに「読者への挑戦状」を挟むという新形式を発案した。

「なぞなぞ」は、オイディプス神話の昔からある。しかし「なぞなぞ」が厳密に小説化され、読者の圧倒的な支持を獲得したのは、第一次大戦後のことだ。また近代的な探偵小説は、エドガー・アラン・ポオの「モルグ街の殺人」を嚆矢とする。ポオの探偵小説は、コナン・ドイルのホームズ連作に引き継がれて人気を博したが、探偵小説がジャンルとして確立されるのは、やはり大戦間の時代のことなのである。大戦の二年後に『スタイルズの怪事件』でデビューしたアガサ・クリスティ以前には、オースティン・フリーマン一人を例外として専業の探偵小説作家は存在していない。

小説には、むろんのことキャラクターが登場する。探偵小説にしても例外ではない。しかしキャラクターを、パズルの項として扱う点で、探偵小説は近代小説一般とは歴然として異なる。キャラクターのリアリティが、近代小説を読む興味の過半を占めている。少なくとも『パミラ』や『ロビンソン・クルーソー』の読者は、あるいは『ゴリオ爺さん』や『戦争と平和』の読者も、それぞれの登場人物に感情移入して作品を楽しんだに違いない。パズルを小説として書くという選択は、近代小説の魅力の過半をあらかじめ放棄するに等しいことだ。

このように捉えるときに初めて、探偵小説形式の二〇世紀的な異様性が見えてくる。探偵小説には、近代小説が重視してきた「人間」は登場しない。作中に存在するのは被害者、探偵、容疑者、犯人などの「役割」だけである。役割を演じるにすぎないキャラクターは、「人間」を特徴づける感情や精神性を、ようするに固有の内面性を欠いている。アレクサンドル・デュマやウジェーヌ・シューの大衆的なエンターテインメントの場合、読者大衆に好まれる波瀾万丈のストーリーを優先させる結果として、しばしばプロットは御都合主義的になり、キャラクターはリアリティを欠いた人形になりがちであると批判されてきた。

これらの批判は、探偵小説にも該当するだろうが、意味するところは大きく異なる。探偵小説は不出来な近代小説ではない。この異様な小説形式は確信犯的に、近代的人間のリアリティを裏切るのだから。繰り返すが、英米の大戦間探偵小説はモダニズム芸術運動の一翼として存在したのである。ぎこちない推理ロボットのエルキュール・ポアロは、カフカの『城』や『審判』に登場する主人公と、内面性の二〇世紀的な喪失という点で共通する。

坂口安吾は『明治開化　安吾捕物帖』の「読者への口上」で、「捕物帖のことですから決して厳密な推理小説ではありません」と断っている。安吾の理解では、ドイルのホームズ連作に代表される、一九世紀的な探偵小説の日本化されたジャンルとして捕物帖がある。近代的人間の解体を前提とする、パズル小説にまで完成された二〇世紀の探偵小説が、主として長篇の形をとる「厳密な推理小説」である。

捕物帖の一九世紀的な性格は、岡本綺堂の『半七捕物帳』以来の、江戸の風物詩を作中に描きこむという方法にも見られるところだ。しかし現代人の安吾は、捕物帖に挑戦するに際して、画期的な新機軸を打ち出している。ホームズ連作の背景である「古き良き」ヴィクトリア時代のロンドンに対応する、「古き良き」江戸ではなく、いまだ維新の動乱の傷も癒えない明治十年代の東京を、『明治開化　安吾捕物帖』は舞台としているのだ。

維新の動乱を、作者が第二次大戦に重ねあわせていることは疑いない。パズル小説として完成された探偵小説は、世界戦争を経過した時代に固有の小説形式なのだが、この二〇世紀的な質を、近代的な短篇探偵小説である捕物帖に持ちこんでしまうという斬新な方法意識は、後に山田風太郎の『警視庁草紙』に引き継がれるだろう。

『三匹の猿』、『道——ジェルソミーナ』に続いて、私立探偵飛鳥井が登場する小説も『魔』で三冊目になる。

この連作をめぐり、わたしは短い文章を二つ書いた。二つのエッセイには、飛鳥井連作のモチーフが簡潔にまとめられているので、ここに再録しておきたい。第一は「ハードボイルドと『外』のまなざし」と題されたエッセイで、「小説シティ」一九九二年一月号に掲載された。

ダシール・ハメットからレイモンド・チャンドラー、ロス・マクドナルドに至る正統派ハードボイルドの系譜は、日本では独特の評価を確立していて、多くの熱心なファンを擁してもいる。そうしたハードボイルド・ファンの性格は、どこかモダンジャズ・ファンに似ているような気がするのだが、どんなものだろうか。かつてジャズ喫茶でスピーカーの前に陣どり、神経性の痙攣のごとき身振りで必死にリズムを追っていた人々。お喋りの声でも聞こえれば、憎悪と侮蔑のまなざしを、その不謹慎者にむけたような人々。

いいかげんな性格であるためか、わたしはモダンジャズと同様に、正統派ハードボイルド・ファンの世界にも、どこかしら馴染めないところを感じてしまう。少年時代から、ハメット以下のハードボイルド作品を愛読してきたのだが、その理由は、かならずしも正統派ファンが評価するような美点からではない。

わたしにとってハードボイルドとは、なによりも「外」の視点による小説である。アメリカ人であるのに、あたかも外国人であるかのようにアメリカ社会を見てしまう視点。日本では、たしかに私立探偵の職業的な位置がアメリカとは異なっているし、民間人が拳銃を所持することもできない。

しかし、それらは、日本でハードボイルド小説が成立しにくい本当の理由ではないのである。キャラクターの性格の冷酷さ、非情さといわれるものにしても、たぶん同様だろう。日本社会の「外」に位置し、そのポジションを確保し続けることの困難性が、日本におけるハードボイルド小説の困難さの底にある。

サム・スペードもリュー・アーチャーも、かならずしも人間として冷酷非情な性格ではない。ときに彼らが、そのように見えるとしたら、それはハードボイルド探偵にとって不可避である「外」の視線を、社会にむけざるをえないからだろう。

フランス人やドイツ人や、とりわけ日本人がいるように、アメリカ人なるものが一般に存在しているわけではない。よくアメリカ人とは、「ある」ものではなく「なる」ものだといわれるように。ハードボイルド探偵とは、たぶんアメリカ人に「なる」ことを放棄したアメリカ人なのであり、彼らの「外」の視線は、そのようなポジションに根拠づけられている。

笹沢佐保の木枯し紋次郎は、「あっしには関わりのないことで」という名台詞を呟きながら、他人から、事件から、社会から意図して遠ざかろうとする。しかし、日本人の紋次郎には、その態度を最後まで保ち続けることができない。結局は、事件に巻きこまれてしまうのだ。日本人が日本人であることをやめようとするなら、外国籍を取得し、死ぬまで外国で暮らさなければならないだろう。

ハードボイルド小説とは、だれもがアメリカ人であることを自己証明しなければならない移民国家アメリカが逆説的に生み出した、独特の小説ジャンルである。わたしは長いことハードボイルドを読みながら、日本人であり日本人でないという不可能なポジションを夢想し続けてきたのかもしれない。

第二は「職業としての私立探偵」で、「小説すばる」一九九五年四月号に掲載されたエッセイ。

飛鳥井なる私立探偵が登場する小説を書きはじめたのには、たがいに無関係ではない二つの理由がある。第一は社会派ミステリに、第二は私立探偵《プライベートアイ》小説に関係している。

一九九〇年代の日本社会が、未曾有の過渡期・混乱期にあることは明らかだろう。登校拒否やイジメ、子供の自殺、ホームレス、セクハラから外国人労働者問題まで、われわれの社会は新たな病理や適応不全に悩まされている。これらの社会的主題は、犯罪において最も鋭角的な切り口を見せるに違いない。疑獄や汚職事件を専ら主題とした社会悪告発型の社会派ミステリに、われわれの社会を蝕んでいる病理を抉ることは、もはやできそうにない。新しい社会派ミステリが要求されている所以である。

ダシール・ハメット、レイモンド・チャンドラー、ロス・マクドナルドという私立探偵《プライベートアイ》小説の系譜が、新しい社会派ミステリの方法として活用できるのではないか。あるとき、そんなアイディアが脳裏を掠めたのである。ハメットが創造した私立探偵キャラクターの画期性は、オーギュスト・デュパンからファイロ・ヴァンスに至る「趣味としての探偵」に、「職業《ジョブ》としての探偵」を対置したところにある。

市場を生きる労働者として、彼は一定の調査能力を一定の貨幣と交換する。そこでは私立探偵は、当該の社会に「趣味としての探偵」よりも深く内属している。しかし、間違えてはならない。歴代の優れた私立探偵《プライベートアイ》小説作家が、「職業《ジョブ》としての探偵」をキャラクターとして要請したのは、彼が本質的に社会の外に位置する存在だからなのだ。外にある存在が、内としての社会を観察する。その視線の外部性が、しばしばクールでハードなものに、内側の住人には感じられる。

ある人物が、おのれとは無縁の対象を仔細に観察するには、なんらかの動機が必要だろう。探偵という職業は、まさにその動機を与えるものとして、それぞれの作中に導入されている。

現代日本社会の病理には、たとえば教室のイジメや外国人労働者問題に見られるような、内部的に閉じられた日本人の共同性の、歯どめを失った暴力的な累積に由来するものが多い。そもそも社会悪の告発になど関心をもたない、私立探偵のハードでクールな外の視線のみが、それらを的確に抉りだしうるのではないだろうか。

以上で自作解説としては充分な気もするが、ここでやめてしまってはいささか素っ気ない。飛鳥井連作にかんする自註を、もう少し敷衍することにしよう。

オーギュスト・デュパンもシャーロック・ホームズも、エルキュール・ポアロもファイロ・ヴァンスも警官でない点で私立探偵といえるが、ここではデュパンにはじまるタイプを「素人探偵」、コンチネンタル・オプ型を「私立探偵」とする。

小学生時代に愛読していた少年探偵団シリーズの明智小五郎は、作者の紹介するところでは素人探偵である。子供向けにリライトされた『バスカヴィル家の犬』のホームズ、『バーネット探偵社』のリュパンも。このようにもっぱら天才型の名探偵、素人探偵のほうに親しんでいたわけで、私立探偵が主人公を演じる『マルタの鷹』を読んだのは、たしか中学生になってからだ。

しかし、サム・スペードが人生で最初に出逢った私立探偵というわけではない。やはり小学生のころだが、「少年画報」に河島光広のコミック「ビリーパック」が連載されていた。日米ハーフの少年探偵は、トレンチコートにハンチングという格好からもわかるように私立探偵の陣営に属していた。ハンフリー・ボガートが演じたサム・スペードの影響なのか、一九五〇年代の日本で私立探偵といえば、かならずトレンチを着込んでいたものだ。「七つの顔を持つ男」の片岡千恵蔵も、ソフトハットにトレンチ姿だった。加えて、金田一耕助役でも千恵蔵はトレンチなのである。半世紀昔の大衆映画の世界では、素人探偵と私立探偵はカテゴリー的に未分化だったようだ。

ところで、ビリーパックである。少年探偵は小さな子供のとき、悪童から「アイノコ」といわれ、いじめられたというエピソードがあった。先に引用したエッセイでは、ハードボイルド探偵は外からの視線をもたなければならないと力説されている。思い返してみると、これは小学生時代に愛読していたコミック「ビリーパック」の影響のような気もする。

わたしのシリーズ探偵キャラクターは、いまのところ矢吹駆、飛鳥井、大鳥安寿の三人だ。矢吹と安寿は天才型の名探偵で素人探偵だが、飛鳥井は私立探偵である。どんなわけで私立探偵小説を書きたいと考えたのだろう。

ハメット、チャンドラー、ロス・マクドナルドの正統ハードボイルドから、ロバート・B・パーカーやビル・プロンジーニのネオ・ハードボイルドまで、わたしはアメリカの私立探偵小説を長いこと愛読してきた。ローレンス・ブロックのマット・スカダーシリーズも。飛鳥井がアコール依存症の過去をもつという設定は、いうまでもなくマット・スカダーの影響である。

S・S・ヴァン・ダインとエラリイ・クイーンの影響で矢吹駆連作を構想し、ジョン・ル・カレが好きで『復讐の白き荒野』というエスピオナージュを書いた人間だから、私立探偵小説に手を染めても不思議ではないだろう。それでも飛鳥井連作の第一作『三匹の猿』書きはじめるには、自分の私立探偵小説観のようなものを整理してみる必要があった。

正統ハードボイルド御三家のなかでも、日本ではチャンドラーの人気が圧倒的だ。ミステリ読者に限らず、たとえば村上春樹のようなわたしと同世代の作家までがチャンドラー愛読者を標榜している。しかし、わたしのチャンドラー評価は高いといえない。タフでクールなハードボイルド探偵の衣の陰から、鼻持ちならない文学青年の自意識をちらちらさせている主人公も好きではない。

わたしのフィリップ・マーロウ嫌いには、自己嫌悪が混ざりこんでいるような気もする。気を緩めたら最後、マーロウのように姑息な自己保身と自己韜晦、甘ったるい自己憐憫の砂糖壺に嵌まりかねないという過剰な警戒心が、マーロウ嫌いの心理的背景としてあるのかもしれない。

『哲学者の密室』を書きあげたところで、自分なりの大戦間探偵小説の見取り図ができたように思う。第一次大戦の大量死が、アメリカではヴァン・ダインのファイロ・ヴァンスとハメットのコンチネンタル・オプやサム・スペードという、芯を刳りぬかれた焼き林檎さながらに空虚なキャラクターを生んだ。ロス・マクドナルドの「紙のように薄い」探偵役もまた、それらを第二次大戦後に継承している。

しかしチャンドラーは、世界戦争の酷薄きわまりない現実から一目散に逃亡し、一九世紀的な文学信仰や芸術信仰という幻想の城に閉じこもり続けた作家だ。マーロウの自己韜晦や自己憐憫は、二〇世紀という凡庸な地獄に直面した一九世紀的教養主義者、芸術主義者の自己保身をあらわしている。とすれば第二次大戦後の日本で、マーロウが絶大な人気を集めた理由もわからないではない。半端な戦後民主主義インテリは、まさにチャンドラーと同様、世界戦争のリアリティから理念的に逃亡し続けてきたのだから。

余談だが、わたしは中学生のときに公開された「バーバレラ」以来のジェーン・フォンダファンだ。たまたま主演映画というだけで、なんの予備知識もなく「ジュリア」を観て驚いた。作中にダシール・ハメットが登場するではないか。リリアン・ヘルマン側からの一方的な物語だが、それでもハメットが世界戦争のリアリティに首まで浸かっていた事実は窺える。ジュリア役のバネッサ・レッドグレーブの表情や態度が、どことなくシモーヌ・ヴェイユに似ているのは意図的な演出か、たんに気のせいだろうか。

わたしは、ハメット、チャンドラー、ロス・マクドナルドという正統ハードボイルド史観は成立しえないという結論に達した。しかし、ハメットを真似ることなどできそうにない。私立探偵小説を書くなら、時代的にも近いロス・マクドナルドの作品を手本にするべきだろう。

『さむけ』や『縞模様の霊柩車』などロス・マクドナルドには、私立探偵小説であると同時に本格探偵小説のプロットを完備した傑作が少なくない。リュー・アーチャーは私立探偵だが、頭脳派の素人探偵も兼任している。ロス・マクドナルドを先例として、本格探偵小説に私立探偵小説を重ねあわせた作品を書けないものだろうか……。

というようなわけで、わたしは飛鳥井連作の第一作『三匹の猿』を書きはじめた。この小説では、一九六〇年代後半のヴェトナム反戦と大学闘争の時代に青春を過ごした男女の、二十年後が描かれる。こうした設定には、ネオ・ハードボイルドの影響があるかもしれない。

ただし、ネオ・ハードボイルドの私立探偵にしばしば見られる精神的屈折や心情の淀みのようなものは、飛鳥井というキャラクターにはない。われわれの時代の私立探偵はアーチャーよりも「薄く」、人格的に空虚でなければならない。一人称小説でありながら、一人称主語代名詞を使わないという書き方をしたのも、主体性の空洞化を文体レヴェルで示したいと考えたからだ。

引用したエッセイでも指摘されているが、素人探偵と私立探偵の最大の相違は、前者が「趣味としての探偵」であるのにたいし、後者は「職業《ジョブ》としての探偵」だという点だろう。素人探偵が事件に介入し、謎を解明するのは、なんらかの理念に促されてのことだ。デュパンのように、謎を解明することに知的興奮を感じるから。ホームズのように、真実への情熱に加えて悪との対決を天命と心得ているから、その他もろもろ。

しかし、私立探偵に理念のようなものはない。私立探偵が事件に介入し謎を解明するのは、それが「仕事《ジョブ》」だからだ。警官も「仕事」で捜査し、犯人を追跡する。それでも警官の場合は、法や秩序や社会正義をめぐる理念性が曖昧に残されてしまうが、私立探偵は違う。一人の平凡な賃労働者として、一定の貨幣と一定の労働時間を交換するにすぎない。探偵が調査費などの条件を提示し、依頼人が契約書にサインするという場面が、私立探偵小説では約束事のように繰り返し描かれる。固有の理念などもたない空虚な存在である私立探偵は、金銭による契約以外に行動の規範をもちえない。

このような私立探偵観は、わたし自身の経験に根ざしている。矢吹駆や大鳥安寿は、金銭にも労働にも関心がない。その意味で矢吹はピーターパン、安寿はティンカーベルのような永遠の子供なのだ。二人とも、理念に促されて事件にかかわる古典的なタイプの素人探偵である。

長篇の『三匹の猿』、『道』や『魔』に収録された中短篇は、いずれも私立探偵小説の形で書かれた本格探偵小説だ。私立探偵小説は原則としてリアリズム形式をとるわけで、矢吹連作や安寿連作とは違い、飛鳥井連作もまたリアリズム小説の体裁で書かれている。

「謎－論理的解明」をプロットの中心とする探偵小説は、もともとリアリズムとは相性がよくない。素人探偵や天才型名探偵というキャラクターには、リアリズム小説的なリアリティが稀薄だし、密室や顔のない屍体のトリック、館や嵐の山荘というような設定にしても同様だ。リアリズム小説に嵌めこまれても不自然感の目立ちにくいのがアリバイもので、鮎川哲也作品を代表例に、リアリズム本格ではアリバイトリックが用いられる場合が多い。

しかし飛鳥井連作では、とくにアリバイトリックが優遇されているわけではない。多用されているのは、むしろ古典的な入れ替えトリックだ。職業としての私立探偵が古典的なトリックに挑戦するリアリズム本格という側面も、この連作の大きな特徴だろう。

世界戦争の時代を経験した「外」の視線、職業《ジョブ》としての探偵という二点に加えて、飛鳥井連作には時事的な題材や主題性をめぐる第三のモチーフが込められている。外国人労働者問題、ストーカーや摂食障害などの現代的な主題を扱うため、リアリズム形式が選択されたわけだ。

本格探偵小説を私立探偵小説として書くという二重性は、リアリズム小説の形式で描かれる現代的な犯罪や社会病理に、古典的な探偵小説的トリックを埋めこんだ二重性でもある。こうしたアクロバット的な企てが成功しているかどうか、作者には判断を下しがたいところだが、それなりの手応えは感じている。

あとがき

少年時代にはＳＦと探偵小説を並行して読んでいたのだが、青年期になると読書の中心はＳＦに偏していく。社会派ミステリに興味がない読者の場合、英米の大戦間探偵小説や日本の戦後探偵小説の主要作を読み終えてしまうと、もう読むものが見あたらないという貧しい時代だったのだ。二十歳の頃、わたしのなかで探偵小説はいったん終わっていた。

評論書の第一作『機械じかけの夢』は、黄金期からニューウェーヴにいたるＳＦ作品を二〇世紀の人間科学の観点から論じた、当時としては唯一ともいえるＳＦ批評の書である。業界に跋扈するマニア的読者には不評だったが、巽孝之や野阿梓をはじめとする若いＳＦ読者からは歓迎されたように思う。

探偵小説のことを思いだしたのは二十代後半のパリ滞在時代のことで、わたしはヴァン・ダインと初期エラリイ・クイーンの探偵小説を趣味に合わせて適当に切り貼りし、『バイバイ、エンジェル』を習作としてノートに書いた。冗談半分で書いた『バイバイ、エンジェル』が刊行され、わたしは幸運にも三十歳で探偵小説作家になることができた。

探偵小説は実作したが、三十代の時期に書いていた評論はＳＦ批評をはじめ、文学批評、思想論などで、探偵小説を正面から扱ったことはない。転機は、綾辻行人『十角館の殺人』にはじまる第三の波の台頭だった。二十代の新人作家による探偵小説ムーヴメントに刺激され、大戦間探偵小説論と第三の波論を二本柱とする二〇世紀探偵小説論が着想された。『哲学者の密室』以降の矢吹駆連作、『探偵小説論Ⅰ、Ⅱ、Ⅲ』はその産物である。

文筆家として出発した時点から、小説と評論を同時に書いていくことを望んでいた。とはいえ、小説も評論も探偵小説が主戦場になることまで予想していたわけではない。先にも述べたように、三十代は探偵小説以外の領域でもいろいろと仕事をしていた。しかし、今日ではすでに明瞭である。中学生の頃から夢想していた「一冊の本」だが、小説としては矢吹駆連作、評論としては「探偵小説論」連作が、それに該当することになるだろう。ただし書き手として欲が深すぎるのか、思想論の分野でも「一冊の本」をものしたいと、いまでも希望してはいる。

マラルメからプルーストまで、あるいは埴谷雄高や三島由紀夫まで、人生を「一冊の本」に封じこめてしまいたいという欲望は、いうまでもなく二〇世紀精神の産物である。戦争と革命、大量死と大量生の二〇世紀が必然的に生じさせた観念的欲望。産業革命と市民革命の一九世紀に、このような倒錯的欲望は存在しなかった。一九世紀の作家は、人生と作品が予定調和的に均衡することを素朴に信じられたからだ。過剰な人生を作品という小さな世界に、無理にも詰めこんでしまおう、完全に押しこんでしまいたいという異様な欲望は、二〇世紀という歴史性を刻まれた否定神学的精神の一帰結に他ならない。

こうした点でわたしは、明らかに二〇世紀の子である。ポストモダニズムの最良の部分が予見した、攪乱と散種の、あるいは根茎と誤配の二一世紀的精神＝脱精神とは氏素性が異なる。しかしまた、わたしのような二〇世紀人にも二一世紀的なるものを感知することはできる。探偵小説という特権的な回路が、このことを可能ならしめたのだと思う。第三の波の探偵小説とは、デリダ的な脱構築思想を、もう少し広くいえばフランス現代思想やポストモダニズムを一九八〇年代以降の日本で、具体的に実践しえた稀有ともいえる試みだったからだ。

二〇世紀と二一世紀のはざまで、わたしは創作としても批評としても探偵小説を中心的な仕事とし続けた。探偵小説に費やした四十代、五十代の二十年を悔いる気はいささかもない。残念だったのは、骨がらみの二〇世紀人に二一世紀の可能性を教えてくれた第三の波の作家や評論家たちが、新しい時代の生々しい現実に事実として避けがたく直面した瞬間、生まれ育った二〇世紀の心地よい地平に無力にも後退しはじめたことだ。むろん、全員がそうだったわけではない。

ここには奇妙なねじれがあった。徹底して二〇世紀人であると自認する年長者が、一廻り以上も年下の作家たちに新たな時代の到来を告げ、第三の波の将来に警鐘を鳴らさなければならないというねじれ。

むろん、問題を世代性に帰着させる思考は一面的である。この私は、時代や世代や社会には還元されえない独自の位相をもつからだ。とはいえ私が、時代や世代や社会とまったく無関係に存在しうるわけもない。この点では世代論にも、限定的な有効性や説得力はあるだろう。

探偵小説研究会の同人誌「ＣＲＩＴＩＣＡ」三号に掲載された「本格ミステリの軒下で」で、市川尚吾は『容疑者Xの献身』論争を総括している。この作品に否定的だったのは、山田正紀、島田荘司、野崎六助、笠井など団塊世代の作家にすぎず、「五十代後半にさしかかった彼らが『容疑者Xの献身』という物語を（特にホームレスが登場するシーンを）生理的に拒否している、という図式化は、できるかもしれない」と市川は語る。しかし世代による偏差を強調したいなら、一九八〇年代という日本で最後の「ゆたかな社会」に青年期を過ごした作家たちの多くが、「ホームレスが登場するシーン」のグロテスクさに無感覚、無自覚だった事実に目を向けるべきだろう。高度成長期以前の貧しい日本を記憶にとどめた世代が、ホームレスを「他人とは思えない」（島田荘司）と感じるのは当然のことだ。反面「ホームレスが見えなかった」自分たちを、世代的に客観視しうる意識性が市川には稀薄といわざるをえない。他人のことをあげつらうよりも、まず自分の足下を見るべきではないのか。

一九四〇年代生まれの団塊世代と六〇年代生まれの新人類世代、どちらの立場が見当違いで、どちらの感覚がリアルなのか。二〇世紀後半の「ゆたかな社会」が、今後も永続することを不可疑の前提とするなら、この問いは世代間の水掛け論に終わるしかないだろう。しかし、時代は劇的に変貌している。すでにわれわれは、ポスト「ゆたかな社会」に足を踏み入れたのだ。それまで「フリーター・ニート」の増大として「最近の若者は……」的に揶揄され語られていた話題が、グローバル経済と非正規雇用層の構造化、格差化と貧困化、ワーキングプアやロスジェネという回避しえない社会問題に重心移動しはじめたのは、まさに『容疑者Xの献身』論争の年である。いずれが時代的なリアリティを正確に感知していたのか、あらためて語るまでもない。

いまやバブル世代（第三の波の作家たちが多く属する世代でもある）は、一廻り下の就職氷河期世代から怨嗟と敵意を洪水のように浴びせられている。新人類世代やバブル世代として類別される第三の波の作家たちが、依然として『容疑者Xの献身』をめぐる無自覚と無感覚を正当化し、すでに過去のものである時代感性に固執し続けるなら、年少世代とのずれは必然的に拡大し、敵対にまでいたらざるをえないだろう。結果として若い読者から見放された本格は、中高年の旦那芸に頽落していくに違いない。しかし第一の波も第二の波も第三の波も、多数の青少年読者に支持された結果として繁栄しえた事実を忘れてはならない。

本書の読者には明らかだろうが、探偵小説を旦那芸におとしめ、それでよしとする俗論にわたしは組みしない。脱格系を拒否あるいは排除し、『容疑者Xの献身』を無自覚にも礼讃した評論家や作家に、探偵小説の未来を託することはできない。探偵小説に「精神」など必要ない、面白いパズル小説があれば充分だという偏狭なマニア的読者が、探偵小説をジャンルとして深みから支えうるわけがない。理論的に、あるいは実作者の直感として探偵小説の精神を二一世紀に架橋しうる試みだけが、エドガー・アラン・ポオ以来の探偵小説を創造的に継承しうるだろう。

初出一覧

本格ミステリに地殻変動は起きているか?(探偵小説研究会編著『本格ミステリ・クロニクル300』原書房)
「近代文学の終り」とライトノベル(「ユリイカ」二〇〇四年九月臨時増刊号「総特集 西尾維新」青土社)
社会領域の消失と「セカイ」の構造(「小説トリッパー」二〇〇五年春季号 朝日新聞社)
戦闘美少女と「イリヤ」(e-NOVELS「週刊書評」一九五回)
大量死=大量生と「終わりなき日常」の終わり(「小説トリッパー」二〇〇五年夏季号 朝日新聞社)
山人と偽史の想像力(奈須きのこ『空の境界 上』解説 二〇〇四年六月 講談社ノベルス)
「リアル」の変容と境界の空無化(奈須きのこ『空の境界 下』解説 二〇〇四年六月 講談社ノベルス)
＊「山人と偽史の想像力」および「『リアル』の変容と境界の空無化」は、本書に収録するにあたり、「偽史の想像力と『リアル』の変容」として一本化した
『容疑者Xの献身』は難易度の低い「本格」である(「ミステリマガジン」二〇〇六年三月号 早川書房)
勝者と敗者(「ミステリーズ!」二〇〇六年二月号 東京創元社)
環境管理社会の小説的模型(「小説トリッパー」二〇〇六年春季号 朝日新聞社)
ベルトコンベアは停止した——コメンテイトとクリティックの差異(「ミステリマガジン」二〇〇六年一二月号 早川書房)

監獄／収容所／探偵小説（筒井康隆編『21世紀文学の創造3　方法の冒険』二〇〇一年一二月　岩波書店）
探偵小説における幻想（「幻想文学」55号）
探偵小説と二〇世紀の「悪魔」（「創元推理21」二〇〇一年冬号　東京創元社）
異様なワトスン役（森英俊・山口雅也編『名探偵の世紀』原書房）
九二年危機と二人の新人——麻耶雄嵩と貫井徳郎（「別冊宝島　貫井徳郎症候群」宝島社）
八〇年代ポストモダンと第三の波（未発表）
安吾と探偵小説（「坂口安吾全集第10巻月報7」一九九八年一一月　筑摩書房）
私立探偵小説と本格探偵小説（『魔』特別エッセイ　二〇〇三年九月　文藝春秋）

探偵小説は「セカイ」と遭遇した

二〇〇八年十一月二十八日　第一刷発行

著　者　笠井　潔
発行者　南雲一範
装丁者　岡　孝治
校　閲　聚珍社
発行所　株式会社　南雲堂
東京都新宿区山吹町三六一　郵便番号一六二－〇八〇一
電話番号　（〇三）三二六八－二三八四
ファクシミリ　（〇三）三二六〇－五四二五
振替口座　東京　〇〇一六〇－〇－四六八六三
印刷所　株式会社　木元省美堂
製本所　株式会社　長山製本

Printed in Japan　ISBN 978-4-523-26480-4　C0095